Irene Scharenberg

Im Kreis der Sünder

Kriminalroman aus dem Ruhrgebiet

Prolibris Verlag

Handlung und Figuren sind frei erfunden. Darum sind eventuelle Übereinstimmungen mit lebenden oder verstorbenen Personen zufällig und nicht beabsichtigt.

Originalausgabe 2. Auflage 2013

Tel.: 0561/766 449 0, Fax: 0561/766 449 29

Lektorat: Pamela Levertz/Anette Kleszcz-Wagner
Korrektorat: Christiane Helms
Titelfoto: © Joachim Scharenberg
Druck: CPI – Clausen & Bosse, Leck
ISBN: 978-3-95475-004-7

www.prolibris-verlag.de

Für Sabrina

Dienstag, 10. Mai
22:30 Uhr

Beunruhigt hörte Cornelius Hamacher dieses Klopfen an der Eingangstür. Es erinnerte ihn an den Anfang von »Radar Love« und versetzte ihn in höchste Alarmbereitschaft. Bisher hatte er dieses Zeichen erst zweimal gehört, ein weiteres Mal hatte er es selbst verwendet. Damals, als ... daran wollte er jetzt lieber nicht denken. Er musste einen kühlen Kopf bewahren. Vielleicht überbrachte ihm Sebastian die Nachricht vom Tod ihres alten Weggefährten. Das wäre traurig, aber fast wünschte er sich, es wäre nur das. Aber es könnte auch ... Sein Puls jagte, ein Schweißtropfen rann von seiner Stirn. Ihm war eiskalt. Erneut klopfte es an der Tür in der verabredeten Weise. Was sollte er tun? Gedanken schossen durch seinen Kopf. Er versuchte, ruhig zu atmen, und begriff, dass er handeln musste. Mit entschlossener Miene zog er den Sicherheitsriegel zurück und drückte die Klinke hinunter. Reflexartig wich er nach hinten, um sofort wieder zu erstarren. Blankes Entsetzen stand in seinen Augen.

Vor ihm stand eine Gestalt in Mönchskutte. Der Kopf war mit einer spitzen schwarzen Haube bedeckt, unter der nur die Augen aus zwei schmalen Schlitzen herauslugten. Solche Hauben haben früher die Henker getragen, dachte Cornelius, während seine Knie zu zittern begannen. Das Schwert in der Rechten bestärkte diesen Gedanken. Unwillkürlich wich Cornelius Hamacher zwei Schritte zurück.

»Was wollen Sie?«, fragte er, nachdem er sich wieder etwas gefangen hatte. Vielleicht war die Maskerade ja nur ein übler Scherz. Sebastian jedenfalls traute Hamacher diesen Unsinn durchaus zu. »Sebastian?«

Seine Stimme klang, als sei sein Hals zugeschnürt. Eine Antwort erhielt er nicht. Verstohlen schielte Cornelius auf die Schlitze in der schwarzen Haube, aus denen ihn ein Augenpaar mit unerbittlichem Blick anstarrte. Angst überfiel ihn, lähmte seinen Verstand, plötzlich jedoch lachte er laut auf. Er erinnerte sich daran, wie Sebastian einmal als Geist verkleidet vor seinem Bett im

Schlafsaal gestanden hatte. Der Vermummte konnte nur Sebastian sein, kein anderer kannte das Zeichen. Niemand außer dem Dritten in ihrem Bunde, und der rang gerade mit dem Tod oder hatte den Kampf womöglich bereits verloren. Sollte etwa einer der beiden das geheime Zeichen gegen alle Abmachung verraten haben? Aber wer würde hier in einer solchen Maskerade erscheinen?

Regungslos stand die seltsame Gestalt gut einen Meter entfernt vor ihm, das Schwert immer noch in der rechten Hand.

»Sebastian, mir ist wirklich nicht zum Scherzen zumute«, erklärte Cornelius und bemühte sich um eine möglichst feste Stimme. Dabei starrte er wie gebannt auf die Sehschlitze in der Henkersmaske. Die dahinter liegenden Augen waren kaum zu erkennen. Dennoch strahlten sie nach Cornelius Hamachers Empfinden wilde Entschlossenheit aus. »Schluss jetzt!« Der Befehl klang allerdings eher nach einer Bitte.

»Ja, es ist gut jetzt«, erwiderte die Gestalt mit unerwartet fremder Stimme.

Panik überkam ihn. Das war eindeutig nicht Sebastian. Cornelius wollte reden, dem Mann eine Erklärung entlocken, aber seine Zunge gehorchte ihm nicht, die Lippen fühlten sich an wie zugeklebt. »Falls Sie Geld wollen, ist das kein Problem«, brachte er schließlich hervor.

Die Mönchsgestalt schüttelte jedoch den Kopf, trat einen weiteren Schritt auf ihn zu und erhob das Schwert. »Nur Sühne.«

Cornelius Hamacher wusste sofort, wovon der Eindringling sprach. Angstschweiß tropfte von seiner Stirn. Es würde keine Gnade für ihn geben. Flieh, schoss es durch seinen Kopf, doch im nächsten Moment wusste er, wie sinnlos das war. Die vermummte Gestalt versperrte die Eingangstür, und bei einer Flucht durch das Haus zur Terrasse hätte sie ihn sicher schnell eingeholt. Er musste sich verteidigen, er hatte keine andere Wahl. Unwillkürlich drehte Cornelius seinen Kopf nach links. Auf dem Sideboard unter dem Spiegel standen zwei silberne Kerzenleuchter. Der Rächer war seinem Blick jedoch gefolgt. Trotzdem musste Cornelius es versuchen. Mit zwei Sätzen erreichte er den Schrank und ergriff einen der Leuchter. Als er sich umdrehte, hatte der

Eindringling ihn schon eingeholt. Cornelius erstarrte. Der Mönch stand unmittelbar vor ihm – mit erhobenem Schwert.

»Nein!«, schrie er.

Ehe Cornelius den Kerzenständer gegen den Angreifer schleudern konnte, bohrte sich das Schwert in seine Eingeweide. Mit einem Ruck zog der Rächer die Waffe wieder heraus. Entsetzt registrierte Cornelius Hamacher das viele Blut auf seiner Kleidung. Die weißen Flecken auf seinem Hemd schienen zu schmelzen wie Eisberge in der Sonne. Als plötzlich der Schmerz einsetzte, taumelte Cornelius nach hinten. Während er zu Boden fiel, den Blick auf seinen Peiniger gerichtet, wischte dieser das blutige Schwert an einem Vorhang ab. Es war das Letzte, was Cornelius in dieser Welt sah.

Als Cornelius seinen letzten Atem aushauchte, warf die Gestalt noch einen verächtlichen Blick auf die Leiche und begann, sich umzuziehen. Unter der Kutte war eine Scheide verborgen, in die sie das Schwert steckte. Sie verstaute es zusammen mit der Verkleidung in eine Tasche, aus der sie zuvor eine Schirmmütze geholt hatte. Mit zitternden Fingern setzte sie die Kappe auf und zog sie tief in die Stirn. Vorsichtig öffnete sie nun die Tür und spähte hinaus. Weil sie niemanden entdecken konnte, huschte sie aus dem Haus. Eilig lief sie die drei Stufen hinunter, die auf den Weg durch den Vorgarten auf die kaum befahrene Straße führten. Der Lichtschein der nächsten Laterne erhellte nur unvollständig das halb verdeckte Gesicht.

Mittwoch, 11. Mai
14:30 Uhr

Gedankenverloren starrte Sina Gabrillani aus dem Fenster ihres Büros. Drei Etagen unter ihr donnerte ein nicht enden wollender Verkehrsstrom vorbei. Obwohl das Fenster geöffnet war, nahm sie den Lärm nicht einmal ansatzweise wahr. Im Geiste weilte sie tief in der Vergangenheit. Ein Rückblick, den sie sich sonst kaum gestattete. Sie hatte Angst, von dem Schmerz überwältigt zu werden. Schließlich erwartete man von ihr, dass sie funktionierte, allen voran ihr Chef. Heute jedoch würde sie sich nicht mehr auf den Geschäftsbericht konzentrieren können, dazu war sie einfach zu aufgewühlt. Zu viel war geschehen in den letzten Stunden.

»Bitte vereinbaren Sie mit Müller und Kluge einen Termin für morgen Nachmittag«, fuhr Herr Sörensen, der unbemerkt eingetreten war, in ihre Gedanken. »Aber erst nach fünfzehn Uhr. Sie wissen ja, vorher sitze ich wegen der Präsentation noch mit Ottakring zusammen.«

Sina Gabrillani drehte sich um. Für einen kurzen Moment starrten ihre hübschen blaugrünen Augen den Chef abwesend an. Langsam kehrte sie in die Gegenwart zurück. Schließlich nickte sie, strich sich eine Strähne ihrer blonden halblangen Haare aus der Stirn und löste sich ruckartig vom Fenster. Ihr schlanker, dennoch muskulöser Körper schien sich zu straffen. Mit drei energischen Schritten saß sie wieder an ihrem Arbeitsplatz. Reiß dich zusammen, hämmerte es hinter ihrer hohen Stirn. Noch vier, fünf Stunden in diesem Büro, dann würde sie ihren Emotionen endlich freien Lauf lassen können – oder besser – sie heute Abend im Karateverein in geordnete Bahnen lenken.

Donnerstag, 12. Mai
15:00 Uhr

Noble Wohngegend, dachte Hauptkommissar Willibald Pielkötter, während er auf das Eingangsportal der Villa zulief, deren Grundstück an den Wambachsee grenzte.

»Sind alle schon drin«, begrüßte ihn ein junger Polizist in Uniform.

Pielkötter brummte irgendetwas Unverständliches. Mit »alle« waren wahrscheinlich Spurensicherung und Rechtsmedizin gemeint und natürlich Kommissar Bernhard Barnowski. Sein Untergebener stand in der Diele, die mit echten Perserteppichen ausgelegt war, und unterhielt sich mit Karl-Heinz Tiefenbach von der Rechtsmedizin.

Viel unterschiedlicher hätte das unfreiwillige Gespann Pielkötter und Barnowski kaum sein können, nicht nur rein äußerlich. Pielkötters leicht untersetzter Körper und sein Gesicht mit schiefer Nase schienen Barnowskis Attraktivität noch zu unterstreichen. Dessen volles schwarzes Haar und der spöttische Blick wirkten auf Frauen jeden Alters ebenso wie der schlanke, durchtrainierte Körper. Im Gegensatz zu Pielkötters gewissenhafter Manier versah Barnowski seinen Dienst manchmal in einer etwas zu flapsigen Art, zumindest fand das sein Vorgesetzter.

»Überstunden abzufeiern, ist wohl nicht Ihr Ding«, bemerkte Barnowski, als Pielkötter näherkam.

»Hatte mir den Nachmittag tatsächlich anders vorgestellt«, erwiderte Pielkötter ärgerlich. »Aber Tote nehmen darauf einfach keine Rücksicht. Übrigens, können Sie schon etwas über die Tatzeit sagen?«

»Unser Mann ist etwa anderthalb Tage tot«, schaltete sich nun Karl-Heinz Tiefenbach von der Rechtsmedizin ein.

»Also seit vorgestern spätabends?«

»Ja, um diesen Dreh herum. Bei dem Toten handelt es sich aller Wahrscheinlichkeit nach um Cornelius Hamacher, den Besitzer dieser Villa.«

»Schon gehört«, brummte Pielkötter.

»Zweiundfünfzig und erstaunlich fit für sein Alter«, erklärte Tiefenbach.

Barnowski musterte seinen Chef von oben bis unten, als gelte es, Pielkötter mit dem Toten zu vergleichen. Dafür traf Barnowski ein missbilligender Blick.

»Cornelius Hamacher wurde erstochen, aber das haben Sie sicher auch schon gehört«, erklärte der Rechtsmediziner.

»Tatwaffe?« Erwartungsvoll blickte Pielkötter zu Tiefenbach.

»Kann ich noch gar nicht so genau sagen, jedenfalls nichts Gewöhnliches«, erwiderte dieser. »Sicher kein Messer. Es sei denn, eins in Überlänge und der Mörder hätte noch in der Wunde herumgebohrt. Vielleicht ein Schwert? Genaueres lässt sich erst nach gründlicher Untersuchung sagen.«

»Ein Schwert, wie einfallslos«, schaltete sich Barnowski ein. »Wann benutzt endlich mal ein Mörder 'ne Bohrmaschine.«

»In Gegenwart eines Toten sind Ihre Witze wirklich unangebracht«, tadelte Pielkötter seinen Untergebenen.

»Schwert oder nicht, die Todesart spricht jedenfalls nicht gerade für einen Raubmord«, erklärte Tiefenbach unberührt von dieser Meinungsverschiedenheit.

»Genau«, stimmte Barnowski zu. »Der Mord sieht mir eher nach einem Racheakt aus.«

»Keine voreiligen Schlussfolgerungen«, kritisierte Pielkötter erneut seinen Mitarbeiter. »Womöglich will der Täter uns genau das glauben lassen.«

Unwillkürlich verdrehte Barnowski die Augen. »Jedenfalls deutet hier nichts auf einen Einbruch hin«, verteidigte er sich. »Fragen Sie doch die Spurensicherung. Die können das bestätigen.«

»Später. Zuerst sehe ich mir den Toten einmal näher an.«

Während des Gesprächs hatte Pielkötter schon das ein oder andere Mal zu dem Ermordeten hingeschielt, der etwa drei Meter von ihm entfernt auf dem Boden lag. Unmittelbar neben der rechten Hand des Opfers lag ein Kerzenständer. Ein ganz ähnlicher befand sich auf einer kleinen Anrichte unter einem großen Spiegel mit Silberrahmen. Wahrscheinlich hatte Hamacher versucht, sich mit dem Leuchter zu verteidigen, folgerte Pielkötter, aber der Angreifer war offensichtlich schneller gewesen. Mit wenigen Schritten stand er vor dem Toten. Der sah ihn aus starren Augen an. Ewas Ungläubiges lag in seinem Blick. Hatte er den Täter etwa gekannt? Konnte er nicht begreifen, was ihm geschah und warum? Oder war er ganz sicher gewesen, niemals für seine Schuld bestraft zu werden? Schluss jetzt, dachte Pielkötter. Das ging eindeutig zu weit, am Ende zog er noch ebenso voreilige Schlussfolgerungen wie Barnowski. Das hätte ihm gerade noch gefehlt.

»Die Zeugin, die Herrn Hamacher gefunden hat, wartet im Wohnzimmer«, riss ihn der junge uniformierte Polizist aus dieser unangenehmen Überlegung.

Eilig wandte sich Pielkötter von dem Toten ab und folgte dem Polizisten. Als er den Wohnraum betrat, hätte er unter anderen Umständen wahrscheinlich ein »Nicht schlecht!« als Lob von sich gegeben. Weniger wegen der trendigen Einrichtung aus edlen Hölzern, die von erlesenem Geschmack und gut gefülltem Bankkonto zeugten, sondern mehr wegen der fantastischen Aussicht auf den Wambachsee.

Verloren auf einer viersitzigen Ledercouch in dezentem Grünton saß eine Frau von knapp sechzig mit ergrautem Haar und unvorteilhafter Hornbrille.

»Frau Koschinski«, erklärte der Polizist.

»Sie also haben Herrn Hamacher tot aufgefunden«, bemerkte Pielkötter, ohne sich vorzustellen. Den Blick unverwandt auf Frau Koschinski gerichtet, nahm er ihr gegenüber in einem breiten Ledersessel Platz. »Hauptkommissar Pielkötter«, holte er schnell das Versäumte nach. Doch Frau Koschinski hörte es wohl nicht, sie hatte zu weinen begonnen.

Der junge Polizist zuckte mit den Schultern und verließ eilig den Raum.

»Tut mir leid, dass Sie eine so schreckliche Erfahrung machen mussten«, fuhr Pielkötter fort. »Aber es ist auch für Sie äußerst wichtig, dass wir so schnell wie möglich den Mörder fassen. Deshalb wäre es sehr hilfreich, wenn ich Ihnen gleich ein paar Fragen stellen dürfte.«

Frau Koschinski nickte. Mit einem tiefen Seufzer zog sie ein Taschentuch aus ihrer Hosentasche und schnäuzte sich.

»Fragen Sie nur, es geht schon wieder.«

»Sagen Sie mir einfach, was Sie heute erlebt haben«, erwiderte Pielkötter väterlich.

Sie holte weit aus. »Ich putze schon seit ewiger Zeit für Herrn Hamacher, fünfzehn, sechzehn Jahre bestimmt. Er war immer zufrieden mit mir, und ich kann auch nichts Schlechtes über die Stelle sagen. Für Männer zu putzen ist sowieso einfacher, meistens jedenfalls. Zumindest habe ich noch nie erlebt, dass ein Mann mit dem Finger über die Fußleiste streicht, wenn ich mit dem Zimmer fertig bin. Nein, Herr Hamacher war sehr zufrieden mit meiner Arbeit.« Plötzlich rannen wieder Tränen über ihr recht bleiches Gesicht.

»Herr Hamacher war also nicht verheiratet?«

»Nicht, seit ich für ihn arbeite. Mir gegenüber hat er nie eine Frau oder Kinder erwähnt. Ich glaube, der hat nicht einmal eine Freundin gehabt.«

Ursprünglich hatte Pielkötter die Befragung zunächst in eine ganz andere Richtung lenken wollen, aber natürlich musste auch das Privatleben des Opfers ausgeleuchtet werden. »Ein Mann in den besten Jahren«, setzte Pielkötter einen Impuls, der Frau Koschinski hoffentlich anregen würde, sich dazu zu äußern.

»Gewundert hat mich das schon«, erklärte sie tatsächlich. »Dabei sah er gut aus. Immer noch dichtes schwarzes Haar. Nicht so abgearbeitet wie ich. Bin ja kaum älter als er. Aber da lagen Welten zwischen, wenn Sie verstehen, was ich meine?«

Pielkötter zog es vor, diese Frage unbeantwortet im Raum stehen zu lassen.

»Wirklich seltsam«, fuhr sie fort. »Eigentlich hätten die Frauen auf Herrn Hamacher fliegen müssen. Natürlich war er auch immer schick angezogen. Gute Kleidung war für meinen Chef sehr wichtig. Wenn ich mal eine Hose in den Schrank gehängt habe, musste ich stets auf die Falten achten. Und reden konnte der. Nicht so wie unsereiner. Bei dem hätten doch die Frauen Schlange stehen müssen. Wo er doch auch noch Geld hatte. So sagt man doch.« Unvermittelt füllten sich ihre Augen erneut mit Tränen. »Und jetzt ist er tot«, nuschelte sie in ihr Taschentuch.

»Glauben Sie, dass Herr Hamacher mehr auf Männer stand?«, fragte Pielkötter, wobei er unwillkürlich an seinen eigenen Sohn Jan Hendrik denken musste.

»Bestimmt nicht«, antwortete Frau Koschinski mit fester Stimme, nachdem sie sich wieder gefangen hatte. »Das hätte ich ihm sicher angemerkt. Und ich sage Ihnen eins, als Putzfrau bekommen Sie eine ganze Menge mit. Wenn man die Augen offen hält, weiß man doch, wo der Hase langläuft. Das können Sie mir wirklich glauben. Nein, nein, er stand nicht auf Männer. Der ruhte mehr so in sich selbst. War so 'ne Persönlichkeit, verstehen Sie?«

Pielkötter nickte, obwohl er mit dieser Aussage nicht gerade viel anfangen konnte. »Wann haben Sie Herrn Hamacher denn gefunden?«, lenkte er die Befragung nun auf die Fakten.

»Kurz vor zwei, also ich meine vierzehn Uhr.«

»Danach haben Sie uns sofort angerufen«, stellte Pielkötter schnell fest, ehe Frau Koschinski ihren Tränen wieder freien Lauf lassen konnte.

»Ja, es war so furchtbar, wie er dagelegen hat. Und das viele Blut. Obwohl ich es mit eigenen Augen gesehen hab, kann ich es noch nicht glauben. Wer ihm das nur angetan hat?«

»Genau das werden wir mit Ihrer Hilfe herausfinden«, entgegnete Pielkötter und sah ihr direkt ins Gesicht. Sie durfte sich jetzt auf keinen Fall ihren Gefühlen hingeben, zumindest nicht, bevor sie ihm weitere Fragen beantwortet hatte. »Begann Ihr Dienst bei Herrn Hamacher immer um diese Zeit?«

»Nur donnerstags, da putze ich vorher woanders. Montags arbeite ich hier immer den ganzen Tag, also von neun bis um vier. Bei diesem riesigen Haus ist das schon nötig.«

»Haben Sie Herrn Hamacher dann immer angetroffen?«

»Kaum. Morgens ist er meist schon aus dem Haus. Donnerstags bin ich zwar bis achtzehn Uhr hier, aber dann ist er fast immer noch in seinem Büro.«

Pielkötter fiel auf, dass sie nicht die Vergangenheitsform benutzte. »Wo arbeitete Herr Hamacher denn?«

»Er ist selbständig, hat eine kleine Werbeagentur. Mitten in der Stadt, in der Nähe des LehmbruckMuseums. Ich selbst bin noch nicht dort gewesen, also, in seinem Büro, meine ich.«

»Was genau haben Sie getan, nachdem Sie heute dieses Haus betreten haben?«

»Verdächtigen Sie mich jetzt etwa?«, fragte Frau Koschinski völlig entsetzt.

»Nein«, antwortete Pielkötter beruhigend, »ich muss mir nur ein exaktes Bild von den Abläufen machen. Vielleicht haben Sie etwas bemerkt, das mir Hinweise auf den Täter liefert.«

»Nachdem ich die Tür geöffnet habe ...« Sie stockte. »Herr Hamacher hat mir ja seinen Hausschlüssel anvertraut. Er weiß doch, von mir hat er nichts zu befürchten.«

»Sie haben also die Haustür aufgeschlossen«, führte Pielkötter sie zurück zum Thema.

»Da habe ich Herrn Hamacher da liegen sehen. Direkt in der Diele. Zuerst hab ich geschrien, aber natürlich hat mich keiner gehört. Das Grundstück ist einfach zu groß. Ist hier ja nicht wie in der Stadt.« Mit einer hektischen Handbewegung strich sich Frau Koschinski eine graue Haarsträhne aus der Stirn.

»Ich hab sofort gesehen, dass er tot ist. Vielleicht habe ich ihn ein paar Sekunden angestarrt. Dann konnte ich den Anblick nicht mehr ertragen. Erst wollte ich einen Arzt anrufen, aber für Herrn Hamacher ...« Wieder strömten unzählige Tränen über ihre Wangen.

Pielkötter gönnte ihr eine Pause. Sein Blick fiel auf ein riesiges, gut bestücktes Bücherregal an der gegenüberliegenden Wand. Sofern die Bücher nicht ausschließlich als Zierde dienten, war das Opfer wohl sehr belesen. Nun ja, mit irgendetwas musste Cornelius Hamacher ja seine Zeit verbringen, dachte Pielkötter. Keine Frau, keine Freundin, keine Kinder. Womöglich hatte er Freude und Konflikte lieber aus zweiter Hand erlebt. Allerdings passte der Mord nicht ganz zu dieser Theorie, eher zu einer heimlichen Leidenschaft, von der Frau Koschinski nichts wusste. Aber keine voreiligen Schlüsse, mahnte er sich selbst.

»Ich habe dann ziemlich schnell die Polizei angerufen«, meldete sich die Reinigungsfrau plötzlich wieder zu Wort. »Mit meinem

Handy, weil ich hier nichts anfassen wollte. Ich habe mich auch nicht vom Fleck gerührt, bis Ihre Kollegen aufgetaucht sind. Erst als die es erlaubt haben, bin ich ins Wohnzimmer gegangen und habe mich hierhin gesetzt.«

»Vorbildliches Verhalten«, bemerkte Pielkötter und lächelte gütig.

»Darf ich jetzt bitte gehen?«

»Eine Frage, dann sind Sie entlassen«, erwiderte Pielkötter. Frau Koschinski sah wirklich sehr mitgenommen aus. »Zumindest vorerst. Für das Protokoll müssen wir Sie leider erneut behelligen. Für heute möchte ich nur noch wissen, ob Herr Hamacher wirklich zu niemandem Kontakt gehabt hat, gleich welcher Art.«

Frau Koschinski schien ernsthaft zu überlegen.

»Vielleicht haben Sie einmal zwei Gläser weggeräumt, die auf einem Tisch stehen geblieben waren, oder den Müll nach einer Feier eingesammelt?«

»Von Kontakten weiß ich nichts. Allerdings war ich ja nur zweimal pro Woche im Haus.«

Nachdem Pielkötter sich für die Auskünfte bedankt hatte, stand Frau Koschinski schwerfällig auf. An der Tür drehte sie sich noch einmal um. »Hoffentlich schnappen Sie dieses Monster, das Herrn Hamacher das angetan hat. Einen besseren Arbeitgeber werde ich kaum finden. Sehr gut gezahlt hat er. Und ich konnte hier ungestört schalten und walten. Das ist längst nicht in allen Haushalten so.«

»Wir geben unser Bestes«, erwiderte Pielkötter, aber da war Frau Koschinski bereits außer Hörweite. Hoffentlich hatten die Kollegen ihre Personalien aufgenommen.

Pielkötter stand auf und lief zum Bücherregal. Nachdenklich zog er einen Band heraus und blätterte darin, dann wahllos noch ein paar andere. Für seinen Geschmack waren sie zu theologisch. Sogar ein Buch über Liturgie war dabei. Himmel, welcher Laie las denn so etwas? Zumal jemand aus der Werbebranche? Ehe er sich darüber weiter den Kopf zerbrach, beschloss er, sich lieber an Fakten zu halten. Höchste Zeit, Jochen Drenck von der Spurensicherung zu löchern. Eilig lief Pielkötter aus dem Wohnzimmer in die Diele. Anscheinend war die Spurensicherung dort bereits abgeschlossen. Sie hatten sich inzwischen zur ersten Etage hinaufgearbeitet, erfuhr er von dem jungen Polizisten in Uniform. Neugierig stieg Pielkötter die breiten Marmorstufen hoch, die von der Diele nach oben führten.

In einem der zwei Schlafzimmer stand Barnowski mit Jochen Drenck zusammen. Drenck hielt eine kleine Dose fluoreszierenden Magnetpulvers Marke »Blitz Red« in der Rechten und fuchtelte mit der linken Hand in der Luft herum.

»Habt ihr schon eine Spur gefunden, der man nachgehen sollte?«

»Wie ein Raubmord sieht das jedenfalls nicht aus«, erwiderte Drenck wie aus der Pistole geschossen. »Trotz *Blitz Red* gibt es keine Anzeichen dafür, dass der Täter weiter als bis zur Diele gekommen ist.«

»Vielleicht wusste er einfach genau, wonach er sucht.«

»Dann hätte er zumindest den Safeschlüssel finden müssen. Der lag ganz unspektakulär in Hamachers Nachttischschublade unter einem Stapel Unterhosen.«

»Um potentielle Diebe abzuschrecken, hätte er die schon einige Tage tragen müssen«, witzelte Barnowski.

Pielkötter schickte einen missbilligenden Blick in seine Richtung.

»Manche glauben wirklich, das Versteck sei originell«, verteidigte sich Barnowski.

»Den Inhalt des Safes haben wir schon zur weiteren Durchsicht ins Präsidium transportiert. Aber wahrscheinlich kommt dabei eh nicht viel heraus, auf den ersten Blick handelt es sich um Bargeld in Höhe von ein paar Tausend Euro, Herrenschmuck, Sparbriefe, etwas Gold.«

»Nun gut«, brummte Pielkötter, »entweder hatte der Mörder ein anderes Motiv als Raub oder er ist aus irgendeinem Grund nicht bis in die erste Etage gekommen.«

»Gestört wurde er jedenfalls nicht«, fuhr Barnowski dazwischen, »sonst hätte der Tote hier nicht tagelang unentdeckt herumgelegen.«

»Gut anderthalb Tage!«

»Na schön, dann eben ein paar Stunden weniger.«

»Ehe Sie Ihre Energie für weitere ungeeignete Bemerkungen verschwenden, finden Sie lieber alles über Cornelius Hamacher heraus. Verwandte, Erben, Vorlieben, Firma. Und vor allem, wer ihn zuletzt gesehen hat. Am besten fahren Sie direkt ins Präsidium. Unterdessen höre ich mich schon einmal in der Nachbarschaft um.«

»Tschau Jochen«, sagte Barnowski zu Drenck und ließ Pielkötter einfach stehen.

Während Drenck Pielkötter mit vielsagender Miene betrachtete, steigerte sich Pielkötters Unmut zu einem Gefühl, das er lieber nicht genauer analysieren wollte. »Also, nichts deutet auf einen Einbruch hin«, durchbrach er das peinliche Schweigen.

»Absolut nichts«, erwiderte Drenck. »Alle Fenster und Türen sind unbeschädigt. Sofern unser Täter keinen Schlüssel besaß, hat Hamacher ihn selbst in die Wohnung gelassen.«

»Falls Tiefenbach mit der Tatzeit ungefähr richtig liegt, hat Cornelius Hamacher seinen Mörder höchstwahrscheinlich gekannt. Wer lässt schon spätabends oder nachts einen Unbekannten ins Haus? Vielleicht war er aber auch nur sehr unvorsichtig.«

»'ne Alarmanlage hat dieser Schuppen jedenfalls nicht.«

»Gut fürs Erste«, verabschiedete sich Pielkötter nun schnell. »Alles andere lese ich dann in Ihrem Bericht.«

Hoffentlich haben die Nachbarn schon Feierabend, dachte er, während er wenig später das Haus verließ.

Den Nachbarn zur Linken traf er am Garagentor, eine lederne Aktentasche in der Hand.

»Hauptkommissar Pielkötter.« Eilig hielt er dem verdutzten Mann seine Dienstmarke hin.

»Was ist überhaupt hier los? Die ganzen Wagen vor dem Nachbargrundstück. Das hat es ja noch nie gegeben.«

»Vielleicht gehen wir erst einmal ins Haus«, schlug Pielkötter vor.

»Ich will auf der Stelle wissen, was hier gespielt wird«, erklärte der Mann aufgebracht.

»Wenn Sie es lieber vor der Garage erfahren wollen«, erwiderte Pielkötter äußerst beherrscht, »informiere ich Sie eben hier über den gewaltsamen Tod von Cornelius Hamacher.« Soweit Pielkötter das beurteilen konnte, verfehlte diese Aussage ihre Wirkung nicht. Zumindest hatte der Mann augenblicklich die Farbe gewechselt.

»Gewaltsam, sagen Sie«, brachte er ungläubig hervor. »Aber nicht hier in unserem friedlichen Viertel. Man hört und liest ja so viel. Menschen werden auf Straßen und Bahnsteigen angegriffen.« Erwartungsvoll sah er Pielkötter an. Der jedoch ließ ihn zappeln. Schließlich hatte der Mann sich das redlich verdient.

»Sie haben Recht, besser wir gehen doch ins Haus.« Eilig schloss er Pielkötter die Tür auf. »Hannelore, ich bin es«, rief er, während er die Diele durchquerte und die Tür zu einem kleinen Büro aufstieß.

Hannelore, eine Brünette von etwa fünfundvierzig Jahren, erschien, nachdem Pielkötter auf einem wackeligen Stuhl Platz genommen hatte.

»Hör dir an, was der Kommissar zu erzählen hat«, erklärte ihr Mann, von dem Pielkötter inzwischen ahnte, dass er Lohberg hieß. Zumindest hatte er »Holger und Hannelore Lohberg« auf der Klingel gelesen.

»Leider muss ich Ihnen mitteilen, dass Ihr Nachbar Cornelius Hamacher in seinem Haus ermordet worden ist.«

Hannelore Lohberg hielt sich die Hand vor den Mund. Nur eine Geste, spontan oder nicht, aber ihre Augen blickten verstört. Wenn die das schon gewusst hat, lade ich Barnowski zum Essen im Steigenberger ein, dachte Pielkötter.

»Ermordet? Hier bei uns?«, fing sich Herr Lohberg als Erster. »Heute?«

»Wahrscheinlich vorgestern Abend«, antwortete Pielkötter.

»Dann haben wir ein Alibi«, platzte es aus ihm heraus. »Dienstags spielen wir nämlich immer Doppelkopf mit zwei anderen Paaren. Wir treffen uns reihum. Diesmal waren die Tillmanns dran. Die wohnen in Wesel. Ich kann Ihnen gern die Telefonnummer und die Adresse geben.«

»Darauf komme ich später zurück. Sie haben an dem betreffenden Abend also nichts gesehen.«

»Doch«, meldete sich nun Hannelore Lohberg zu Wort. »Zumindest ich habe Herrn Hamacher gesehen, bevor wir aufgebrochen sind. Wissen Sie, ich musste an diesem Abend fahren. Ich habe unseren Wagen schon mal aus der Garage geholt. Holger war noch im Haus. Er hatte die Fotos vergessen, die wir auf dem letzten Ausflug mit unserer Doppelkopfrunde geschossen haben. Während mein Mann noch im Haus rumgesucht hat, kam Herr Hamacher von der Arbeit heim.«

»Wie spät war das genau?«, fragte Pielkötter.

»Es war ungefähr kurz nach halb acht Uhr.«

»Daran können Sie sich genau erinnern?«

»Im Autoradio liefen gerade die Nachrichten.«

»Aber dann könnte es doch auch kurz nach acht gewesen sein.«

»Meine Frau hat Recht, es war halb. Um acht Uhr beginnt normalerweise unsere Runde, und wir waren spät dran. Wegen der Fotos. Selbst wenn man gut durchkommt, braucht man vierzig Minuten.«

»Gut. Aber woher wussten Sie, dass er von der Arbeit kam?«

»Als er aus seinem Wagen ausgestiegen ist, hatte er einen Aktenkoffer in der Hand. Deshalb bin ich davon ausgegangen, dass er aus seiner Firma kam. Der hat ja oft lange gearbeitet. Soviel ich weiß, hat der nur für seine Firma gelebt.«

»Sie haben ihn also trotz der beträchtlichen Entfernung genau erkannt.«

»Hannelore hat wirklich noch gute Augen«, erklärte Herr Lohberg. »Aber jetzt wollen Sie bestimmt wissen, wann wir zurückgekehrt sind? Da war es bald eins. Exakter können wir Ihnen das leider nicht angeben.«

»Haben Sie bei Ihrer Rückkehr etwas Besonderes bemerkt?«, fragte Pielkötter.

»Nein, wirklich nicht, es war alles wie immer«, erklärte Hannelore.

»Das kann ich bestätigen. Tut mir leid, wenn wir Ihnen da nicht helfen können. Und bei den Minrats werden Sie auch nichts erfahren.«

Pielkötter blickte irritiert.

»Das sind Hamachers Nachbarn auf der anderen Seite. Die sind seit einer Woche im Urlaub und kommen erst gegen Ende des Monats zurück.«

»Hatten Sie eigentlich näheren Kontakt zu Cornelius Hamacher?«

»Also über einen kurzen Gruß und ein paar kleine Sätze am Gartenzaun ging unsere Beziehung nicht hinaus.«

»Von unserer Seite kam das Einsilbige aber nicht«, fügte Hannelore schnell hinzu. »Wir selbst sind ja ziemlich aufgeschlossen, aber der Hamacher hatte fast zu niemandem Kontakt. Außer der Reinemachfrau habe ich dort ganz selten Leute gesehen. Höchstens ein- oder zweimal einen Mann in Hamachers Alter.«

»Wenn der irgendwelche Freunde oder gar Frauen hatte, brachte er sie zumindest nicht mit nach Haus.«

»Dann danke ich Ihnen vorerst für die Informationen«, verabschiedete sich Pielkötter nun ziemlich schnell. »Vielleicht werde ich Sie zu einem späteren Zeitpunkt noch einmal in Anspruch nehmen.«

Abgesehen von dem Mörder war Hannelore Lohberg wohl die Letzte, die Cornelius Hamacher lebend gesehen hatte, dachte Pielkötter, während er nachdenklich das Grundstück verließ.

Donnerstag, 12. Mai
21:30 Uhr

Mit undefinierbarem Blick saß Sina Gabrillani an einem der Tische unweit des Kanals am neuen Duisburger Innenhafen ihrer fast genau vier Jahre älteren Schwester Belinda gegenüber. Unaufhörlich rührte sie in ihrer Tasse herum.

»Warum trinkst du abends noch Kaffee?«, fragte Belinda Gabrillani kopfschüttelnd. »Und dann beschwerst du dich, dass du nicht einschlafen kannst.«

Sina hörte ihrer Schwester nur beiläufig zu und starrte über das Wasser auf das gegenüberliegende Ufer. Während es dämmerte, setzte nach und nach die Beleuchtung an den historischen Speichergebäuden ein. Gedankenverloren betrachtete Sina eine spektakuläre Szenerie in atemberaubendem Licht, ohne sie jedoch richtig wahrzunehmen.

»Zudem sind die Cocktails hier wirklich gut«, fuhr Belinda fort. »Entdeckst du hier einen einzigen Gast, der Kaffee trinkt?«

Sina schwieg beharrlich.

Eine Gruppe Jugendlicher an einem der Nachbartische lachte laut auf.

»Es ist zum Verrücktwerden mit dir«, erklärte Belinda mit neidischem Blick auf die lustige Truppe nebenan. »Erst bittest du mich inständig um dieses Treffen und jetzt schweigst du mich an.«

»Vater will mich unbedingt sehen«, offenbarte Sina endlich. »Thomas hat mich deshalb angerufen.«

»Und?«

Erneutes Schweigen. Belinda stürzte einen großen Schluck ihrer Piña Colada hinunter und trommelte mit den Fingern ihrer rechten Hand auf den Tisch. »Gehst du hin?«

»Niemals«, erklärte Sina entschieden.

»Warum bist du dann so aufgewühlt? Du bleibst einfach fort und damit basta. Wieso grübelst du weiter über die Sache nach, wenn du dich bereits entschieden hast?«

»Ich bin nicht so wie du«, erwiderte Sina leise. Ihre Stimme war kaum mehr als ein Hauch. »An dir ist schon immer alles abgeprallt, während ich …« Sie verstummte.

»Einmal muss endlich Schluss sein«, entgegnete Belinda fest. »Inzwischen sind wir erwachsene Frauen, die selbst für ihr Schicksal verantwortlich sind.«

»Sind wir das wirklich?«

»Wenn du daran zweifelst, gehst du lieber wieder in Therapie. Ich jedenfalls habe einen radikalen Schlussstrich gezogen und nehme mein Leben in die Hand.«

»Vielleicht kannst du nur besser verdrängen«, wagte Sina einzuwenden und erntete einen bösen Blick. Plötzlich fror sie trotz der sommerlichen Temperaturen. Was hatte sie wirklich von diesem Gespräch erwartet? Einen guten Rat, einen Hauch Solidarität, Mitgefühl? Wieso eigentlich? Sie hatte sich bereits in ihrer gemeinsamen Kindheit immer danach gesehnt und doch nie auch nur ansatzweise erhalten. Selbst von ihrem einst so verehrten großen Bruder Thomas nicht.

»Wenn du Vater nicht besuchen willst, finde ich das okay, aber bitte verschone mich mit deinem Gejammer.«

Warum drehten sich ihre Gespräche immer wieder im Kreis?

Wortlos starrte Sina über den Kanal. Die Lichter der Gebäude auf der anderen Seite spiegelten sich. Eine leichte Böe kräuselte das Wasser, und die einzelnen bunten Lichter verschwammen zu bunten Schlieren. Als sich die kleinen Wogen wieder glätteten, schien plötzlich ein Bild an der Wasseroberfläche aufzutauchen. Ein Bild, das Sina nicht sehen wollte. Am liebsten hätte sie laut aufgeschrien, aber das gestattete sie sich nicht.

Belinda hatte sie die ganze Zeit beobachtet, stumm. Jetzt holte sie aus: »Geh zu deinem Therapeuten.«

Freitag, 13. Mai
11:00 Uhr

Nachdenklich legte Hauptkommissar Willibald Pielkötter den Obduktionsbericht zur Seite und griff zum Telefon. »Barnowski, kommen Sie sofort in mein Büro«, kommandierte er in scharfem Ton.

Wie immer musste man in diesem Laden alles zweimal sagen. Sofort hieß doch sofort. Oder nicht? Wie konnte man da etwas falsch verstehen? Pielkötter stand kurz vor einem kleinen Wutanfall, aber dann, ehe der Blutdruck bedrohliche Werte annahm, rauschte Barnowski ins Zimmer.

»Habe soeben den Obduktionsbericht gelesen«, erklärte Pielkötter mit leicht gerötetem Kopf. »Cornelius Hamacher ist tatsächlich mit einem zweischneidigen Schwert erstochen worden.«

»Wie ich Sie kenne, ersparen Sie mir auch nicht die weiteren Details«, feixte Barnowski. »Fangen Sie mit der Tatzeit an. Das ist besser für meinen empfindlichen Magen.«

»Empfindliche Mägen haben bei der Polizei nichts zu suchen.«

»Da hat sich unser guter Karl-Heinz Tiefenbach ja fast überschlagen«, lenkte Barnowski von diesem Thema ab. »Obduktion samt Bericht innerhalb von vierundzwanzig Stunden, das macht dem Rechtsmediziner so schnell keiner nach.«

»Wahrscheinlich wurde die Waffe von einer linken Hand geführt«, erklärte Pielkötter, ohne auf Barnowskis Bemerkung einzugehen. »Hamacher war genau ein Meter neunundsiebzig groß, der Täter etwas kleiner. Laut Obduktionsbericht war das Opfer etwa fünf bis zehn Zentimeter größer als sein Mörder.«

»Dann war der Täter wohl eher so'n drahtiger Typ.«

»Übrigens ist der Tod zwischen zweiundzwanzig und vierundzwanzig Uhr eingetreten. Damit haben die Nachbarn offensichtlich ein Alibi. Zur Sicherheit können Sie bei denen noch einmal nach dem Namen und der Telefonnummer der Doppelkopfspieler fragen, bei denen sie den Abend verbracht haben. Und nachforschen, ob die Nachbarn zur anderen Seite wirklich im Urlaub waren.«

»Bereits geschehen«, erwiderte Barnowski zu Pielkötters Erstaunen. »Jedenfalls habe ich das Alibi der Minrats überprüft. Die sonnen sich an einem schönen Hotelstrand in Spanien, während wir uns hier wegen ihres toten Nachbarn abrackern.«

»Dafür sind wir schließlich da.« Barnowski traf ein missbilligender Blick.

»Irgendetwas Besonderes steht noch in dem Obduktionsbericht. Das sehe ich Ihnen doch an. Dabei ist ein Schwert als Mordwaffe ja schon seltsam genug.«

So viel Beobachtungsvermögen und Menschenkenntnis hatte Pielkötter seinem Untergebenen eigentlich nicht zugetraut.

»Auf der rechten Seite der Brust weist die Leiche eine kreisrunde Narbe auf. Interessant sind die tätowierten Buchstaben in der

Mitte. Ein C, ein S und ein H. Alle großgeschrieben. Und ganz sicher nicht von einem Profi gemacht. Der erste Buchstabe könnte natürlich für Cornelius stehen, der letzte für Hamacher. Leider besitzt das Opfer keinen zweiten Vornamen.«

»Eine Narbe, also keine frische Wunde, demnach nicht von dem Schwert«, bemerkte Barnowski. »Folglich hatte der Täter damit nichts zu tun.«

»Vorsicht«, mahnte Pielkötter. »Wir wissen ja nicht, ob sich Täter und Opfer nicht schon vorher kannten.«

»Da haben Sie ausnahmsweise Recht.«

Pielkötter missfiel das Wort »ausnahmsweise« ebenso wie der ironische Unterton. »Haben Sie schon etwas über Cornelius Hamachers Firma in Erfahrung gebracht?«

»Wenn ich mich jetzt erst einmal setzen darf, erzähle ich es Ihnen«, erklärte Barnowski.

Mit undurchdringlicher Miene deutete Pielkötter auf einen der beiden Stühle vor seinem monströsen Schreibtisch.

»Also der hat ganz schön Umsatz mit seiner Werbefirma gemacht. Bis zu dreihundert Mille pro Jahr. Okay, da geht noch einiges ab bis zum Gewinn. Trotzdem konnte er davon mehr als gut leben.«

»Mitarbeiter?«

»Nur eine Sekretärin. Juliane Berger. Mit der habe ich gleich für morgen einen Termin ausgemacht. Genauer gesagt, habe ich sie für zehn Uhr hier ins Präsidium bestellt.«

»Nein, das machen wir anders«, erklärte Pielkötter. »Ich werde mich mit ihr in Hamachers Firma treffen. Jetzt gleich. Kündigen Sie mal schnell meinen Besuch an. Zwar war die Spurensicherung schon vor Ort, aber ich möchte mir ein persönliches Bild machen. Auch von Juliane Berger in der passenden Umgebung.«

Barnowski rollte verdächtig mit den Augen.

»Sobald wir alle wichtigen Personen vernommen haben, kümmern wir uns um das Schwert.« Mit einem Wink gab Pielkötter seinem Untergebenen zu verstehen, dass er das Büro nun verlassen konnte.

»Hamacher muss total bescheuert gewesen sein«, erklärte Barnowski, während er sich erhob. »Besitzt die nötige Knete, es so richtig krachen zu lassen, und was macht der Mann? Zieht sich einsam in sein Haus zurück, wenn er nicht gerade arbeitet. Also, Chef, mir würde das nicht passieren.«

»Muss ja nicht jeder Ihre Lebenseinstellung teilen«, ließ Pielkötter eine letzte Anspielung fallen, bevor Barnowski aus seinem Büro verschwand.

Freitag, 13. Mai
12:00 Uhr

Da Cornelius Hamachers Firma nicht allzu weit vom Präsidium entfernt war, beschloss Pielkötter ausnahmsweise zu Fuß zu gehen. Doch keine gute Idee, fand er, nachdem er literweise Autoabgase eingeatmet hatte. Bevor er die Düsseldorfer Straße überquerte, warf er einen Blick auf das moderne Gebäude des LehmbruckMuseums. Leider erinnerten ihn die Skulpturen vor dem Gebäude daran, dass er seiner Frau Marianne mehr Kultur versprochen hatte. Unwillig schob er diesen Gedanken beiseite. Sein Verhältnis zu Marianne war in der letzten Zeit schon problematisch genug. Dazu brauchte er nicht gerade auch noch Kultur. Ein gutes Essen und ein gepflegtes Gläschen Pils waren damit ja wahrscheinlich nicht gemeint. Eilig hastete er über die Straße, ehe der anrollende Verkehr das wieder für eine Weile zu einem unmöglichen Unterfangen machen würde.

Cornelius Hamacher hatte die vierte Etage eines Gebäudes mit etlichen Firmenbüros angemietet. Das ganze Gebäude erschien Pielkötter sehr gepflegt, der Aufzug funktionierte, schwebte fast geräuschlos nach oben.

Juliane Berger empfing ihn an der Tür. Sie wirkte genauso makellos wie der Eingangsbereich. Dezentes Make-up, blassrosa Lippenstift, eine Frisur wie aus der Werbung und modisch gezupfte Augenbrauen.

»Schrecklich, nicht wahr?«, erklärte sie statt einer Begrüßung. »Dabei versuche ich immer noch, hier zu arbeiten, als sei nichts geschehen. Obwohl die Polizei einiges an Unterlagen beschlagnahmt hat.«

Nachdem Juliane Berger ihn durch einen schmalen Flur und ein ansprechendes helles Vorzimmer geführt hatte, landeten sie in einem riesigen Büro. Zu Pielkötters Erstaunen bot sie ihm einen Platz an einem Konferenztisch mit zwölf gut gepolsterten Stühlen an. Die Anzahl der Sitzgelegenheiten fand Pielkötter etwas übertrieben.

»Hatten Sie denn Kundenbesuche in dieser Größenordnung?«, fragte er mit Blick auf den ovalen Mahagonitisch.

»Weniger«, antwortet Juliane Berger. »Die Präsentationen fanden meist in den Firmen statt.«

»Welche Branchen zählten eigentlich zu Ihrem Kundenstamm?«

»Oh, ganz unterschiedliche. Wir haben die Besitzer von Restaurantketten und mittelständischen Handwerksbetrieben genauso beraten wie einen Verlag für religiöse Bücher.«

»Interessant«, sagte Pielkötter und meinte das wirklich so.

»Ich habe Ihnen noch gar nichts angeboten. Einen Tee vielleicht, Kaffee oder etwas Kaltes?«

»Kaffee wäre gut. Mit Milch und Zucker bitte. Der Kaloriengehalt muss schon stimmen.«

Während Juliane Berger kurz in den Vorraum verschwand, sah sich Pielkötter genauer in dem Besprechungszimmer um. Direkt über ihm hing ein monströses Gemälde. Es zeugte nicht gerade von meisterhaftem Pinselstrich, sofern er das beurteilen konnte, aber ihn beeindruckte die Zusammenstellung der Farben. Beige-, Braun- und Blautöne flossen ineinander. Das Bild hat was Erdiges, dachte Pielkötter, ohne zu wissen, wie er auf diese Beschreibung kam. Jedenfalls hätte er sich Bilder in einem Werbebüro in etwas schrilleren Farben vorgestellt. Die sündhaft teure Einrichtung jedoch entsprach genau seinen Erwartungen.

Ehe er sich weiter umschauen konnte, kehrte Juliane Berger mit zwei Tassen Kaffee zurück. Sie setzte sich ihm gegenüber und sah ihn erwartungsvoll an.

»Wie haben Sie zu Herrn Hamacher gestanden?«, fragte Pielkötter.

»Sie meinen, ob er für mich mehr war als ein Chef, nicht wahr?« Umständlich zupfte sie eine nicht vorhandene Fluse von ihrem grünen Leinenkleid, von dem Pielkötter annahm, es habe ein kleines Vermögen gekostet.

»In gewisser Weise ging unser Verhältnis wirklich über eine normale Geschäftsbeziehung hinaus. Allerdings nicht, wie Sie jetzt vielleicht denken. Cornelius Hamacher war nicht mein Geliebter. Ich glaube, er hat sich nicht einmal für Frauen interessiert.«

»Wie meinen Sie das?«

Juliane Berger rührte in ihrer Kaffeetasse herum. »Wir haben so viel gearbeitet, dass ich eigentlich kein Privatleben hatte, was natürlich auch für Herrn Hamacher galt. Wissen Sie, wir haben mehr Zeit zusammen verbracht als ein durchschnittliches Ehepaar. Deshalb ging unser Verhältnis über eine normale Geschäftsbeziehung hinaus. Für mich jedenfalls.«

Der Zusatz ließ Pielkötter hellhörig werden. »Wären Sie Ihrem Chef auch gerne privat noch nähergekommen?«

»Liebend gerne«, gab sie offenherzig zu. »Entgegen aller Vernunft, denn eine so gute Arbeitsstelle setzt man eigentlich nicht leichtfertig aufs Spiel. Aber wie ich schon erwähnte, Herr Hamacher schien gar nicht an Frauen interessiert zu sein.«

»An Männern?« Lauernd beobachtete Pielkötter ihre Reaktion.

»Nein, nein«, wehrte sie ab. »Das war nicht der Grund. Mein Chef hat eben für seine Arbeit gelebt.«

Automatisch fragte sich Pielkötter, ob es wirklich Menschen ohne Bedürfnis nach Sex und Nähe gab. Vielleicht wollte mancher entweder nur das eine oder das andere. Oder Juliane Berger hatte ihm einfach eine fette Lüge aufgetischt. Womöglich bereute sie inzwischen, ihre Ambitionen so bereitwillig zugegeben zu haben. Hatte sie etwa von einer Konkurrenz erfahren, die außerhalb ihrer

Vorstellungskraft gelegen hatte? Eifersucht jedenfalls war ein starkes Motiv. Selbst die Todesart passte dazu. Aber war es denkbar, dass Juliane Berger mit einem Schwert umgehen konnte? Warum hatte sich Hamacher nicht gewehrt? Vielleicht hatte er das seiner Angestellten einfach nicht zugetraut? Vielleicht hatte alles zunächst wie ein Spiel ausgesehen. Als Hamacher dann den blutigen Ernst erfasst hatte, war es bereits zu spät. Pielkötter musste unbedingt noch einmal Karl-Heinz Tiefenbach interviewen, mit welcher Wahrscheinlichkeit eine Frau als Täter infrage kam.

Lauernd beobachtete er, wie Juliane Berger die Kaffeetasse zum Mund führte. Dabei benutzte sie ihre linke Hand. Soweit er sich an den Obduktionsbericht erinnerte, hatte der Rechtsmediziner den Täter mit einer gewissen Wahrscheinlichkeit als Linkshänder ausgewiesen.

»Hatte Herr Hamacher eigentlich engere Verwandte?«, fragte Pielkötter, als Juliane Berger ihn wegen des längeren Schweigens mit einem seltsamen Blick bedachte. »Uns sind bisher keine bekannt.«

»Das wundert mich nicht«, erwiderte sie. »Er hatte keine. Seine Eltern sind lange tot. Haben ihn wohl auch erst sehr spät bekommen. Die Mutter soll schon über vierzig gewesen sein, der Vater noch viel älter. Wahrscheinlich waren sie deshalb mit der Erziehung total überfordert. Jedenfalls haben sie ihn vor der Pubertät in ein Internat abgeschoben.« Erneut führte sie die Kaffeetasse zum Mund. Unwillkürlich starrte Pielkötter auf ihre linke Hand, dann jedoch rief er sich zur Räson und schaute sie wieder an, was sie als Ermunterung nahm weiterzusprechen.

»Herr Hamacher hat nicht gern darüber gesprochen. Soweit ich mich erinnern kann, nur ein einziges Mal. Nach einem sehr lohnenden Geschäftsabschluss. Da hat er mich in die Lindenwirtin eingeladen. Das Restaurant kennen Sie bestimmt. An der Mülheimer Straße, fast in der Nähe vom Zoo. Urige Einrichtung, aber wir haben draußen im Biergarten gesessen. An besagtem Abend hatte Cornelius Hamacher wohl ein paar Gläschen Wein zu viel getrunken und ist redselig geworden.« Ihr Blick schien mit einem Mal in die Ferne zu schweifen. »Leider habe ich mir darauf direkt etwas eingebildet. Nicht nur, weil er sonst nie aus seinem Privatleben erzählt hat, sondern wegen der ganzen Situation. Sonst hat er mich ja auch nie eingeladen.«

»Hinterher war es sicher schwer für Sie, mit Ihrem Chef weiterzuarbeiten wie zuvor«, erwiderte Pielkötter in verständnisvollem Ton.

»Jedenfalls in der ersten Zeit nach dieser Nacht.« Sie lachte kurz auf, was in Pielkötters Ohren leicht hysterisch klang. »Wie sich das anhört: *Nach dieser Nacht*. Dabei haben wir doch nur geredet. Nicht einmal bei ihm zu Hause, sondern in der Öffentlichkeit. In einem voll besetzten Biergarten.« Sie seufzte. »Ja, ja, Wunschvorstellung trifft Wirklichkeit, das galt zu oft für meine Beziehung zu Cornelius Hamacher.«

»Wenn ich Sie vorhin recht verstanden habe, gab sich Ihr Chef gegenüber allen Mitmenschen so reserviert. Und er hatte auch keine Freunde, zumindest waren Ihnen keine bekannt.«

»Alles korrekt«, seufzte sie erneut. »Manchmal grenzt es fast an ein kleines Wunder, wie erfolgreich Herr Hamacher war. Unsere Kunden haben ihn einfach aufgrund seiner Kreativität geschätzt, keinesfalls wegen eines herzlichen Umgangstons.«

»Erfolgreich wie er war, hat Herr Hamacher sicher ein kleines Vermögen angesammelt«, erwiderte Pielkötter. »Haben Sie eine Ahnung, wer ihn beerbt, wo doch keine nahen Verwandten existieren?«

»Ich für meinen Teil erbe ein volles Jahresgehalt«, antwortete Juliane Berger ohne zu zögern. »Jedenfalls hat er das zweimal gesagt. Der Rest sollte an ein afrikanisches Kinderheim für Aidswaisen gehen.« Mit einem unüberhörbarem Klack stellte sie die Kaffeetasse auf den Tisch. »Den Täter werden Sie deshalb wohl kaum unter den Erben finden. Ein Jahresgehalt gegen die Aussicht nie wieder eine so gut bezahlte Stelle zu finden. Nein, den Mörder müssen Sie wirklich woanders suchen.«

»Genau dabei sollen Sie uns helfen«, erwiderte Pielkötter ziemlich ungerührt. »Vielleicht kennen Sie irgendwelche Feinde, Personen, die Ihrem Chef schaden wollten oder von seinem Ableben profitieren.«

»Tut mir leid, aber damit kann ich Ihnen nicht dienen. Cornelius Hamacher hatte keine Feinde.«

»Jedenfalls keinen, den Sie kannten«, verbesserte Pielkötter, wobei er sich fragte, inwiefern Eifersucht nicht auch ein mörderischer Feind sein konnte. »Gut, das war es dann fürs Erste.«

Sie begleitete ihn hinaus. »Sicher wundern Sie sich, dass ich vor Ihnen nicht eine Träne vergossen habe«, erwiderte sie an der Tür. »Aber wenn es um Cornelius Hamacher ging, habe ich mich schon immer zusammenreißen müssen.«

»Möglicherweise verlangt er Ihnen das noch ein letztes Mal ab.«

Misstrauisch, vielleicht auch nur verwundert sah Juliane Berger Pielkötter an. »Wie darf ich das verstehen?«

»Sofern wir niemanden finden, der geeigneter wäre als Sie, muss ich Sie leider bitten, Ihren Chef zu identifizieren«, erklärte Pielkötter. »Wie Sie selbst ausgesagt haben, gibt es keine direkten Verwandten oder engeren Bekannte. Sie standen ihm also am nächsten.«

Juliane Berger seufzte mehrmals, wobei ihr Körper einen gewissen Halt an dem Türrahmen zu suchen schien. Ihre Gesichtsfarbe war um eine Nuance blasser geworden, trotz des aufwendigen Make-ups.

»Wenn es sich nicht vermeiden lässt«, entgegnete sie schließlich, als hätte sie sich einem schweren Schicksal ergeben. »Sie werden auch dabei sein, oder?«

»Ich weiche bei der Identifizierung nicht von Ihrer Seite«, erwiderte Pielkötter und wandte sich zum Gehen. Niemals würde er sich ihre Reaktion entgehen lassen wollen, während sie mit dem Opfer konfrontiert wurde.

Freitag, 13. Mai
16:00 Uhr

Ohne anzuklopfen, stürmte Pielkötter in das Büro seines Mitarbeiters.

»Wieder nicht beim Bohren in der Nase erwischt«, kommentierte Barnowski dieses ungebührliche Verhalten.

»Schließlich ist das hier nicht Ihr Schlafzimmer«, erwiderte Pielkötter, »zudem ermitteln wir in einem Mordfall, bei dessen Aufklärung Eile geboten ist.«

Barnowski winkte ab, was Pielkötter dahingehend deutete, dass sein Untergebener lieber klein beigab, als sich einen längeren Vortrag über Arbeitsmoral anzuhören.

»Auch bei gründlicher Recherche konnte ich keine lebenden Verwandten von Cornelius Hamacher finden«, erklärte Barnowski, ehe Pielkötter in der Lage war, irgendetwas zu äußern. »Der Typ muss ein seltsamer Kauz gewesen sein. Nicht einmal Freunde schien der gehabt zu haben. Inzwischen habe ich sogar mit den Nachbarn in Spanien telefoniert. Die haben die Aussage von Juliane Berger übrigens bestätigt. Also, dass er kaum Kontakte hatte. Passt auch zu dem Testament des Opfers. Seine Sekretärin erbt nämlich sechzig Riesen, der Rest geht an …«

»Ein Heim für Aidswaisen in Afrika«, fiel Pielkötter ihm ins Wort.

»Die Berger wusste also Bescheid? Auch über das stattliche Sümmchen von sechzig Riesen? Jedenfalls wurde schon manch einer für weniger Geld umgebracht.«

»Stimmt.«

Barnowski schielte misstrauisch zu Pielkötter hinüber. Offensichtlich hatte er eher einen Einwand erwartet. Zumindest gehörte das Wort »stimmt« gewöhnlich nicht zu Pielkötters Wortschatz, wenn er mit seinem Mitarbeiter kommunizierte. »Heißt das, Sie halten die Berger für verdächtig?«

»Ja, aber aus einem anderen Grund«, erwiderte Pielkötter. »Ihr Erbteil entspricht einem Jahresgehalt. Was nützt ihr dieser einmalige Geldregen? Dafür ist die gut bezahlte Stelle futsch. Wird schwer sein für sie, etwas Besseres zu finden. So ganz jung dürfte sie ja nicht mehr sein. Anfang bis Mitte vierzig schätze ich.«

»Vielleicht wollte Hamacher sie entlassen?«, wandte Barnowski ein.

»Daran habe ich auch schon gedacht. Aber wenn der mit ihr unzufrieden gewesen wäre, hätte der sicher zuerst einmal das Testament geändert. So einfach ist es ja nicht, einer langjährigen Mitarbeiterin einfach zu kündigen. Zudem wirkte die nicht, als sei sie von ihrem Chef enttäuscht, eher von dem Mann Cornelius Hamacher.«

»Aha, darum erscheint Ihnen die Berger also verdächtig.«

»Jedenfalls hat die ihren Chef angehimmelt.«

Barnowski konnte sich ein leichtes Schmunzeln nicht verkneifen. Wahrscheinlich vergleicht er die Beziehung jetzt mit unserem Verhältnis, folgerte Pielkötter. »Enttäuschte Liebe macht sich immer gut als Mordmotiv«, erklärte er laut. »Trotzdem müssen wir auf jeden Fall die letzten wichtigen Kunden des Opfers vernehmen. Möglicherweise war ja wirklich ein Umbau der Firma geplant, bei dem Juliane Berger beispielsweise keine führende Rolle mehr spielen sollte. Wer weiß, vielleicht bestärkt uns die erste Vernehmung auch gleich darin, den Mörder lieber unter den Kunden zu suchen.«

»Hört sich wieder nach etlichen Überstunden an«, seufzte Barnowski. »Hoffentlich lässt Gaby mich nach Abschluss des Falls noch in unsere Wohnung. Ich habe ihr nämlich strengstens verboten, fremde Männer hereinzulassen.«

Pielkötter ging auf den Witz nicht ein. »Nachdem ich noch einmal persönlich mit Tiefenbach über den Obduktionsbericht gesprochen habe, kümmern wir uns auch um die Tatwaffe. – Wählen Sie mal die Nummer der Rechtsmedizin.«

Barnowski verdrehte leicht die Augen und gehorchte. »In dem Büro meldet sich keiner.«

»Dann probieren Sie es bei der Zentrale.«

»Chef, wir haben Freitagnachmittag, die sind nicht alle so arbeitsgeil wie wir.«

»Versuchen Sie es trotzdem«, entgegnete Pielkötter ärgerlich.

Während Barnowski sein Sprüchlein aufsagte, grinste er penetrant. Nachdem er aufgelegt hatte, signalisierte seine Miene nichts als Triumph.

»Freitagnachmittag – hab ich Ihnen doch gesagt. Es gibt tatsächlich Leute mit Privatleben.«

Missmutig stand Pielkötter auf und verließ Barnowskis Büro. Schlimm genug, dass er Tiefenbach erst ab Montag an der Angel haben würde, musste sein Mitarbeiter, der Schnösel, auch noch Recht behalten? Plötzlich erhellte sich seine Miene. Er hatte gerade an die Unterlagen gedacht, die die Spurensicherung aus Hamachers Büro geholt hatte. Einige der Akten würden gleich auf Barnowskis Schreibtisch landen, ehe der Bursche das Präsidium verlassen könnte.

Freitag, 13. Mai
17:00 Uhr

Belinda Gabrillani war froh, als sie den mit Pendlern voll gepfropften Regionalexpress, der von Aachen bis Dortmund fuhr, auf dem Duisburger Hauptbahnhof endlich verlassen konnte. Jeden Feierabend das gleiche nervige Spiel. Zum Glück musste sie die Enge im Zug nur für zwei Haltestellen ertragen, und ihre Arbeitsstelle im Büro eines mittelständischen Betriebes am Rande der Düsseldorfer Altstadt entschädigte sie.

In einer Traube aus Menschen hastete Belinda Gabrillani die Treppen vom Bahnsteig hinunter. Dorthin, wo etliche Händler auf dem breiten Gang zu den einzelnen Gleisen seit geraumer Zeit die unterschiedlichsten Waren anpriesen. Leider kam sie kaum ungeschoren an ihnen vorbei. Mal lockten ein günstiger Ledergürtel, mal Schuhe im Angebot. Heute hatten ihr es ein Paar schicke Ohrringe mit einem kleinen Jadestein angetan. Natürlich ein

Schnäppchen. Wie immer nach einem Kauf nahm sie sich vor, das Geld demnächst etwas besser zusammenzuhalten. Doch bei diesem frommen Wunsch kämpfte sie gegen einen anscheinend sehr mächtigen Feind, der bisher stets gewonnen hatte.

Eilig ließ Belinda ihre jüngste Errungenschaft in der schwarzen Umhängetasche verschwinden, die sie unlängst beim Bezahlen ihrer Schuhe in einem Geschäft auf der Königstraße entdeckt hatte. Danach strebte sie dem Hauptausgang zu. Wie so oft, wenn sie von dem Gang unter den Gleisen in die neu gestaltete Bahnhofsvorhalle trat, richtete sie ihren Blick zur hohen Decke mit den modernen Hängelampen. Nicht wirklich schön, aber nach der Renovierung zumindest hell und freundlich.

Jetzt noch schnell an dem Blumengeschäft auf der rechten Seite vorbei, dann hatte sie es geschafft. Jedenfalls für heute, und sie hatte auf dem Bahnhof weniger als zehn Euro ausgegeben. Mit einem gewissen Stolz lief sie die paar Schritte vom Hauptbahnhof zur Haltestelle am Harry-Epstein-Platz. Bis dorthin gab es keine Geschäfte. Sobald sie in der Straßenbahn nach Meiderich saß, konnte sie für eine knappe halbe Stunde aufatmen. An den Fußweg von der letzten Haltestelle bis zu ihrer kleinen Wohnung in der Von-der-Mark-Straße wollte sie lieber nicht denken. Sie hätte sich einfach nie eine Bleibe in der Fußgängerzone suchen dürfen.

Freitag, 13. Mai
19:00 Uhr

Mit ungutem Gefühl schloss Pielkötter die Tür zu seinem Reihenhaus in Duisburg-Walsum auf. Beim Studieren der beschlagnahmten Akten hatte er einfach die Zeit vergessen. Marianne würde wieder mächtig sauer sein. Er hatte kaum seine Jacke an der Garderobe aufgehängt, da tauchte sie in der Diele auf. Die Wut war ihr deutlich anzusehen.

»Na, lässt du dich noch einmal zu Hause blicken?«, fragte sie voll Ironie.

Pielkötter verabscheute, wenn sie ironisch wurde. Zickig kam sie ihm dann vor. Konnte sie nicht einfach sachlich bleiben? Schließlich versuchte er das ja auch. »Leider kann ich mir die Arbeit nicht nach deiner Freizeit einteilen«, erwiderte er verärgert.

»Freitags ist mein einziger freier Nachmittag in der Woche«, moserte sie.

»Dafür kann ich nichts. Wenn es nach mir ginge, hättest du jeden Nachmittag frei. Du jedoch wolltest ja unbedingt wieder arbeiten. Obendrein hast du den Job immer weiter ausgebaut. Zuerst war nur von einer halben Stelle die Rede. Und wie sieht es jetzt aus?«

»Genau jetzt hätte ich aber Zeit gehabt, während du unbedingt Überstunden machen musstest.«

»Immerhin bin ich nun zu Hause«, erwiderte Pielkötter, wobei er versuchte, möglichst versöhnlich zu klingen. »Falls wir jetzt aber weiter nur streiten, hat das keinen Wert. Dann hätte ich gleich noch länger im Präsidium bleiben können.«

Marianne bedachte ihn mit einer verkniffenen Miene, die alle Versöhnungsversuche auf der Stelle zum Scheitern verurteilte. Wortlos eilte er an ihr vorbei in die Küche. Der Herd sah aus wie leergefegt. Auch sonst konnte er nirgends Spuren erkennen, die auf die Zubereitung einer Mahlzeit schließen ließen. Ein Blick in den Kühlschrank bestätigte seinen Verdacht, dass sein Magen noch etwas länger hungrig bleiben musste. Mit einem Ruck warf er die Kühlschranktür zu.

»Wir wollten heute zusammen bei dem Italiener mit der schönen Aussicht essen gehen«, vernahm er augenblicklich Mariannes Stimme. »Aber das hast du natürlich wieder einmal vergessen.«

»Wir könnten immer noch nach Ruhrort fahren«, erwiderte er mühsam beherrscht.

»Kein Bedarf mehr«, ließ sie ihn in verächtlichem Tonfall wissen. »Der Appetit ist mir wirklich vergangen. Wahrscheinlich würden wir ohnehin nur streiten.«

Pielkötter mochte lieber nicht wissen, auf welch ungesunden Wert sein Blutdruck inzwischen gestiegen war. Er wollte nur noch hier raus, raus aus dem Zuhause, in dem er kaum noch richtig entspannen konnte. Mit rotem Kopf stürmte er an Marianne vorbei, riss seine Jacke vom Haken und eilte nach draußen.

Also gut, dachte er, als er in seinem Wagen saß, dann eben eine einsame Mahlzeit an der nächsten Pommesbude. Leider war die von der Elli zu weit, sodass er mit etwas weniger köstlichen Frikadellen Vorlieb nehmen musste. Dafür war er schnell an der Reihe, nachdem ein sportlich bekleideter Endfünfziger eine doppelte Portion rot-weiß für das Pilsbäuchsken von Papa bestellt hatte.

Während des Essens überlegte er, was er nur mit dem angebrochenen Abend anfangen sollte. Zu Marianne zurückzukehren, verspürte er jedenfalls nicht die geringste Lust. Irgendetwas zog ihn nach Alt-Walsum an den Rhein.

Kaum eine Viertelstunde später parkte Pielkötter auf einem Schotterplatz unweit der Stelle, wo die Fähre nach Orsoy ablegte. Einen Moment geriet Pielkötter in Versuchung, einfach mit über den Rhein zu setzen, aber schließlich hielt er das doch für keine gute Idee. Ein Wagen donnerte mit überhöhter Geschwindigkeit über die Hubbrücke, die das Becken der Walsumer Schachtanlage mit dem Rhein verband. Pielkötter wandte sich ab. Gedankenverloren lief er am Hafenbecken entlang und folgte dem Deich. Eine Weile wanderte er mit gesenktem Blick parallel zum Rhein, dann hob er den Kopf und sah hinüber nach Westen.

Auf der anderen Seite etwas flussabwärts wohnte Katharina Gerhardt. So nah und doch so fern. Unwillkürlich drängte sich einer seiner letzten Fälle wieder in sein Bewusstsein. Dabei hatte er Katharina kennengelernt. Ob sie inzwischen eine neue Arbeitsstelle angenommen hatte? Womöglich wohnte sie nicht einmal mehr in Duisburg-Baerl. Sie hatte ein gewisses Interesse an einem Wiedersehen signalisiert, aber aus Rücksicht auf seine Ehe hatte er bisher nicht reagiert. Je länger die Streitereien mit Marianne allerdings andauerten, desto weniger ging ihm Katharina aus dem Kopf. Vor dem letzten Schritt jedoch schreckte er zurück.

Sehnsüchtig tastete sein Blick das Ufer der linken Rheinseite ab. Schluss jetzt, rief er sich plötzlich zur Räson. Der Fall Cornelius Hamacher verdient deine volle Konzentration, daran dürfen weder Mariannes Gekeife noch Katharinas Reize kratzen.

Samstag, 14. Mai
13:00 Uhr

Belinda Gabrillani erkannte ihren Bruder Thomas schon von Weitem. Lächelnd schaute er der Bedienung in den Ausschnitt, die sich zu ihm hinunterbeugte, um die Bestellung aufzunehmen. Er saß an einem der Tische der Currybar in der Halle des City Palais.

»Gute Aussicht hier«, scherzte Belinda, nachdem sie den Platz der attraktiven Kellnerin eingenommen hatte, die bereits wieder im Inneren der Currybar verschwunden war.

»Wo hast du dich denn so lange herumgetrieben?«, erwiderte Thomas Gabrillani statt einer Begrüßung. »Ich warte schon seit bald einer halben Stunde.«

Belinda stellte ihre Einkaufstüten ab und setzte sich neben ihren Bruder.

»Wie ich sehe, hat sich an deiner legendären Kaufsucht nichts geändert«, erklärte Thomas, während er besorgt auf Belindas neuste Errungenschaften schielte. »Anscheinend bin ich der einzig Normale in unserer Familie.«

»Das muss gerade einer sagen, der in der Pubertät mit einem Mal auf Kleinkind gemacht hat.« Sie betrachtete ihn ernst. »Aber im Moment geht es weder um dich noch um mich. Ich glaube, es ist bald wieder soweit.«

»Was?« Nach seinem Gesichtsausdruck zu urteilen, schien er jedoch zu ahnen, wovon sie sprach.

»Sina steht kurz davor, erneut durchzudrehen.«

»Geht sie denn nicht mehr zur Therapie?«

»Keine Ahnung«, erwiderte Belinda aufgebracht. »Und selbst wenn. Was nützen ein paar Therapiestunden pro Monat? Oder vielleicht noch weniger. Glaub mir, Sina braucht den Schutz einer geschlossenen Anstalt. Sonst kann man für nichts garantieren.«

»Beruhige dich, so schlimm wird es schon nicht sein.«

»Habe ich mich mit ihr getroffen oder du?«, fragte Belinda sichtlich erregt.

Die herannahende Kellnerin unterbrach das Gespräch.

»Hab für dich schon 'ne Cola light mitbestellt«, erklärte Thomas. »Ob du auch etwas essen möchtest, wusste ich allerdings nicht.«

»Nein, danke, ich habe jetzt keinen Appetit.«

Die Bedienung servierte die Getränke und stellte einen Teller mit Pommes und Currywurst vor Thomas hin. Diesmal verzichtete er auf einen Blick in ihren recht provozierenden Ausschnitt.

»Ich glaube, die Sache mit Vater nimmt Sina zu sehr mit«, fuhr Belinda fort. »Sie war immer schon so sensibel. Den frühen Tod von Mama hat sie auch nie richtig verkraftet. Klar, wenn man Mamas ausgesprochener Liebling ist.«

»Hat sie Vater inzwischen besucht?«

»Nein, das lehnt sie ab. Will sich einfach nicht mit ihm versöhnen. Dabei habe ich wirklich alles versucht, sie dazu zu überreden.«

»Zwingen können wir sie nicht«, erwiderte Thomas und ließ sich offensichtlich die Mahlzeit schmecken. »Weder zu einem Besuch bei Vater, noch zu einer Therapie. Erst recht nicht zur Behandlung in einer geschlossenen Anstalt.«

»Aber willst du dem drohenden Unheil einfach freien Lauf lassen?«

»Du dramatisierst. Wenn du es jedoch für so wichtig hältst, nehme ich noch einmal Kontakt zu ihr auf und vergesse alle Streitigkeiten.«

»Ich wusste, dass ich mich auf dich verlassen kann«, erwiderte Belinda und knuffte ihrem Bruder kameradschaftlich in die Seite. Beinahe hätte sich Thomas an einem Stück Currywurst verschluckt.

Samstag, 14. Mai
16:00 Uhr

Pielkötter brütete schon seit etlichen Stunden über den beschlagnahmten Akten aus Hamachers Firma. Eigentlich war ihm der Dienst an diesem Samstag nur recht. Der Streit mit Marianne hatte sich noch immer nicht gelegt. Nach seiner Rückkehr gestern Abend waren sie sich aus dem Weg gegangen, und morgens war er aufgebrochen, während sie noch schlief.

Bei der Durchsicht war er bisher zu demselben Ergebnis gelangt wie Barnowski: Cornelius Hamacher besaß eine gut florierende Werbefirma. Geschäftliche Veränderungen waren nach Aktenlage nicht geplant. In den letzten zwölf Monaten hatte Hamacher etwa zehn Kunden betreut. Mindestens fünf würde Barnowski übernehmen. Am liebsten hätte Pielkötter sofort mit einer Befragungsaktion begonnen, aber die meisten Firmen hatten an Samstagen leider geschlossen. Einzig ein Anruf bei einem Auktionshaus in Düsseldorf versprach einen gewissen Erfolg.

»Hauptkommissar Pielkötter aus Duisburg«, meldete er sich hoffnungsvoll, nachdem dort tatsächlich jemand abgenommen hatte. Nach dem blasierten Gehabe zu urteilen, hatte er den Chef höchstpersönlich oder zumindest einen leitenden Angestellten am Apparat. »Ich muss Sie leider davon in Kenntnis setzen, dass Ihr Geschäftspartner Cornelius Hamacher ermordet wurde.«

Stille am anderen Ende der Leitung. Das hat anscheinend gesessen, dachte Pielkötter.

»Cornelius wer?«

»Hamacher. Er hat Plakate für Sie entworfen.«

»Ach, Sie meinen diesen Werbefuzzi?«

Pielkötter verschlug es die Sprache, seinem Gesprächspartner allerdings nun auch. »Tut mir leid. Ich meine, der Mann ist ja tot, wie Sie angedeutet haben.«

»Ich habe nichts angedeutet«, donnerte Pielkötter. »Ich habe Ihnen sehr deutlich zu verstehen gegeben, dass Cornelius Hamacher ermordet worden ist. Und wie Sie selbst gesagt haben, war er für Ihre Werbung zuständig.«

»Jetzt übertreiben Sie. Hamacher hat einen kleinen Werbeauftrag von uns erhalten. Und das auch nur, weil unsere Stammfirma überlastet war. Zudem ist das Ganze mindestens sechs Monate her.«

»Aber Sie haben das Opfer persönlich getroffen.«

»Nicht ein einziges Mal. Bei so einem winzigen Auftrag ist das nicht üblich.«

»Dann haben Sie also auch keine Ahnung, ob Hamacher irgendwelche Feinde hatte, Veränderungen in der Firma plante oder Ähnliches?«

»Alles, was ich von dem weiß, ist Folgendes: Der Mann hat für uns Plakate entworfen. Gute Arbeit. Und dafür wurde er noch besser bezahlt. Zudem beginnt gleich die nächste Auktion.«

Ärgerlich knallte Pielkötter den Hörer auf die Gabel. Er konnte nur hoffen, dass bei der Vernehmung der anderen Geschäftspartner verwertbare Erkenntnisse herauskommen würden.

Samstag, 14. Mai
18:00 Uhr

Lustlos stocherte Sina Gabrillani in der köstlichen Lasagne herum. Lasagne al forno zählte in diesem italienischen Restaurant zwar allgemein zu den Highlights der Speisekarte, aber diese Ansicht teilte sie offensichtlich nicht. Ihr Bruder Thomas, der ihr in einer kleinen Nische genau gegenüber saß, beobachtete sie mit wachsender Sorge. »Du bist unglaublich mager geworden«, bemerkte er. »Wenn ich dich so essen sehe, wundert mich das allerdings nicht.«

»Deshalb hast du mich jedoch nicht hierher bestellt«, erwiderte sie missmutig.

»Bestellt? Wie sich das anhört. Ich habe dich eingeladen.«

»Sicherlich mit einem Hintergedanken. Sonst lädst du mich doch auch nicht zum Essen ein.«

Thomas Gabrillani nahm eine Gabel von der köstlichen Lasagne und schob sie in den Mund. »Okay. Du hast gewonnen«, erklärte er, nachdem er sein Gericht halb aufgegessen hatte. »Ich wollte mit dir wegen Vater reden.«

Sina schien eine Spur bleicher zu werden, obwohl ihr Teint ohnehin für eine gesunde Gesichtsfarbe zu blässlich wirkte.

»Wie du ja bereits erfahren hast, ist Vater schwer krank«, fuhr er fort. »Um genauer zu sein, müssen wir mit dem Schlimmsten rechnen. Und zwar bald.«

»Ich kann den Gang der Dinge nicht aufhalten«, erwiderte sie mit zusammengepressten Lippen.

Für Außenstehende hätte das sicher herzlos geklungen, Thomas Gabrillani achtete jedoch nicht so sehr auf die Worte seiner Schwester, sondern vielmehr auf ihre nonverbale Reaktion. Ihre Rechte mit dem Messer, das sie lange ungenutzt in der Hand gehalten hatte, zitterte. Die Gabel in ihrer Linken legte sie auf dem Teller ab. Es sah aus, als stützte sie sich darauf. Ihre Lider flackerten unruhig.

»Vater wird bald sterben, egal ob du ihn besuchst oder nicht. Allerdings kannst du ihm ein wenig Frieden schenken, wenn du zu ihm gehst. Jedenfalls möchte er dich unbedingt sehen. Das hat er nicht nur einmal gesagt.«

»Du besuchst ihn also regelmäßig?«, fragte sie erstaunt.

Statt einer Antwort sah er ihr direkt in die Augen. »Mach reinen Tisch mit ihm, solange das noch möglich ist«, sagte er, nachdem sie eine Weile geschwiegen hatte.

»Ich kann nicht!«, schrie sie plötzlich. Es war ein leiser Schrei, dennoch drehten sich einige Köpfe vom Nachbartisch zu ihnen herum.

»Vielleicht ist deine Angst völlig unbegründet«, redete Thomas Gabrillani nun beruhigend auf seine jüngere Schwester ein. »Womöglich empfindest du den Besuch wie einen Befreiungsschlag. Stell dir vor, auf einmal sind deine Ängste verschwunden. Du siehst das Leben in neuem Licht. Bekommst ganz neue Ziele.«

»Ich kann nicht«, erwiderte sie leise. Inzwischen klang ihre Stimme eher nach einem Wimmern.

»Und was ist mit deiner Therapie? Belinda hat mir erzählt, du hast sie einfach abgebrochen.«

»Die hat auch keine Besserung gebracht.«

»Trotzdem halte ich das für einen großen Fehler. Vielleicht hattest du nur zu wenig Geduld.«

»Ich muss gehen«, erklärte sie und schob ihren Teller zur Seite.

»Sina! Das ist doch verrückt. Du kannst jetzt nicht einfach gehen und mich hier mit dem Essen sitzen lassen.«

Unbeeindruckt von den Worten ihres Bruders stand sie auf und zog eilig ihren Sommermantel an, den sie auf dem Stuhl neben sich abgelegt hatte.

»Sina«, versuchte Thomas Gabrillani es erneut. »Versprich mir wenigstens, die Therapie fortzusetzen. Und bitte denk über einen Besuch bei unserem Vater nach.« Seufzend legte er das Besteck zur Seite. Auch ihm war inzwischen der Appetit vergangen.

Sonntag, 15. Mai
19:00 Uhr

Mit gemischten Gefühlen kehrte Pielkötter am Sonntagabend nach Hause zurück. Im Präsidium hatte er wie üblich die Zeit vergessen. Wieder und wieder war er alle Informationen im Fall Cornelius Hamacher durchgegangen und hatte ein Raster für alle Personen erstellt, die seines Wissens in Kontakt mit dem Opfer gestanden hatten. Zwischendurch hatte er bei Juliane Berger angerufen. Nach anfänglichem Zögern hatte sie versprochen, sich morgen pünktlich im Rechtsmedizinischen Institut einzufinden. Beim Stand der bisherigen Ermittlungen hatte sie das stärkste Motiv, Cornelius Hamacher umzubringen. Aber war sie deshalb wirklich die Mörderin?

Schluss jetzt, rief sich Pielkötter zur Räson, während er den Schlüsselbund an den Haken in der Diele hängte, du bist Privatmann in deinem Haus. Leider wirkte dieses seltsam verlassen. »Marianne?«, fragte Pielkötter laut. Er versuchte es einige Male, ohne eine Antwort zu erhalten. Ärgerlich lief er ins Wohnzimmer, anschließend in die Küche. Auf dem Tisch lag ein Zettel, oder besser gesagt ein halber Brief. »Habe bis heute Nachmittag auf dich gewartet, aber jetzt reicht es«, las Pielkötter. »Da ich das Wochenende nicht alleine verbringen und noch etwas Schönes erleben möchte, besuche ich Linda in Düsseldorf. Werde von dort aus zur Arbeit fahren. Vielleicht sehen wir uns ja dann irgendwann am Montag. Marianne.«

Den letzten Satz hatte sie eindeutig ironisch gemeint, dazu kannte er sie gut genug. Und genau das brachte ihn richtig auf die Palme. Seit sie gegen seinen Willen diese Halbtagsstelle in einer Boutique auf dem Sonnenwall in der Innenstadt angenommen hatte, hatte sich der Umgangston zwischen ihnen entscheidend verschlechtert. Zudem wurde es anscheinend immer schwieriger, die ohnehin knapp bemessene gemeinsame Zeit zu genießen. Gestern Abend hatten sie mehr oder weniger stumm vor dem Fernseher verbracht, waren nacheinander ins Bett gegangen, und er war am Morgen nach einem einsamen Frühstück wieder ins Büro gefahren. Und nun hatte er sich vorgenommen, mit ihr nett essen zu gehen und den Tag anschließend gemütlich zu Hause ausklingen zu lassen. Aber nein, sie zog es vor, sich mit ihrer Arbeitskollegin zu vergnügen.

Linda wohnte nicht weit von der Düsseldorfer Altstadt entfernt. Die würden die beiden Frauen garantiert unsicher machen, zumal Marianne morgen erst spät im Geschäft sein musste. In alter Ermittlermanier rechnete Pielkötter nach, dass sie mit öffentlichen Verkehrsmitteln von Düsseldorf ohnehin nicht länger zur Arbeit brauchen würde als von ihrem Haus in Walsum. Was soll diese Rechnerei?, fragte er sich wütend. Marianne hatte ihm ohne Vorwarnung gründlich den Abend verdorben. Wenn sie jedoch davon ausging, er würde hier allein Trübsal blasen, hatte sie sich geirrt. Automatisch ging er alle Möglichkeiten durch, sich entgegen

Mariannes Erwartungen auch ohne sie zu amüsieren. Als Erstes fiel ihm sein Sohn Jan Hendrik ein, aber soviel er wusste, war der heute bei den Eltern seines Freundes eingeladen. Die alten Bekannten aus Münster waren zu weit entfernt. Schließlich musste er schon morgen früh wieder seinen Dienst antreten. In Duisburg hatte er bis jetzt keine Bekannten, obwohl die Menschen im Ruhrgebiet zweifellos äußerst aufgeschlossen waren. Leider ließ ihm der Beruf kaum Zeit, Freundschaften zu schließen. Schade, dachte er, während sein Blick durch die leere Küche schweifte.

Wie sooft in den letzten Wochen, wenn er sich einsam fühlte, musste er an Katharina Gerhardt denken. Der Wunsch, wieder mit ihr Kontakt aufzunehmen, wurde mit einem Mal unwiderstehlich. Seltsamerweise hatte er sogar ihre Rufnummer noch im Gedächtnis, obwohl er sich Zahlen selten merken konnte. Trotz aller Warnungen im Hinterkopf zog er sein Handy hervor. Vielleicht war Katharina nicht zu Hause, und die Sache erledigte sich damit von selbst, versuchte er, sich zu beruhigen. Wenige Sekunden später jedoch vernahm er den vertrauten Klang ihrer Stimme.

»Willibald Pielkötter«, meldete er sich, wobei er den Hauptkommissar unbewusst durch seinen Vornamen ersetzt hatte. »Ich wollte mich mal erkundigen, wie es Ihnen so geht. Haben Sie mittlerweile einen neuen Job gefunden?«

»Nett, dass Sie sich melden«, erwiderte Katharina Gerhardt freudig überrascht. »In letzter Zeit habe ich öfter an Sie gedacht.«

»Oh!« Pielkötter kam sich wie ein dummer Junge vor, ein dummer Junge bei seinem ersten Rendezvous. Ein gestandener Hauptkommissar sollte wohl in der Lage sein, mehr als ein »Oh« herauszubringen. »Sie machen im Moment sicher eine schwere Zeit durch, oder?«, fuhr er nun selbstsicher fort. »Schließlich mussten Sie einen Arbeitsplatz aufgeben, der über Jahrzehnte Ihr Lebensinhalt war.«

Sie seufzte. »Leider haben Sie damit Recht.«

Pielkötter überlegte, wie er sie am besten zum Essen einladen könnte, als sie sagte: »Einen Moment bitte, es hat gerade an der Tür geläutet. Ich bekomme Besuch.«

Bis sie wieder ans Telefon zurückkehrte, hatte Pielkötters Laune zum zweiten Mal an diesem Abend einen wahren Absturz erlebt. Warum bekannte Katharina Gerhardt, an ihn gedacht zu haben? Dabei stand der neue Tröster doch bereits vor der Tür. Nur gut, dass er noch keine Einladung ausgesprochen hatte, sonst hätte er sich zum Narren gemacht.

»So, da bin ich wieder«, flötete sie ins Telefon, ohne ihn jedoch gnädig zu stimmen. »Meine Schwester ist da, um mich abzuholen. Wir haben Karten für ein Theaterstück.«

»Ihre Schwester?«, fragte er unwillkürlich.

»Sie wissen doch, die, die in Homberg wohnt, die Sie aber nicht persönlich kennengelernt haben.«

»Na, dann will ich Sie nicht aufhalten. Ich wünsche Ihnen viel Spaß.«

»So eilig haben wir es auch wieder nicht. Die Vorstellung beginnt ja erst um acht.«

»Ich habe selbst einen Termin«, rutschte es Pielkötter heraus. Er hatte keine Ahnung, warum er gelogen hatte.

»Na, dann«, gebrauchte sie seine Worte. »Hat mich jedenfalls gefreut, dass Sie sich bei mir gemeldet haben.«

»Gern, und bis demnächst einmal«, verabschiedete sich Pielkötter und legte auf.

Aufgewühlt rannte er durch das leere Haus. Nun gut, wenn es doch nur ihre Schwester war, mit der sie ins Theater ging. Trotzdem wurde dadurch nichts einfacher, das war schon die zweite Frau, die ihm den Abend versaute. Hoffentlich hatte er wenigstens Wodka im Schrank. Ansonsten gab es zum Glück immer noch die Bude an der nächsten Ecke.

Montag, 16. Mai
8:30 Uhr

Bis auf einen leichten Schmerz im Hinterkopf fühlte sich Pielkötter an diesem Morgen fit, zumindest nachdem er fünf Minuten kalt geduscht und drei große Kaffee ausgetrunken hatte. Dabei hatte er sich nicht die Mühe gemacht, seinen Abend mit zu viel Wodka und seine Nacht mit zu wenig Schlaf im halbleeren Ehebett zu analysieren.

Zum Glück brauchte er zur Rechtsmedizin weniger Zeit als er einkalkuliert hatte. Das Institut war dem Klinikum Duisburg angeschlossen und lag in Wedau.

Karl-Heinz Tiefenbach würde ihn bereits erwarten. Pielkötter hatte aus dem Auto heraus nachgefragt, und die Sekretärin hatte ihm versichert, dass ihr Chef schon im Haus sei. Andernfalls wäre er zuerst ins Präsidium gefahren.

Trotz seines Anrufs saß Tiefenbach jedoch nicht in seinem Büro. Laut Auskunft eines Mitarbeiters war er mitten in einer Obduktion. Missmutig suchte Pielkötter den entsprechenden Sektionssaal auf. Er mochte keine Obduktionen, nun würde er sich auch noch eine anschauen müssen, die nicht einmal etwas mit seinem Fall zu tun hatte.

Nachdem Pielkötter den bis an die Decke gefliesten Raum betreten hatte, schlug ihm eisige Kälte und ein heute besonders unangenehmer Geruch entgegen. Karl-Heinz Tiefenbach hatte sich in einen grünen OP-Kittel und eine transparente Kunststoffschürze gehüllt. Als er Pielkötter bemerkte, wandte er sich vom Sektionstisch ab und zog eine Schutzbrille von der Nase.

»Mein Arbeitspensum wird leider von der Mordslaune mancher Mitmenschen festgelegt«, scherzte er. »Schon wieder eine Leiche. Nein, keine Angst«, er hatte Pielkötters besorgtes Gesicht bemerkt, »hier geht es ziemlich sicher um Selbstmord.« Eilig streifte er sich zuerst die blauen Gummihandschuhe, dann weiße Einweghandschuhe ab, um Pielkötter zu begrüßen. »Sie haben bestimmt gehofft, mich im Büro anzutreffen?«

Der penetrante Geruch in diesem Trakt würde Pielkötter wie immer stundenlang den Appetit verderben. Natürlich hatte er gehofft, nicht hier runter zu müssen. Das gab er jedoch nicht zu. »Ich wollte sowieso einen Blick in Ihre Kühlboxen werfen. Mich interessiert dieser Narbenring oder Narbenkreis, den Sie im Obduktionsbericht beschreiben. Den muss ich einfach noch einmal persönlich in Augenschein nehmen. Irgendwie werde ich das Gefühl nicht los, diese seltsame Narbe sei wichtig.«

»Ob wichtig oder nicht, kann ich schlecht beurteilen, aber merkwürdig ist das Ding auf jeden Fall.«

Nachdenklich folgte Pielkötter Karl-Heinz Tiefenbach zu den Kühlfächern. Die folgende Aufgabe gehörte nicht gerade zu den angenehmen seines Berufs. Eigentlich würde es ja ausreichen, am Tatort einen Blick auf die Leiche zu werfen. Beim Mord an Cornelius Hamacher verspürte Pielkötter das seltsame Gefühl, er sollte diese merkwürdige Narbe in Form eines Kreises genauer anschauen.

Mit einem kräftigen Ruck zog Tiefenbach den Rollwagen aus dem Kühlfach. Pielkötter trat neugierig näher. Der Rechtsmediziner schob das grüne Leinentuch, das Cornelius Hamachers Körper womöglich extra wegen Juliane Berger bedeckte, zur Seite und zeigte auf eine Stelle circa zehn Zentimeter unterhalb des rechten Schlüsselbeins. »Sehen Sie, hier haben wir diesen seltsamen Narbenkreis«, erklärte Tiefenbach. »Jedenfalls wirkt der kreisrunde Schnitt nicht gerade fachmännisch. Zumindest hat man kein Skalpell benutzt, wahrscheinlich nicht einmal ein herkömmliches Messer.«

»Was kommt sonst noch infrage?« Pielkötters Interesse wuchs.

»Auf jeden Fall tippe ich auf etwas Breiteres. Sie werden es mir kaum glauben, aber ich habe schon an ein Messer für Linolschnitt gedacht. Natürlich habe ich nicht gewagt, das in den Bericht zu schreiben. Ist vielleicht doch zu weit hergeholt. Aber die Technik kennt man ja aus der Schule. Oder haben Sie das in Münster nicht im Kunstunterricht gemacht?«

»Doch, doch«, erwiderte Pielkötter. »Erinnere mich noch genau, wie die Dinger ausgesehen haben. Ein guter Schulkamerad von mir hat sich so ein Teil sogar einmal in den Finger gerammt.«

»Und da kam Ihnen direkt die Idee, wer so viel Blut sehen kann, sollte in den Polizeidienst gehen«, unkte Tiefenbach, aber Pielkötter war gerade nicht nach Scherzen zumute. Vielleicht erinnerte ihn diese Lockerheit auch nur unangenehm an Barnowski.

»Ein Arzt hat das jedenfalls nicht gemacht«, fuhr Tiefenbach nun wieder in ernstem Tonfall fort. »Ich wüsste auch nicht, warum. Zumal da ja noch die drei tätowierten Buchstaben in dem Narbenkreis sind.«

»Ein C, ein S und ein H, stand in Ihrem Bericht«, erwiderte Pielkötter, während er sich weiter über die Leiche beugte, um die Buchstaben besser erkennen zu können. »Recht krakelig, dennoch eindeutig.«

»Jedenfalls war hier kein Profi am Werk. Vielleicht so eine Art Mutprobe dummer Jungen? Oder ein Freundschaftsbeweis? Das C könnte übrigens für Cornelius stehen, das H für Hamacher.«

»Daran habe ich natürlich auch schon gedacht. Allerdings passte das S in diesem Fall nicht. Das Opfer besaß keinen zweiten Vornamen.«

»Jedenfalls scheint mir die Narbe recht alt zu sein«, fuhr Tiefenbach in seine Gedanken. »Womöglich hat Hamacher sie als Jugendlicher bekommen. Das S könnte dann für einen Spitznamen stehen. Aber darüber können wir in meinem Büro bei einem Kaffee fachsimpeln, sobald unser Date mit dieser Frau Berger vorüber ist.«

Schwungvoll schob der Rechtsmediziner Hamachers Leiche ins Kühlfach zurück.

»Einen Kaffee trinken wir lieber demnächst im Café Dobbelstein«, entgegnete Pielkötter, »dort ist es dann doch etwas gemütlicher.«

»Vor allem duftet es da nach frischem Kuchen«, lachte Tiefenbach.

Gemeinsam verließen sie das ungastliche Gemach. Sie hatten gerade den Gang mit Tiefenbachs Büro betreten, als Pielkötter Juliane Berger erkannte. Erhobenen Hauptes stand sie wenige Meter von ihnen entfernt. Sie hatte ein schickes graues Kostüm angezogen, und ihre Füße steckten in hochhackigen, schwarzen

Pumps. Die Strümpfe waren ebenfalls tiefschwarz. Der knallrote Lippenstift, den sie heute benutzte, und das blonde halblange Haar bildeten einen deutlichen Kontrast. Unwillkürlich fragte sich Pielkötter, warum sich die Frau so herausgeputzt hatte. Noch dazu für diese Aufgabe? Cornelius Hamacher jedenfalls konnte sie mit ihrer Aufmachung nicht mehr beeindrucken. Wollte sie damit unbewusst etwas Hässliches überdecken? Oder ganz bewusst ablenken von ihrer Mimik und Gestik? Nun, da kannte sie Hauptkommissar Pielkötter schlecht! Ihm würde keine Regung entgehen, selbst dann nicht, wenn sein Kopfschmerz sich verstärken sollte. Als sie Juliane Berger erreicht hatten, stellte Pielkötter die beiden einander vor.

»Ich möchte die Sache so schnell wie möglich hinter mich bringen«, erklärte Hamachers Sekretärin mit fester Stimme. »Vor lauter Aufregung habe ich die ganze Nacht kein Auge zugemacht.«

Wenn man so wenig geschlafen hat, dann sieht man aber eher aus wie ich, dachte Pielkötter, behielt diese Einschätzung jedoch für sich.

»Wie Sie wünschen«, entgegnete Karl-Heinz Tiefenbach freundlich. Anscheinend war Frau Bergers Verhalten ihm nicht suspekt. Schweigend liefen sie zu den Kühlfächern zurück. Erst als sie den entsprechenden Raum erreicht hatten, verbreitete Tiefenbach eine gewisse verbale Hektik. Als solche empfand es jedenfalls Pielkötter und dachte: Auf solch eine Bezeichnung kommt man wahrscheinlich nur mit diesem fast unerträglichen Wummern im Kopf. Frau Berger jedoch ließ sich trotz Tiefenbachs aufrichtigem Bemühen nicht auf eine Konversation ein. Als der Rechtsmediziner Hamachers Überreste mit einem Ruck neben Juliane Berger platzierte, zuckte sie für einen kurzen Moment zusammen. Während sie wenig später einen Blick auf das erstarrte Gesicht ihres ehemaligen Arbeitgebers warf, hatte sie sich erstaunlich gut unter Kontrolle.

»Ja, das ist zweifelsfrei Cornelius Hamacher«, erklärte sie mit tonloser, dennoch irgendwie fester Stimme.

In gewisser Weise wurde Pielkötter aus ihrem Verhalten nicht schlau. Immerhin hatte sie den Toten einmal geliebt. Und nun zeigte sie keine Anzeichen von Trauer. Oder versteckte sie diese nur hinter einer undurchdringlichen Maske?

»Ich denke, damit habe ich meine Schuldigkeit getan und bin entlassen«, platzte sie in seine Gedanken.

»Aber morgen früh kommen Sie bitte ins Präsidium. Sie müssen das Protokoll noch unterschreiben.«

Ehe Tiefenbach Hamachers Leiche wieder zurückschieben konnte, wandte sie sich zum Gehen. Pielkötter folgte ihr. Ihre hochhackigen Pumps klapperten hart auf den Steinfliesen und verstärkten das Hämmern in Pielkötters Schädel. Unwillkürlich dachte er an einen alten Nachbarn aus Münster. »Ein Königreich für ein Aspirin«, hatte der sich öfter mal gewünscht.

»Ich finde mich allein zurecht«, erklärte Frau Berger auf dem Gang, bevor Pielkötter ihr noch anbieten konnte, sie zu begleiten.

Nachdem sie hinausstolziert war, kam auch Tiefenbach aus der Gruft, wie er diesen speziellen Raum zu nennen pflegte. »Seltsames Persönchen«, bemerkte er. »Dabei kann ich nicht einmal genau sagen, was mir an der nicht gefallen hat.«

»Das Äußere war es zumindest nicht«, erwiderte Pielkötter.

Beide lachten, aber nur bei Pielkötter tat das Lachen weh.

Montag, 16. Mai
14:00 Uhr

Jetzt fehlt mir ein richtig guter Sound, dachte Barnowski, während er im Spaghetti-Knoten auf die A3 auffuhr. »Stairway to heaven« von Led Zeppelin oder ein Gitarrensolo von Metallica. Leider war der Dienstwagen nicht entsprechend ausgestattet. Autos ohne Musikanlage müssten polizeilich verboten werden, überlegte er. Die Fahrt nach Köln mitten im Berufsverkehr würde ihn ohnehin einige Nerven kosten, aber angeblich hatte Cornelius Hamachers ehemaliger Kunde nur ein begrenztes Zeitfenster für die

Vernehmung. Wenn er heute zu spät nach Duisburg zurückkehren würde, müsste Gaby allein zu ihren Eltern fahren. Barnowski wäre jedenfalls nicht böse darum, die beiden Besserwisser erst auf dem nächsten Geburtstag zu sehen.

»Blödmann«, schimpfte er, während ihn ein Porschefahrer rechts überholte, der gerade erst in Duisburg-Wedau auf die Autobahn gefahren war.

Irgendwie hatte Barnowski das Gefühl, bei der Vernehmung würde nicht viel Neues herauskommen. Dafür extra die Fahrt zu diesem Besitzer einer Reisebürokette. Wenn der wenigstens in einer Filiale, beispielsweise auf den Balearen, weilen würde – Dienstreise nach Mallorca, das hätte was. Köln dagegen. Okay, interessante Stadt, aber er musste sowieso sofort wieder zurück. Auf Mallorca dagegen wäre sicher eine Übernachtung drin gewesen.

Etwas später als ursprünglich geplant parkte Barnowski den Dienstwagen in einem Parkhaus in der Nähe des Hauptbahnhofs. Der Blick auf den Dom beeindruckte ihn jedes Mal aufs Neue. Leider wurde an einer Stelle des Gebäudes wie immer restauriert. Scheiß Smog, dachte er. Vor Kurzem hatte er im Fernsehen einen Bericht gesehen, wie die saure Luft den Kalksandstein auffraß. Bald tausend Jahre alte Figuren und Ornamente fielen der Erosion anheim. Nachdenklich wandte er sich in Richtung Einkaufsstraße.

Nach einem kleinen Fußmarsch hatte Barnowski eines von Heiko Sturmbachs Reisebüros erreicht. Bevor Barnowski den Laden betrat, warf er neugierig einen Blick durch die Scheiben. Zwei weibliche Angestellte mittleren Alters saßen jeweils hinter einem hypermodernen Verkaufstisch und hatten offensichtlich gut zu tun. Die rechte Dame, eine dralle Brünette, redete gerade auf einen älteren Herrn ein, die linke versuchte ein jüngeres Pärchen von einer Reise zu überzeugen, während deren zwei kleine Kinder anscheinend mit wachsender Begeisterung einige Prospekte aus einem Pappständer rissen. Von dem Besitzer Heiko Sturmbach jedoch war nichts zu sehen.

Als Barnowski den Laden wenig später betrat, lächelten ihm die beiden Angestellten wie auf Kommando entgegen.

»Ich bin mit Herrn Sturmbach verabredet«, erklärte er. Den Kriminalkommissar ließ er wohlweislich weg. Auch Kriminalkommissariat Duisburg hätte den Kunden wohl nicht gerade den positivsten Eindruck von dem Reisebüro ihres Vertrauens übermittelt.

»Herr Sturmbach macht die Abrechnung hinten in seinem Büro«, erwiderte die mit üppigen Rundungen ausgestattete Brünette freundlich. »Kommen Sie, ich begleite Sie zu ihm.«

Mit einem bedauernden Blick lächelte sie in Richtung ihres Kunden, danach führte sie Barnowski durch einen fensterlosen Raum. Sie klopfte kurz an eine Tür, dann trat sie ohne eine Reaktion abzuwarten ein.

»Hier ist der Herr, den Sie erwartet haben«, stellte sie Barnowski vor und gab den Türrahmen frei, um schnell wieder in den Verkaufsraum zurückzulaufen.

»Nehmen Sie Platz«, forderte Heiko Sturmbach ihn um einige Nuancen unfreundlicher als seine Angestellte auf. Dabei erhob er sich recht flink von seinem Schreibtischstuhl und steuerte auf eine kleine Sitzgruppe mit gläsernem Beistelltisch im hinteren Teil seines Büros zu.

Unwillkürlich schielte Barnowski auf den Kaffeeautomaten, der in unmittelbarer Nähe der Sitzgruppe auf einer weißen Anrichte stand.

»Möchten Sie Kaffee, Cappuccino oder lieber einen Espresso?«, fragte Heiko Sturmbach, der seinen sehnsüchtigen Blick offensichtlich verstanden hatte.

»Ein Cappuccino wäre wunderbar«, entfuhr es Barnowski. Seiner Miene war die Erwartung höchsten Genusses anzusehen, ganz so, als wolle er für eine bestimmte Bohne werben. Während er in einem der drei bunt gemusterten Sessel Platz nahm, bediente Sturmbach den Kaffeeautomaten.

»Was also möchten Sie genau von mir wissen?«, fragte er, nachdem er mit einer gewissen Anspannung in der Miene zwei Tassen zu der Sitzgruppe balanciert hatte.

»Sie waren einer der letzten Kunden von Cornelius Hamacher«, antwortete Barnowski. »Selbstverständlich interessiert mich, wie

Sie ihn als Mensch einschätzen und natürlich die Frage, wann Sie ihn zum letzten Mal gesehen haben.«

Sturmbach nippte an seinem Cappuccino, dann sprang er plötzlich auf, lief zu seinem Schreibtisch und zog ein kleines Buch aus einer der Schubladen hervor. Anschließend kehrte er damit zu der Sitzgruppe zurück. Während Sturmbach wie wild in dem Büchlein, vermutlich ein Terminkalender, herumblätterte, musterte Barnowski sein Gegenüber. Barnowskis Urteil fiel nicht gerade milde aus. Sturmbachs zweifellos kostspieliger gestreifter Anzug passte weder zu dem gemusterten Hemd noch zu der genauso teuren wie hässlichen Krawatte. Weitaus schlimmer jedoch fand Barnowski das tiefschwarz gefärbte Haar. Die längsten der spärlich vorhandenen Exemplare hatte der Besitzer der Reisebürokette über die schon recht ausgeprägte Glatze mitten auf dem Schädel verteilt. Widerlich, dachte Barnowski, dann als Mann lieber so ein Typ wie Pielkötter. Nicht unbedingt attraktiv, aber alles echt.

»Genau vor drei Wochen«, erklärte der Besitzer des Reisebüros, noch ehe Barnowski diesen für Sturmbach sehr unvorteilhaften Vergleich abgeschlossen hatte. »Cornelius Hamacher war am achtzehnten April bei mir. Um vier Uhr nachmittags. Und er hat exakt hier gesessen, in demselben Sessel wie Sie.«

»Der Sessel hat hoffentlich nichts mit dem Verbrechen zu tun«, bemerkte Barnowski trocken und gönnte sich die Hälfte des Cappuccinos. Was man genossen hatte, konnte einem schließlich keiner mehr nehmen.

»Am Telefon haben Sie ja bereits erwähnt, dass Hamacher ermordet wurde. Trotzdem, ich kann mir beim besten Willen nicht vorstellen, warum. Okay, etwas sonderbar war der schon, aber deshalb bringt man ja niemanden um.«

»Inwiefern fanden Sie ihn sonderbar?«

»Nun ja, fachlich hatte der wirklich was drauf«, wich Sturmbach der direkten Frage aus. »Auf diesem Gebiet machte dem so schnell keiner seiner Konkurrenten was vor. Schauen Sie nur.«

Der Besitzer der Reisebürokette deutete auf ein Plakat, das an der Wand hinter seinem Schreibtisch hing. Darauf war ein Liegestuhl ohne Bespannung abgebildet. Durch das Holzgestell blickte der Betrachter auf einen Strand und Wellen im Hintergrund. »Darf's ein bisschen Meer sein?«, stand als Werbeslogan oben auf einem wolkenlosen, azurblauen Himmel.

»Wirklich gut gemacht«, bemerkte Barnowski anerkennend.

»Das Plakat ist natürlich nur ein kleiner Aspekt der gesamten Werbekampagne«, erwiderte Sturmbach, »aber an genauen Details sind Sie sicher nicht interessiert?«

»Eher an dem Menschen.«

Sturmbach schien seine Worte sorgfältig abzuwägen. »Nun ja, menschlich war der schon sehr merkwürdig.«

Barnowski unterdrückte jede weitere Frage, er ging davon aus, Sturmbach würde nun von sich aus reden.

»Der Hamacher hat sich ja nicht einmal für die Jaqueline interessiert.« Dabei sprach Sturmbach den Frauennamen aus, als genösse er gerade eine edle Praline. »Die Jaqueline, die müssten Sie mal sehen. Die reinste Augenweide, sage ich Ihnen. Leider hat sie heute frei. Sonst könnten Sie selbst beurteilen, wie seltsam der Hamacher war.«

Barnowski versuchte Pielkötters Blick zu imitieren. Genau der Blick, mit dem sein Vorgesetzter ihn immer aufzufordern schien, er solle sich gefälligst etwas deutlicher ausdrücken.

»Also, die Jaqueline konnte sich mit ihrem tiefen Ausschnitt direkt zu dem runterbeugen«, fuhr Sturmbach fort, »der verzog einfach keine Miene. Schien null interessiert. Kaum zu glauben, was? Wahrscheinlich hätte sie sich sogar auf seinen Schoß setzen können, und nichts wäre passiert.«

»Und wie haben Sie sich dieses offensichtliche Desinteresse erklärt? Darüber haben Sie doch bestimmt nachgedacht.«

Sturmbach zuckte mehrmals mit den Schultern.

»Vielleicht war er homosexuell«, versuchte Barnowski sein gegenüber aus der Reserve zu locken, obwohl ihm Sturmbach alles andere als unaufgeschlossen und schüchtern erschien.

»Nee, nee, der nicht«, widersprach Sturmbach nun ziemlich schnell. »Dafür habe ich wirklich 'nen Blick. Als Chef mehrerer Reisebüros habe ich da so gewisse Erfahrungen. An Männern interessiert war der definitiv nicht. Da war der Hamacher schon eher so'n Faschist.«

Barnowski schaute etwas irritiert.

»Also, ich mein natürlich so'n Fetischist, oder wie die auch immer heißen. Also fixiert auf irgendwas, was wir hier nicht haben. Vielleicht hat er mit 'nem Transistorradio rumgemacht.«

Barnowski wirkte nicht gerade überzeugt.

»Fragen Sie mich nicht, wie das funktionieren soll. Auf jeden Fall habe ich neulich darüber einen Bericht gehört. Und dabei fiel mir sofort der Hamacher ein. Komisch, was? Jedenfalls traue ich dem eher ein Verhältnis mit einem Transistorradio zu als mit einem menschlichen Wesen.«

»Schon gut«, winkte Barnowski ab. In gewisser Weise deckte sich das mit der Aussage weiterer Zeugen. »Jetzt noch eine ganz andere Frage. Wie kamen Sie mit Hamacher geschäftlich zurecht?«

»Ausgezeichnet. Der Mann hat einfach gute Arbeit geleistet.«

»Und wegen des Preises gab es auch keine Probleme?«

»Der war sein Geld wirklich wert«, erwiderte Sturmbach nun ein wenig ungehalten. »Zudem habe ich ihn direkt vor drei Wochen bezahlt. Als der hier war, habe ich ihm einen Scheck mitgegeben. Den hat er auch schon eingelöst. Das können Sie gerne anhand meiner Bankauszüge überprüfen.«

Barnowski machte eine Handbewegung, die man mit einigem Wohlwollen als »geschenkt« interpretieren konnte. Danach führte er die Kaffeetasse zum Mund.

»Glauben Sie mir, auch wenn der komisch war, um den Hamacher tut es mir wirklich leid. Erst recht um seine kreativen Ideen.«

»Okay«, schnaufte Barnowski. »Wo waren Sie am zehnten Mai, genauer gesagt ab zwanzig Uhr abends?«

»Was war das für ein Wochentag?«

»Ein Dienstag.«

Sturmbach grinste anzüglich. »Dienstag also, trifft sich gut. Da verbringe ich den Abend immer mit Jaqueline, den Abend und die halbe Nacht. Dafür hat sie immer mal einen freien Tag zwischendurch, so wie heute.«

»Wenn Sie mir nur noch eben Jaquelines Kontaktdaten geben, war's das schon.«

Automatisch zogen sich Sturmbachs Mundwinkel weiter nach außen, als hätte Barnowski die Frage aus persönlichem und nicht aus dienstlichem Interesse gestellt.

Wenig später verließ Barnowski mit Jaquelines Telefonnummer und Adresse das Reisebüro. Leider war er ziemlich überzeugt, dass Sturmbachs Angaben stimmten. Selbst wenn nicht, würde ihm Jaqueline unter Garantie ein Alibi verschaffen. Auch egal, der Mann war bestimmt nicht Hamachers Mörder, das hatte er einfach im Gefühl, selbst wenn Pielkötter jetzt hundert Mal dagegen wettern würde. Zum Glück mussten Chefs nicht immer alles wissen.

Montag, 16. Mai
16:00 Uhr

Die Praxis des Psychologen Mark Milton lag in der zweiten Etage eines Wohnhauses in der Duisburger Innenstadt, nur wenige Gehminuten vom Dellplatz entfernt. Nachdem Milton seinen letzten Patienten Herrn Hogenbarth kurz zuvor verabschiedet hatte, saß er an seinem Schreibtisch in einem kleinen Vorzimmer, durch das man den Behandlungsraum betreten konnte. Mit einem seltenen Lächeln auf den Lippen löffelte er einen Becher Erdbeerjoghurt. Eigentlich hätte er gerne etwas Nahrhafteres zu sich genommen, aber darauf wollte er dann doch lieber bis zum Abend verzichten. Bei dem Gedanken an ein gemeinsames Mahl mit Vanessa Martini zogen sich seine Mundwinkel noch ein Stück weiter nach oben. Immerhin handelte es sich bei der Einladung zum Essen um das erste richtige Date nach einigen Jahren Single-Dasein. Seit seiner Scheidung von Susanne hatte er kein weibliches Wesen mehr an sich herangelassen, obwohl sein Freund Daniel permanent dagegen Sturm gelaufen war.

Plötzlich änderte sich Miltons Mimik. Nachdenklich leerte er den Joghurtbecher, entsorgte ihn im Abfalleimer und holte anschließend die Karteikarte von Sina Gabrillani aus dem Schrank. Im Geiste schon bei Vanessa und dem heutigen Abend hätte er fast vergessen, noch einmal die Akte durchzugehen. Weil die Patientin ihn eine ganze Weile nicht mehr aufgesucht hatte, war es umso wichtiger, sich vor der Sitzung erneut über ihre Probleme zu informieren. Mit einem Blick auf seine Uhr stellte Mark Milton fest, dass ihm für diese wichtige Aufgabe genau siebzehn Minuten blieben.

Auch nachdem er die Akte überflogen hatte und er sich wieder an etliche Details erinnern konnte, gab ihm der Fall jede Menge Rätsel auf. Vieles deutete darauf hin, dass die Patientin als Kind missbraucht worden war, gleichzeitig sprach einiges dagegen. Zwischendurch war er sogar in Versuchung geraten, Sina Gabrillani an eine Kollegin weiterzuvermitteln.

Milton starrte auf das Datum der letzten Sitzung. Über ein halbes Jahr war das her. Danach war sie plötzlich nicht mehr erschienen, hatte nicht einmal den letzten vereinbarten Termin abgesagt. Warum habe ich sie jetzt nicht an eine Kollegin verwiesen, fragte er sich unwillkürlich. Neugier? Angst, sich die eigene Unzulänglichkeit einzugestehen? Er wusste es nicht. Aus einem undefinierbaren Grund war er davor zurückgeschreckt. Womöglich würde sich der vermeintliche Fehler jedoch ins Gegenteil verkehren, konnte eine verlorene Seele oder sogar Leben retten. Wer sagte ihm denn, dass ein anderer Therapeut für die Patientin überhaupt von Vorteil war?

Ehe er eine Antwort auf diese Frage gefunden hatte, schellte es an der Tür. Eilig erhob sich Mark Milton und ließ Sina Gabrillani herein. Soweit er das beurteilen konnte, hatte sie einige Kilos abgenommen, obwohl sie ihm immer schon sehr mager erschienen war. Nachdem sie ihre dunkelblaue Sommerjacke ausgezogen hatte, bestätigte sich der anfängliche Verdacht. Ihre spitzen Schultern stachen unter dem engen T-Shirt hervor, die Wangen waren auffallend eingefallen, ihre ausdruckvollen blauen Augen wanderten unstet umher. Offensichtlich hatte sich ihr Zustand in der Zwischenzeit drastisch verschlechtert.

»Schön, Sie wiederzusehen«, erklärte Mark Milton und führte Sina Gabrillani durch das Vorzimmer in den geräumigen Behandlungsraum. Sie setzte sich in einen der beiden Sessel und sah sich um. »Das Gemälde dort drüben an der Wand ist neu«, bemerkte sie.

»Ein Geschenk meines Freundes«, erwiderte Milton, obwohl er lieber so früh wie möglich mit der Sitzung begonnen hätte. Manchmal jedoch stellte sich ein kleiner Umweg später als nützlicher Baustein heraus. »Die Gemälde hinter Ihnen hat er auch gemalt«, fuhr er fort.

»Das neue Bild gefällt mir sehr. Das viele Weiß drückt Unschuld aus, oder nicht?«

»So unschuldig wie das Leben sein sollte?«, fragte Mark Milton, während er ihre Reaktion genau beobachtete. Sina Gabrillani war unwillkürlich zusammengezuckt. Ihre Augenlider flatterten nervös. Offensichtlich hatte er damit einen wunden Punkt getroffen. Eilig notierte er etwas auf dem Notizblock, der auf seinen Knien lag. Ihre heftige Reaktion erstaunte ihn allerdings nicht sonderlich.

»Unschuld, ja, Unschuld.« Auch ihre Stimmlage hatte sich verändert. Sie versuchte zu lachen, was aber mehr nach einem Aufschrei klang.

»Genau das ist Ihr Thema, nicht wahr?«

Statt ihm zu antworten, starrte sie schweigend auf das Bild an der gegenüberliegenden Wand.

»Warum wollten Sie unbedingt einen Termin nach so langer Zeit?«, fragte Mark Milton, als ihn das Schweigen zu stören begann. Zum Glück stellte sich dieses Problem nicht bei allen Patienten.

»Mein Vater ist sehr, sehr krank«, erwiderte sie, als er schon nicht mehr mit einer Antwort gerechnet hatte.

»Dann ist es völlig normal, dass Sie sich Sorgen machen.«

»Normal!« Sie lachte erneut dieses unpassende Lachen.

»Ihre Sorgen sind durchaus verständlich«, erklärte Mark Milton, als Sina Gabrillani wieder zu lange schwieg. Dabei wusste er nicht recht, ob seine Worte auf sie beruhigend wirkten oder eher wie eine Provokation.

»Wahrscheinlich wird er bald sterben«, flüsterte sie kaum hörbar. »Jedenfalls sagen das meine Geschwister.«

Sie hatte einen Bruder und eine Schwester, das hatte er vorher noch in ihrer Karteikarte gelesen. Die Mutter war kurz nach Sinas elftem Geburtstag gestorben. Wieder geheiratet hatte der Vater nicht.

»Was bereitet Ihnen angesichts des nahen Todes Ihres Vaters am meisten Sorgen?«, fragte Mark Milton sichtlich angespannt. Seltsamerweise erhoffte er sich von der Beantwortung dieser Frage einschneidende Erkenntnisse.

»Meine Geschwister drängen mich, ihn im Krankenhaus zu besuchen«, antwortete sie. »Aber ich will meinen Vater nicht sehen.«

Am liebsten hätte er sie direkt nach dem Grund gefragt, allerdings wusste er nur zu gut, dafür war sie nicht bereit, jedenfalls noch nicht. Allerdings hoffte er darauf, sie würde sich ihm irgendwann im Verlauf der Therapie offenbaren. »Sie haben also kein gutes Verhältnis zu Ihrem Vater?«, tastete er sich langsam vor.

»Früher war das anders«, antwortete sie traurig, während sie Daumen und Mittelfinger unaufhörlich gegeneinander rieb. »Er hat mich immer geneckt, hat extra ein Puppenhaus für mich gebaut. Damals war er der beste Papa der Welt.« Plötzlich rannen Tränen über ihre eingefallenen Wangen.

Mark Milton reichte ihr ein Taschentuch aus der Packung, die griffbereit neben ihm auf einem kleinen Beistelltisch lag, und ließ sie eine Weile weinen, bevor er nachhakte. »Heute jedoch ist er für Sie nicht mehr der beste Vater der Welt.«

Stumm schüttelte Sina Gabrillani den Kopf.

»Er hat Ihnen sehr weh getan«, fuhr Mark Milton fort.

Weitere Tränen flossen und sie schnäuzte mehrmals in das Taschentuch. »Darum geht es doch nicht«, erklärte sie plötzlich. Es klang fast nach einem Anflug von Trotz.

»Worum geht es denn?«

»Ich weiß nicht, ob ich meinem Gefühl folgen darf. Am liebsten würde ich meinen Vater einfach nie mehr sehen. Manchmal denke ich jedoch, es wäre besser, auf meine Geschwister zu hören, ihrem Drängen nachzugeben. Aber vielleicht brauchen die nur selbst eine Therapie.«

Mark Milton fürchtete, an seine Grenzen zu stoßen. Sollte er sie doch ganz direkt nach einem Missbrauch durch den Vater fragen? Sicher könnte eine Konfrontation Klarheit bringen. Klarheit, aber auch unendliches Leid. Irritiert registrierte Milton, wie sich Sina Gabrillani erhob, noch ehe er etwas erwidert hatte. Ein Blick auf die Uhr zeigte tatsächlich das Ende der Sitzung an. Eigentlich war es jedoch die Aufgabe des Therapeuten, eine Sitzung zu beenden. Aus dieser Patientin wurde Milton einfach nicht schlau.

»Ich melde mich wieder«, erklärte sie zum Abschied und reichte ihm ihre dünne Hand.

Viel lieber hätte er sofort einen neuen Termin mit ihr vereinbart, aber anscheinend hatte sie es sehr eilig. In der Tür drehte sie sich jedoch noch einmal zu ihm um. »Übrigens habe ich Ihren Rat befolgt.«

Milton runzelte die Stirn.

»Ich habe mich nach der letzten Sitzung bei Ihnen in einem Karateclub angemeldet.«

Irritiert sah er ihr nach, wie sie im Treppenhaus verschwand. Hatte er das mit dem Karateclub tatsächlich empfohlen? Jedenfalls hatte er davon nichts in der Patientenkartei gelesen. Wahrscheinlich hatte er ihr eher allgemein geraten, etwas für ihre Selbstverteidigung zu tun. Als eine Möglichkeit, ihre Ängste zu bekämpfen.

Montag, 16. Mai
17:00 Uhr

Unruhig rutschte Sebastian Lauterbach auf dem Stuhl im Vorzimmer des Chefarztes Doktor Ernst-Theodor Liebermann herum. Die gut fünfzigjährige Sekretärin mit stark ergrautem, streng zurückgekämmtem Haar und altmodischem Kostüm bedachte ihn gelegentlich mit einem tadelnden Blick. Ein kleines Namensschild auf der rechten Brust wies sie als Frau Ruprecht aus. Nachdem ihn erneut ein strenger Blick hinter Brillengläsern von mindestens drei Dioptrien gemustert hatte, startete Sebastian Lauterbach einen weiteren Versuch, sich in eine der Illustrierten zu vertiefen. Eine Kollektion verschiedener Zeitschriften stapelte sich auf einem winzigen Beistelltisch, aber eigentlich interessierte ihn kein einziger Artikel. Vielleicht fiel ihm auch nur das Konzentrieren schwer. Kein Wunder bei den Sorgen, die ihm im Kopf herumgingen.

Seine Ungeduld strebte gerade einem ersten Höhepunkt zu, da läutete das Telefon. Die Sekretärin nahm das Gespräch an. »Doktor Liebermann lässt jetzt bitten«, erklärte Frau Ruprecht herablassend, nachdem sie aufgelegt hatte. Eilig erhob sich Sebastian Lauterbach und folgte der Sekretärin in das Reich ihres Chefs.

Doktor Ernst-Theodor Liebermann saß hinter einem monströsen Schreibtisch aus Mahagoni, auf dessen rechter Seite ein Schädelknochen thronte. Aus dem Schädelknochen heraus lugten Kugelschreiber und Füllfederhalter. Missmutig schaute Doktor Liebermann ihm entgegen.

»Bist wohl völlig verrückt geworden«, herrschte er Sebastian Lauterbach an, nachdem Frau Ruprecht sich aus dem Zimmer entfernt hatte. »Läufst einfach hier auf. In der Öffentlichkeit darf man uns unter keinen Umständen zusammen sehen. Darin waren wir uns doch einig, oder?«

»Aber das ist ein Notfall«, erklärte Sebastian Lauterbach. »Ich muss unbedingt mit dir reden.«

»Und deshalb kommst du gleich hierher?« Doktor Liebermann war immer noch sichtlich aufgebracht, allein seine Sekretärin im Nebenraum hielt ihn offensichtlich davon ab, die Stimme weiter zu erheben.

»Was hätte ich denn sonst tun sollen?«, fragte Lauterbach erregt. »Dich zu Hause aufzusuchen, wäre mit Sicherheit gefährlicher gewesen. Selbst telefonieren ist riskant.«

»Riskant. Genau das trifft die Sache, die du soeben veranstaltest. Wenn einer von uns auffliegt, reicht das völlig.«

»Ich bin einfach als Patient hier«, erklärte Sebastian Lauterbach mit aufkommendem Ärger in der Stimme. »Deshalb habe ich extra bis heute gewartet, obwohl es ja bereits am Samstag groß in der Zeitung stand. Wer sollte in mir schon etwas anderes sehen als einen Patienten? Was wir hier besprechen, dringt nicht nach außen. Zudem habe ich deiner Vorzimmerdame erzählt, ich wollte von dir behandelt werden.«

»Pah, glaubst du etwa, meine Sekretärin ist doof? Frau Ruprecht weiß doch ganz genau, dass ich niemals einen Fremden zu mir hereingebeten hätte.«

»Dann bin ich eben ein ehemaliger Patient, den du lange kennst. Privatpatient, wenn dir das lieber ist.« Sebastian Lauterbach versuchte zu lachen, was ihm allerdings nicht einmal ansatzweise gelang. »Jetzt streiten wir um diesen Mist, dabei steht uns die Scheiße quasi bis zum Hals.«

»Wovon redest du?«, fragte Doktor Liebermann irritiert.

»Hast du nicht den fetten Bericht in der Tageszeitung gelesen? Keine Nachrichten gehört?«

»Was soll das?«

»Der Tote vom Wambachsee«, erklärte Lauterbach mit leicht hysterischer Stimme. »Was glaubst du, wer sich dahinter verbirgt?«

»Cornelius wohnt dort. Aber es kommen doch noch genug andere Personen als Opfer infrage?«

»Eben nicht«, erwiderte Lauterbach erregt. »Bist du jemals bei ihm gewesen?«

»Natürlich nicht«, antwortete Liebermann mit hoch gezogenen Augenbrauen. »Genauso wie es abgemacht war. Abgemacht, zu unserem Schutz. Wir sind einmal knapp davongekommen. Das reicht. Was jeder für sich macht, welches Risiko er eingehen will, ist seine Sache. Aber zwischen uns sollte es allenfalls heimliche Kontakte geben, wenn überhaupt. Offensichtlich hältst du es aber nicht für nötig, dich an die Abmachung zu halten.«

»Als ob es in dieser Situation darum ginge! Begreif doch endlich! Cornelius ist tot. Er ist auf äußerst grausame Art und Weise ermordet worden.«

»Und dass es Cornelius war, weißt du ganz genau?«

»Ja, und jetzt fang nicht sofort wieder mit unseren Spielregeln an«, entgegnete Lauterbach mit hochrotem Kopf. »Cornelius hat mir einmal Bilder von seiner Villa gezeigt. Aus diesem Grund habe ich den Tatort wiedererkannt.«

»Aber der Tatort war doch in den Medien gar nicht zu erkennen«, wandte Doktor Liebermann inzwischen ein wenig unsicher ein.

»Ich hab mir eben Sorgen gemacht. Deshalb bin ich einfach hin, und da habe ich diese Absperrbänder von der Polizei gesehen.«

»Wieso? Ich verstehe nicht.« Doktor Liebermanns Mimik veränderte sich. Von seiner anfänglichen Selbstherrlichkeit war nun kaum noch etwas zu spüren.

»Cornelius und ich haben uns zweimal pro Monat auf einen Spaziergang getroffen«, erklärte Sebastian Lauterbach. »Selbstverständlich sehr diskret. Wir haben uns nicht einmal angerufen, haben immer direkt das nächste Treffen ausgemacht. Diesmal waren wir am Schwarzen Wasser in Wesel verabredet, aber ich habe umsonst auf ihn gewartet. Das ist vorher noch nie passiert. Sofern es ihm möglich gewesen wäre, hätte er in diesem speziellen Fall sicher versucht, mit mir Kontakt aufzunehmen.«

In Doktor Liebermanns Gesichtszügen deutete sich plötzlich ein beginnender Wutanfall an.

»Nun komm mir nicht wieder mit der Abmachung«, fuhr Sebastian Lauterbach augenblicklich fort. »Wir haben jetzt wirklich andere Probleme. Zudem solltest du mir dankbar sein.«

»Das wird ja immer schöner«, polterte Liebermann.

»Immerhin wüssten wir sonst noch nicht, dass Cornelius ermordet wurde. Auch nicht, dass wir auf der Hut sein müssen.«

»Ausgerechnet du sagst das«, höhnte Doktor Liebermann. »Dabei lässt du selbst die wichtigsten Regeln zu unserer Sicherheit außer Acht.«

»Der Mörder würde sich bestimmt freuen, uns in dieser trauten Einigkeit zu sehen«, erwiderte Sebastian Lauterbach voller Ironie.

Liebermann schwieg. Offensichtlich hatte der Doktor endlich begriffen. »Du meinst, der Täter hat es nicht nur auf Cornelius abgesehen?«

»Genau diese Frage stelle ich mir pausenlos«, antwortete Lauterbach und zog eine Packung Zigaretten aus der Hosentasche. »Offen gestanden weiß ich darauf immer noch keine Antwort. Bin nur sicher, dass Cornelius in letzter Zeit übervorsichtig war. Zuerst hat er alle belastenden Dateien auf seinem Computer gelöscht. Aber das ging ihm schließlich nicht weit genug. Als wir uns das nächste Mal getroffen haben, hatte er sogar einen neuen Computer gekauft, zwei Festplatten neu formatiert, die alten mit einem Hammer traktiert. Vielleicht sollten wir das ebenfalls in Erwägung ziehen. Auf jeden Fall kann es nicht schaden, wachsam zu sein.« Lauterbachs Feuerzeug klickte.

»Nicht hier«, wandte Doktor Liebermann ein.

»Komm schon, das ist schließlich ein Notfall.« Lauterbach blies den Zigarettenrauch stoßweise aus seinem leicht geöffneten Mund. Liebermann wagte nicht noch einmal zu widersprechen.

»Hat Cornelius dir einen Grund für die Besorgnis genannt?«

»Nichts Konkretes.«

»Was sollen wir deiner Meinung nach gegen die Gefahr unternehmen?«, fragte Liebermann, wobei er das »wir« besonders betonte.

»Zumindest kann es nicht schaden, die Augen ein wenig offen zu halten.«

»Und was ist mit Hartmut?«

»Wie es aussieht, macht der die Augen sowieso bald für immer zu.«

Liebermanns Gesichtsfarbe wurde um eine weitere Nuance blasser.

»Allerdings auf ganz natürliche Art, ...«

»Woher weißt du das?«, unterbrach Doktor Liebermann ihn erregt. »Hast du etwa auch zu ihm Kontakt unterhalten?«

Die Ergänzung »entgegen der Abmachung« stand förmlich auf seiner hohen, mit unzähligen Schweißperlen überzogenen Stirn.

»Cornelius hat es mir kurz vor seinem Tod erzählt. Woher er von dem Zustand unseres alten Kumpans wusste, hat er allerdings nicht durchblicken lassen.«

»Vielleicht werde ich dir wirklich eines Tages für diesen Besuch dankbar sein«, erklärte Doktor Liebermann mit versteinerter Miene. »Trotzdem verschwindest du jetzt besser. Zudem dürfen wir uns nie wieder sehen.«

Sebastian Lauterbach nickte. Nachdenklich drückte er seine Zigarette in dem übergroßen Mörser aus, der neben dem Schädel auf Liebermanns Schreibtisch stand. Dann eilte er ohne ein weiteres Wort hinaus.

Dienstag, 17. Mai
8:30 Uhr

Missmutig starrte Pielkötter zu Barnowski hinüber, der vor seinem Schreibtisch saß. »Ich hoffe, Sie haben mir etwas anzubieten«, sagte er, während der Kugelschreiber in seiner Hand ein Blatt Papier malträtierte. »Jetzt sitzt uns nämlich auch noch die Presse im Nacken. Seit die den Mord an Hamacher am Wochenende ganz groß in der Zeitung hatten, gibt es für die anscheinend kein Halten mehr.«

»Muss Sie leider enttäuschen«, erwiderte Barnowski. »Bei diesem Typen vom Reisebüro hat sich nichts Neues ergeben. Langsam glaube ich, das Opfer hat nur von Luft und Liebe gelebt.« Plötzlich lachte er laut auf.

Pielkötters Miene dagegen wirkte irritiert.

»Wieder mal so'n Freudscher«, erklärte Barnowski. »Ich meinte natürlich Luft und Arbeit. Na ja, kein Wunder, dass man sich da verspricht. Der Cornelius muss echt seltsam gewesen sein, so'n richtiger Heiliger. Keine Freunde, keine Frauen, keine Feinde. Abgesehen von dem Mörder natürlich. Und möglicherweise einem Transistorradio.«

Pielkötters Miene verdunkelte sich.

»Das mit dem Radio stammt nicht von mir«, schaltete Barnowski auf Verteidigung, weil er heute ausnahmsweise nicht die geringste Lust auf Angriff verspürte. »Das hat der Sturmbach ins Spiel gebracht. Hat angedeutet, der Hamacher wäre vielleicht ein Fetischist.«

»Und wie kommt der darauf?«

»Der hat vor Kurzem so eine Sendung über Fetischisten gesehen, und da ist ihm sofort der Hamacher eingefallen.«

»Unsinn«, schnaufte Pielkötter. »Wir geben nichts auf die Diagnose solcher selbsternannten Therapeuten.«

»Immerhin deckt sich das gut mit den Angaben, die seine Sekretärin über ihn in Bezug auf Beziehungen gemacht hat«, konterte Barnowski, bereit, notfalls doch zum Angriff überzugehen.

»Trotzdem halte ich diese Theorie für sehr weit hergeholt. Was soll denn das für ein Fetisch gewesen sein? Hätte uns in seinem Haus doch etwas auffallen müssen.«

»Ansonsten hat sich bei der Vernehmung von Sturmbach eben nichts Brauchbares ergeben.«

»Hamachers Kunden, mit denen ich bisher gesprochen habe, konnten mir auch keinen Anhaltspunkt liefern«, erwiderte Pielkötter ernst. »Zudem kommen wir bezüglich der Tatwaffe keinen Schritt voran. Nach wie vor bleibt seine Sekretärin Juliane Berger die einzig mögliche Verdächtige. Aber das überzeugt mich gar nicht.«

»Und die Spurensicherung?«

»Ich bin den Bericht nicht nur einmal durchgegangen, aber der gibt einfach nichts her. Sieht so aus, als hätte Hamacher seinen Mörder selbst ins Haus gelassen. Abgesehen von den fehlenden Einbruchspuren spricht natürlich dafür, dass die Tat direkt in der Diele geschah. Anscheinend ist der Täter auch nur bis dort gekommen.«

»Sofern wir keine Hilfe von unerwarteter Seite bekommen, sehen Sie also schwarz.«

Ohne darauf zu antworten, blätterte Pielkötter in einem Stapel Unterlagen auf seinem Schreibtisch herum und reichte Barnowski den Bericht vom Erkennungsdienst. »Hier. Kann nicht schaden, wenn Sie den auch noch einmal durchgehen.«

Während Barnowski kaum merklich das Gesicht verzog, klingelte das Telefon. »Kriminalhauptkommissar Pielkötter, Kommissariat Duisburg.«

Geistesgegenwärtig stellte Pielkötter den Apparat auf »laut«, so dass Barnowski mithören konnte.

»Wir sind dankbar für jede Information, Frau Berger.«

»Was mir eingefallen ist, liegt allerdings eine ganze Weile zurück.«

»Alles könnte wichtig sein«, erwiderte Pielkötter, um Hamachers Sekretärin zu ermutigen.

»Hat wahrscheinlich nichts zu bedeuten, aber seltsam war das schon. Herr Hamacher hat mir ja in allem völlig vertraut. Ich hatte einen Schlüssel für sein Büro, ebenso für alle Schränke. Und dann hat er plötzlich doch etwas vor mir verborgen.«

»Worum hat er denn ein Geheimnis gemacht?«

»Wie gesagt, die Begebenheit ist eine Weile her, vielleicht sogar zwei oder gar drei Jahre«, erwiderte sie. »An besagtem Tag bin ich ohne anzuklopfen in sein Büro gestürmt. Das mache ich eigentlich nicht, aber die Post eilte. Kurz zuvor sind wir einen Vertrag zusammen durchgegangen. Der musste unbedingt noch raus. Als ich den in den Umschlag stecken wollte, habe ich plötzlich festgestellt, dass an einer Stelle Hamachers Unterschrift fehlte. Und da bin ich ohne große Umstände wieder zu ihm rein. Das Gesicht meines Chefs hätten Sie sehen sollen.«

Plötzlich verstummte sie, und Pielkötter befürchtete schon, sie würde einen Rückzieher machen. Wenige Sekunden später fuhr sie jedoch fort.

»Ich kann nicht einmal genau sagen, ob seine Miene eher ärgerlich oder eher erschrocken wirkte. Vielleicht drückte sie auch ein ganz anderes Gefühl aus. Jedenfalls habe ich mich nicht davon abschrecken lassen und bin schnurstracks zu seinem Schreibtisch hin. Schließlich musste die Post unbedingt raus. Das war wirklich auf den letzten Drücker. Deshalb konnte ich mir Gedanken um seine Reaktion nicht leisten. Als ich fast neben ihm stand, hat er blitzschnell seinen PC ausgeschaltet. Einfach ausgeschaltet, ohne ihn korrekt herunterzufahren.«

»Ich nehme an, das war sonst nicht seine Art.«

»Auf keinen Fall. Zudem hat seine Hand dabei unglaublich gezittert. Sie hat so stark gezittert, dass er kaum in der Lage war zu unterschreiben. Danach hat er mich wütend angesehen, aber kein Wort ist über seine Lippen gekommen. Als ich von der Post zurückgekommen bin, hat er so getan, als sei nichts geschehen.«

»Haben Sie denn einen kurzen Blick auf den Bildschirm werfen können?«, fragte Pielkötter neugierig.

»Nein, ich hatte auch wirklich andere Probleme in dem Moment. Nur im Nachhinein habe ich mich dann doch gewundert. Er hat nie vorher etwas vor mir verborgen, und übrigens auch nachher nicht mehr … jedenfalls nicht, dass ich es bemerkt hätte.«

»Unsere Spezialisten werden den Computer untersuchen. Dabei finden wir sogar gelöschte Dateien.«

»Aber Herr Hamacher hat inzwischen einen anderen PC«, erwiderte Juliane Berger.

Pielkötter stutzte. »Was ist denn mit dem alten Rechner passiert?«

»Tut mir leid. Das weiß ich wirklich nicht.«

»Trotzdem vielen Dank für Ihren Anruf«, verabschiedete er sich, nachdem er die neuen Informationen im Hinterkopf mit einem Dringlichkeitsvermerk versehen hatte. »Falls Ihnen noch etwas einfällt, melden Sie sich bitte. Ansonsten kommen Sie wie vereinbart für das Protokoll ins Präsidium.«

»Was meinen Sie dazu?«, fragte Pielkötter, als er das Telefonat beendet hatte.

»Vielleicht hatte Hamacher ja doch Dreck am Stecken?«, erwiderte Barnowski nachdenklich.

»Keine voreiligen Schlussfolgerungen«, schnaufte Pielkötter. »Womöglich will Juliane Berger uns genau das glauben lassen, um von sich abzulenken. Ich finde die Dame ganz schön clever. Sicherlich hat sie sich längst ausgerechnet, dass sie bisher unsere einzige Verdächtige ist.«

»Also halten Sie die Berger für die Mörderin?«, fragte Barnowski sichtlich erstaunt.

»Leider nein. Trotzdem dürfen wir sie deshalb als potenzielle Täterin natürlich nicht aus den Augen verlieren.«

Dienstag, 17. Mai
23:00 Uhr

Bestens gelaunt betrat Sebastian Lauterbach sein Haus am Rande des Baerler Buschs. Das gemeinsame Essen im Fischrestaurant Walsumer Hof war in jeder Hinsicht ein voller Erfolg gewesen. Die Forelle hatte ausgezeichnet geschmeckt, und das erste Gespräch mit Patrick seit etlichen Jahren hatte ihm den einzigen Sohn wieder nähergebracht. Endlich hatten sie sich einmal von Mann zu Mann unterhalten, und in ihm war die Hoffnung genährt, Patrick könnte inzwischen den Grund für die Scheidung seiner Eltern verstanden haben.

Darauf einen guten alten schottischen Whisky, dachte Sebastian beschwingt von der Idee, Patrick in zwei Wochen erneut zu treffen. Warum nur hatte der Junge gemeinsame Unternehmungen so lange abgelehnt? Sebastian schmunzelte, Patrick war für ihn immer noch der Junge, dabei war er seit fünf Jahren volljährig. Genüsslich ließ er den in edlen Fässern gereiften Whisky seine Kehle hinunterbrennen. Eine Sorge hatte sich endlich in Wohlgefallen aufgelöst.

Leider drängte sich unwillkürlich ein kaum minder großes Problem gedanklich in den Vordergrund. Warum kommt mir der Mord an Cornelius ausgerechnet jetzt in den Sinn, fragte er sich wütend. Heute Abend soll nichts meine Stimmung trüben. Der fromme Wunsch war jedoch weit entfernt von der Wirklichkeit. Automatisch kehrten seine Gedanken immer wieder zu der grausamen Ermordung seines alten Weggefährten zurück.

Wer hatte Cornelius das angetan und vor allem, warum? Die Zeitungen hatten sich nicht näher über die Todesumstände ausgelassen, aber bereits das wenige, was er darüber gelesen hatte, erschreckte ihn. Demnach ging die Polizei nicht von einem Raubmord aus. Genau diese Feststellung jedoch hätte ihn unendlich beruhigt. Solange das Motiv im Dunkeln lag, war höchste Vorsicht angesagt. Selbst Ernst-Theodor hatte das schließlich einsehen müssen. Leider hatte das Gespräch mit dem Herrn Chefarzt seine Erwartungen kaum erfüllt. Dabei wusste Sebastian nicht einmal, was er konkret von diesem Treffen erhofft hatte. Vielleicht, sich gemeinsam dem Problem zu stellen? In Erinnerung an die Ereignisse der Vergangenheit. Aber die hätte Ernst-Theodor wohl am liebsten radikal aus seinem Lebenslauf herausgestrichen.

Ohne darüber nachzudenken, hatte sich Sebastian Lauterbach einen zweiten Whisky eingeschenkt, vielleicht gegen die Angst? Verärgert über sich selbst und seine Hilflosigkeit, stürzte er den Drink hinunter. Der zweite schmeckte allerdings keinesfalls so gut wie der erste. Nach einigen Minuten jedoch ließ die Anspannung nach. Angst hatte doch auch einen positiven Effekt. Gleich morgen würde er weitere Vorsorge treffen. Bisher hatte ihm Benny, der wachsame Boxer, als Schutz vor ungebetenen Gästen immer ausgereicht. Aber nun würde er das ganze Haus verriegeln und mit der neusten Alarmanlage versehen lassen.

Wieder etwas mit sich und der Welt versöhnt, schwankte Sebastian Lauterbach zur Terrassentür und öffnete sie, nachdem er die Rollos hochgezogen hatte.

»Benny«, rief er in die dunkle Nacht hinaus. »Benny, hierher. Zu Herrchen.« Eigentlich hatte er den Hund direkt vor der Tür erwartet. Aber er hatte sich ja auch nicht gemeldet, als er vorhin vorn hereingekommen war, wunderte er sich nun. Sonst begrüßte er ihn immer mit einem freudigen Winseln. Sein Blick fiel auf den Fressnapf neben der Tür. Er hatte ihn vor der Verabredung mit Patrick hinausgestellt, nun war er leer. Von Benny jedoch fehlte jede Spur. Sebastian rief mehrmals vergeblich nach seinem Boxerrüden, dann schloss er die Tür.

Anscheinend ist die Hündin vom Nachbarn immer noch läufig, ging es ihm durch den Kopf. Es war wirklich an der Zeit, sich in puncto Sicherheit nicht allein auf Benny zu verlassen. Wie schnell kamen Einbrecher hier ins Haus? Ein kleines Loch mit dem Glasschneider und einfach den Hebel rum. Zum Glück hatte er die schweren Holzrollos heruntergelassen, bevor er zu dem Treffen mit seinem Sohn aufgebrochen war. Zumindest die im Erdgeschoss. Dabei jagten ihm Einbrecher nicht einmal die meiste Angst ein.

Jetzt mach dich nicht verrückt, nur weil der blöde Köter wieder auf Brautschau ist und darüber seine Aufgabe vergisst, schalt sich Sebastian. Ab morgen wird dein Haus zur Festung umfunktioniert. Bis alles fertig ist, ziehst du notfalls ins Hotel oder schaffst dir eine ganze Hundestaffel an. Dennoch beunruhigt, ließ Sebastian das Rollo an der Terrassentür erneut herunter. Anschließend zog er durch jedes Zimmer im Erdgeschoss und kontrollierte alle Türen und Fenster. Darin war er sehr nachlässig gewesen, bis er den Bericht über Cornelius Hamachers Tod in der Zeitung gelesen hatte. Eigentlich hätte er auch die Jalousien in der oberen Etage schon beim Verlassen des Hauses vor Einbruch der Dunkelheit herunterlassen sollen, nur hatte er nicht geahnt, dass Patrick es so lange mit ihm aushalten würde. Er überlegte, ob er noch einmal nach Benny rufen sollte. Quatsch, soll er sich in seine Hütte legen, wenn er meint, er müsse auf Freiersfüßen wandeln, dachte er trotzig, im Garten kann er auch besser Wache schieben. Ärgerlich löschte er im Erdgeschoss das Licht und stieg über die breite Holztreppe nach oben.

Irgendetwas war hier anders, störte ihn, auch wenn er dieses Gefühl zunächst nicht genau zu definieren wusste. Beunruhigt blähte er seine Nasenflügel und zog die Luft tief durch die Nase ein. Plötzlich glaubte er den Hauch eines Parfüms wahrzunehmen. Das konnte jedoch nicht sein. Vor über einem Jahr hatte die letzte Frau dieses Haus betreten, abgesehen von der Reinigungskraft, und die benutzte kein Parfüm. Angst konnte die Wahrnehmung trügen, das hatte er mal gelesen. Und dann dachte er in einem Anfall von verzweifelter Heiterkeit: Und wenn ich wirklich ein Damenparfüm rieche, was soll's? Eine Frau konnte ihm doch nicht wirklich gefährlich werden, ihm, einem Mann in den besten Jahren mit regelmäßigem Fitnessprogramm.

Mit entschlossener Miene stieß er die Tür zum Badezimmer auf. Der Lichtschein aus der Diele reichte aus, um alle Umrisse zu erkennen. Erleichtert wandte sich Sebastian Lauterbach ab. Links neben dem Bad lag eines der beiden Gästezimmer. Die Tür stand einen Spalt offen. Hatte er sie nicht heute Nachmittag geschlossen? Er schleuderte seinen Körper gegen die Tür. Die Klinke schlug hart an die Wand. Das würde zwar eine Schramme an der Tapete geben, aber nun wusste er, dass niemand dahinter gestanden hatte. Sebastian gab einen Laut von sich, der seltsam hell und hysterisch klang. Reiß dich zusammen, alter Junge, ermahnte er sich. Nachdem er das Gästezimmer inspiziert hatte, lief er in die Diele zurück. Von hier aus hatte er Zugang zu drei weiteren Räumen.

Für einen kurzen Moment erwog er, die Polizei anzurufen. Was jedoch hatte er schon in der Hand? Nichts als einen kaum wahrnehmbaren Parfümgeruch. Die Beamten würden ihn höchstens auslachen. Unwillkürlich tauchte wieder der Zeitungsartikel von dem ermordeten Cornelius vor seinem inneren Auge auf. Demnach war sein Kumpan erstochen worden. Besser als erschossen, dachte Sebastian, gegen eine Pistole hatte ein Unbewaffneter keine Chance, selbst dann nicht, wenn eine Frau sie in ihren zarten Händen hielt.

Plötzlich überfiel ihn mehr als eine Ahnung, wer eine solch mörderische Furie sein könnte. Zumindest ergab Hamachers gewaltsamer Tod in diesem Fall einen Sinn. Leider bedeutete das auch, dass er sich tatsächlich in höchster Gefahr befand. Eilig stürzte Sebastian ins Badezimmer und durchwühlte den Spiegelschrank. Nachdem er zwei Fläschchen mit Tropfen umgestoßen hatte und ihm eine Packung Aspirin ins Waschbecken gefallen war, fand er endlich, was er suchte. Mit einem kleinen Triumphgefühl holte er das alte, lange nicht mehr benutzte Rasiermesser hervor.

Mit entschlossener Miene rannte Sebastian quer durch die Diele zu seinem Büro. Erleichtert stellte er fest, dass die Tür abgeschlossen war. Er schloss die Tür immer hinter sich ab, wegen der Putzfrau und überhaupt. Die Macht der Gewohnheit. Direkt nach der Lektüre des Zeitungsartikels hatte er alles belastende Material im offenen Kamin auf seiner Terrasse verbrannt, hatte brisante Dateien von seinem nur privat genutzten Computers gelöscht, die Festplatte ausgebaut und zur Sicherheit mit einem Hammer traktiert.

Neben seinem Büro lag das Schlafzimmer. Während Sebastian mit gezücktem Rasiermesser die Klinke der Tür hinunterdrückte, pochte es laut hinter seinen Schläfen. Er betätigte den Lichtschalter links an der Wand, aber der Raum blieb dunkel. Mit ungutem Gefühl verstärkte er den Griff um die kleine Waffe, dann stieß er die Tür weiter auf, um von der Dielenbeleuchtung zu profitieren.

Und dann traf ihn das grelle Licht eines Scheinwerfers. Für eine Sekunde verharrte er starr vor Schreck. Die Zeit genügte. Etwas Dunkles schnellte auf ihn zu. Ehe er klar denken konnte, spürte er einen starken Schmerz in der rechten Hand. Das Rasiermesser fiel zu Boden. Seine Augen, inzwischen an das gleißende Licht gewöhnt, weiteten sich vor Entsetzen. Unmittelbar vor ihm stand eine Gestalt in schwarzer Kutte und Henkershaube. Dreh jetzt nicht durch, ermahnte er sich. Das ist doch alles nur ein schlechter Scherz. Er versuchte zu kichern, was allerdings eher nach einem Winseln klang. Blut tropfte von seiner Hand auf den teuren Teppich. Vier Finger fehlten. Das sprach für alles andere als einen Scherz. Genau wie das Schwert in der Linken des vermummten Angreifers.

»Was wollen Sie?«, fragte er, obwohl diese Frage eigentlich unsinnig war.

Die Gestalt in der Kutte schwieg.

Fast hätte Sebastian gefragt »warum«, aber in diesem Moment begriff er es nur zu gut. Als hätte die Gestalt seine Gedanken erraten, zeigte die schwarz behandschuhte Rechte auf den Scheinwerfer. Mit der Linken hielt sie das Schwert, dessen Klinge auf eine Stelle etwas unterhalb seines Bauchnabels zielte.

»Sie können alles von mir haben«, stammelte Sebastian, »wirklich alles.«

Die Gestalt reagierte jedoch nicht. Sebastian fühlte, wie seine Knie langsam nachgaben. Die Angst war fast noch unerträglicher als der Schmerz, der sich nun mit voller Macht in sein Bewusstsein drängte. »Vergib mir«, wimmerte er, bevor er zusammenbrach. Über ihm schien das Schwert zu kreisen. Ehe er noch um Gnade flehen konnte, bohrte sich die Klinge plötzlich in seinen Bauch und zerfetzte seine Eingeweide. Szenen aus seinem Leben zogen im Eiltempo vor seinem geistigen Auge vorbei, dann hauchte Sebastian Lauterbach zum letzten Mal seinen Atem aus.

***

Eine Weile verharrte die Gestalt mit dem Blick auf den Toten. Schließlich zog sie das Schwert aus seinem Leib und fuhr damit kreuz und quer über den Bezug auf dem breiten französischen Bett, bis kaum noch Blut daran klebte. Anschließend verstaute sie die Waffe in der Scheide unter der Kutte, löschte das Licht des Scheinwerfers und verschwand durch die Balkontür nach draußen. Um so wenig Spuren wie möglich zu hinterlassen, war es besser, wenn sie das Haus auf demselben Weg wieder verließ. Zudem verringerte sich beim Rückzug durch den Garten die Wahrscheinlichkeit, von unliebsamen Zeugen gesehen zu werden.

Ohne Hast ließ die Gestalt die Strickleiter herunter, die an einem Haken hinter einem der Balkonstäbe hing. Trotz der Kutte stieg sie behände nach unten. Sie löste die Strickleiter mit einigen Schwierigkeiten und verstaute sie in einem Beutel, dann rannte die Gestalt über den Rasen zum Gartentor. Wenige Meter davon entfernt lag der Boxer. Der Hund regte sich nicht. Wenn jedoch alles planmäßig lief, würde er bald wieder aufwachen, ganz im Gegensatz zu seinem Herrchen. Die Gestalt warf noch einen letzten Blick zurück auf die Villa, dann einen auf den schlafenden Benny. Schließlich verschwand sie im Schatten der großen Bäume des Baerler Buschs.

Mittwoch, 18. Mai
10:00 Uhr

Pielkötter saß an seinem Schreibtisch und stützte den Kopf auf seine Hände. Manchmal wurde ihm einfach alles zu viel. Gestern Abend hatte es wieder Streit mit Marianne gegeben und mit dem Fall Cornelius Hamacher kam er trotz der größten Mühe nicht einen einzigen Schritt voran. Auch die Befragung weiterer Kunden hatte keinerlei Anhaltspunkte erbracht. Bei einem Abgleich mit den Informationen der Verbrecherdatenbank »INPOL«, dem Informationssystem der Polizei beim Bundeskriminalamt, hatte der besondere Narbenkreis keine Übereinstimmungen ergeben, und die Suche nach der Waffe galt weiterhin als aussichtslos. Hinzu kam der Druck von oben und den Medien. Solange auf der Stelle zu treten, strapazierte gleichsam Laune wie Nerven. In seinem Frust kritzelte Pielkötter seltsame Hieroglyphen auf den Notizblock, der vor ihm auf dem Schreibtisch lag.

Plötzlich klingelte das Telefon. Missmutig nahm er den Hörer ab, doch schnell veränderte sich seine Miene. »Das ist ja ein Hammer«, entfuhr es ihm, nachdem er aufgelegt hatte. Eilig riss er sein Jackett von dem Garderobenhaken neben der Tür, dann stürmte er aus dem Büro.

»So ein Mist«, schimpfte Pielkötter, während er unerlaubt schnell durch eine Wohnstraße fuhr. Da rotierten seine Gedanken, weil er mit dem Mord an Cornelius Hamacher keinen Schritt weiterkam, und jetzt passierte ein zweiter Mord. Schließlich konnte er sich nicht um alles kümmern. Und einen Fall an Barnowski abzugeben, kam überhaupt nicht infrage. Dem Burschen wollte er immer genau auf die Finger sehen. Weiterhin in zu hohem Tempo raste der Dienstwagen an etlichen schmucken Villen vorbei, doch dafür hatte Pielkötter in dieser Situation keinen Blick. Nachdem er in der Dreißiger Zone erneut abgebogen war, sah er den Wagen vom Erkennungsdienst sowie zwei Streifenwagen, jedoch keine Spur von der Rechtsmedizin.

Als Pielkötter ausstieg, brauste von hinten ein Fahrzeug heran.

»Wenn Sie weiter diesen Fahrstil pflegen, liegen bald noch mehr Leute auf Ihrem Tisch«, begrüßte er Karl-Heinz Tiefenbach.

»Ja, ich kann verstehen, dass Sie mies drauf sind«, erwiderte der Rechtsmediziner halb amüsiert. »Aber, schauen wir uns den Toten erst einmal an. Vielleicht hebt das Ihre Laune.«

Pielkötter nickte. Anscheinend trifft es im Moment eher die gut Betuchten, dachte er, während sie gemeinsam auf die Villa mit spitzer Giebelfront zur Straßenseite zuliefen. Über dem Eingang befand sich ein großer Balkon. Sah hübsch aus, war aber wahrscheinlich Verschwendung. Mit Sicherheit besaß das Haus an der Rückseite einen riesigen Garten mit Terrasse, gegebenenfalls sogar einen zweiten Balkon mit Blick auf den Baerler Busch. Soviel Pielkötter auf dem Navi gesehen hatte, existierte hinter dem Haus keine Straße, sondern nur Wald.

»Der Tote liegt oben«, empfing sie ein Polizist in Uniform an der Tür.

»Wen hat es diesmal erwischt?«, fragte Karl-Heinz Tiefenbach mit sonorer Stimme.

»Sebastian Lauterbach, sollte es sich bei dem Opfer tatsächlich um den Hausherrn handeln.«

Eilig liefen sie durch eine elegant eingerichtete, annähernd quadratische Diele, von der im hinteren Bereich eine Wendeltreppe in die erste Etage führte.

»Edles Holz«, bemerkte Tiefenbach mit Blick auf die Stufen. »Wer auch immer die ausgesucht hat, hatte Geschmack.« Pielkötter mühte sich derweil ab, mit dem Rechtsmediziner Schritt zu halten.

Oben empfing sie ein weiterer Streifenpolizist und deutete in einen Raum zur Gartenseite, dessen Tür halb offen stand. Offensichtlich handelte es sich um ein Schlafzimmer, Jochen Drenck von der Spurensicherung hatte hier seine Arbeit bereits aufgenommen. Als Pielkötter die Leiche erblickte, stutzte er. Das Blut, besonders im Bauchbereich, erinnerte ihn sofort an den letzten Mord. Zumindest sah es auf den ersten Blick so aus, als sei auch dieses Opfer durch einen Stich in den Leib getötet worden. Nur hatte es diesmal zusätzlich die Hand erwischt. Ehe Pielkötter sich mit diesem Befund weiter beschäftigen konnte, trat Drenck auf ihn zu.

»Sehen Sie mal, der Täter ist eindeutig über den Balkon ins Haus gekommen«, erklärte der Mann vom Erkennungsdienst. »Mit einem Glasschneider hat er ein Stück aus der Balkontür herausgeschnitten. Wie er hinaufgekommen ist, wissen wir auch: Mit an Sicherheit grenzender Wahrscheinlichkeit hat er ein Seil oder eine Strickleiter benutzt. Kommen Sie bitte mit hinaus.«

Neugierig folgte Pielkötter Jochen Drenck, obwohl er Tiefenbach jetzt ungern mit der Leiche allein ließ. Aber schließlich lief das Opfer ihm nicht weg.

»Genau hier«, bemerkte Drenck und zeigte mit seiner behandschuhten Rechten auf den unteren Teil eines schwarz gestrichenen Gitterstabes. »Schauen Sie, hier ist die Farbe ganz frisch abgeschabt. Wahrscheinlich von einem Haken, an dem das Seil oder die Leiter befestigt war.«

»Haben Sie weitere Spuren gefunden?«

»Bisher nicht viel.«

Pielkötter nickte nur, wandte sich um und ging zurück Richtung Schlafzimmer.

»Halt«, schrie Drenck hinter ihm her. »Ich bin noch nicht fertig. Eigentlich wollte ich sagen, dass wir nichts gefunden haben, bis auf diesen Faden.« Dabei hielt er Pielkötter einen der üblichen durchsichtigen Plastikbeutel hin, der mögliche Beweisstücke sicherstellte. Pielkötter nahm den Beutel in die Hand und betrachtete intensiv den Inhalt. Der recht dicke Faden war tiefschwarz und gut zehn Zentimeter lang. »Wo genau haben Sie den gefunden?«

»Der lag unten an dem Gitterstab mit der abgeschabten Farbe.«

»Immerhin etwas«, brummte Pielkötter. Jetzt blieb nur zu hoffen, dass es sich dabei nicht um einen Allerweltszwirn handelte. Im optimalen Fall war der Faden mit Hautpartikeln behaftet, die für einen DNA-Test reichten.

»Neben dem Toten haben wir ein Rasiermesser entdeckt«, fuhr Drenck fort. »Aber wahrscheinlich stammt das eher vom Opfer. Unser Polizeifotograf hat das zwar schon alles aufgenommen, aber wir haben das Messer liegen gelassen. Sie machen sich ja gerne erst einmal selbst ein Bild.«

»Ja, danke«, erwiderte Pielkötter.

Als er wieder das Schlafzimmer betrat, schaute Tiefenbach von der Leiche hoch und blickte ihm vielsagend entgegen. »Für zwei Pils im Köpi biete ich Ihnen äußerst interessante Fakten«, erklärte der Rechtsmediziner mit einem breiten Grinsen im Gesicht.

»Wenn mir das bei den Ermittlungen weiterhilft, sind mir diese Fakten auch drei Bier wert«, entgegnete Pielkötter, angesichts des

Toten nicht gerade begeistert von diesem Spielchen, auch wenn er Tiefenbach ebenso mochte wie die Atmosphäre im Köpi.

»Sieht beinah hundertprozentig nach demselben Täter aus. Die Wunde ähnelt der Verletzung des letzten Opfers, was auf dieselbe Waffe schließen lässt. Selbst die Einstichstellen liegen nicht weit voneinander entfernt.« Tiefenbach machte eine bedeutungsvolle Pause, was Pielkötter sichtlich missfiel. »Aber das Beste kommt jetzt erst«, fuhr der Rechtsmediziner fort, bevor sich Pielkötter kaum noch mit einem negativen Kommentar zurückhalten konnte. »Unser Mann hier besitzt die *gleiche* kreisrunde Narbe etwa an der *gleichen* Stelle wie Cornelius Hamacher. Mit den *gleichen* stümperhaft tätowierten Buchstaben in der Mitte. Bei so viel Übereinstimmung fallen auch die vier fehlenden Finger nicht mehr ins Gewicht.«

»Das gibt's doch gar nicht«, entfuhr es Pielkötter. »Bei dem Mord an Hamacher hätte ich nie auf einen Serientäter getippt. Schließlich kommt so etwas eher selten vor. Und dann auch noch in Duisburg.«

»Trotzdem sprechen die Fakten eindeutig gegen alle Wahrscheinlichkeit«, erklärte Karl-Heinz Tiefenbach. »Sehen Sie selbst.«

»C-S-H«, buchstabierte Pielkötter, als er einen Blick auf den Narbenkreis warf. »Jetzt wissen wir wohl auch, wer mit dem S gemeint ist. Aber wer zum Kuckuck ist H? Hoffe nur, ich finde ihn, ehe ich ihn mir als Leiche ansehen muss.«

»Wieso S?«

»Bei der Meldung hieß es jedenfalls, bei dem Toten handle es sich wahrscheinlich um Sebastian Lauterbach.«

»Ach ja, das erwähnten Sie bereits«, erklärte Tiefenbach, während er ein Thermometer aus seiner Tasche zog. »Übrigens war das Opfer wohl etwa so alt wie der Hamacher. Da seine Identität jedoch bekannt zu sein scheint, können Sie das ja schnell klären.«

»Würde mich nicht wundern, wenn die Narbe aus der gleichen Zeit stammt. Aber wie sieht es mit der Todeszeit aus?«

»Einen Moment Geduld noch.« Während der Rechtsmediziner die Temperatur der Leiche maß, schaute Pielkötter diskret zur Seite.

»Nach der ersten Untersuchung hier würde ich sagen, der Mord ist etwa zwölf Stunden her«, antwortete Tiefenbach nach einigen Minuten. »Plus/minus mindestens zwei, versteht sich.«

»Also grob gerechnet gestern Abend, wahrscheinlich recht spät«, entgegnete Pielkötter und kratzte sich am Kinn.

»Ja, grob gerechnet«, bestätigte Tiefenbach. »Sicher kann ich nach der Obduktion Genaueres sagen.«

»Bevor diese Ergebnisse vorliegen, erkundige ich mich erst einmal, wer Sebastian Lauterbach gefunden hat.« Mit diesen Worten suchte Pielkötter den uniformierten Polizisten auf, der noch immer wie angewurzelt auf der ersten Etage in der Diele stand.

»Seine Nachbarin, Frau Gisela Gertenbrink, hat uns informiert«, antwortete er, ehe Pielkötter ihn fragen konnte. Wahrscheinlich hat der unsere Unterhaltung mitbekommen, dachte Pielkötter.

»Die wartet übrigens nebenan. Vermutet wohl, dass Sie sie sprechen wollen.«

»Hat sie wahrscheinlich so im Fernsehen gesehen. Dann werde ich die gute Frau mal nicht enttäuschen«, erklärte Pielkötter, während er die Stufen ins Erdgeschoss hinunterstieg. Unten lief ihm Jochen Drenck wieder über den Weg. »Wie zu erwarten war, haben wir auf dieser Etage keinerlei Spuren gefunden«, erklärte er. »Als Täter hätte ich mich natürlich genauso verhalten. Je weniger Räume ich betrete, desto weniger Spuren muss ich verwischen.«

»Drenck, du alten Stratege, an dir iss on echten Verbrecher verloren gegangen«, witzelte ein Mitarbeiter vom Erkennungsdienst, den Pielkötter nicht persönlich kannte. »Halten Sie mich auf dem Laufenden«, verabschiedete er sich nun schnell und verließ das Haus.

War Gisela Gertenbrink nun die rechte oder die linke Nachbarin, fragte er sich draußen. Bei den wenigen Alternativen zog er es vor, nicht wieder in Lauterbachs Villa zurückzukehren, um bei einem der Streifenpolizisten genauer nachzufragen. Das linke Nachbarhaus stammte offensichtlich aus den Sechziger-, Siebzigerjahren, das rechte war relativ neu. Instinktiv steuerte Pielkötter das ältere Gebäude an. Als Besitzer des neuen Hauses hatte er sich automatisch ein jüngeres Ehepaar vorgestellt. Natürlich beide berufstätig, ohne großen Bezug zu den Nachbarn, vor allem ohne Zeit, sich um deren Belange oder um irgendwelche Unregelmäßigkeiten zu kümmern.

Nachdenklich durchquerte er einen gepflegten Vorgarten. Sogar das Moos hatte man offensichtlich aus den Ritzen zwischen den Granitsteinen entfernt. Ein Blick auf das Schild mit den Namen Hermann und Gisela Gertenbrink neben der Klingel verschaffte Pielkötter eine gewisse Genugtuung.

Kurz nachdem er geläutet hatte, öffnete eine recht attraktive Dame, die kaum älter als er selbst zu sein schien. Die graue Kurzhaarfrisur passte gut zu ihrem Typ. Trotz ihres fortgeschrittenen Alters haftete ihr etwas Jungenhaftes an. Die blauen Augen wirkten sowohl gütig wie aufmerksam.

»Hauptkommissar Pielkötter vom Kriminalkommissariat Duisburg«, stellte er sich mit gezücktem Polizeiausweis vor.

»Kommen Sie nur herein«, entgegnete Frau Gertenbrink. »Ich habe Sie schon länger erwartet.«

In einem großen Wohnzimmer mit Blick in den Garten standen eine Thermoskanne und zwei Kaffeetassen mit Zwiebelmuster auf einem Esstisch bereit. »Sie können auch gerne etwas Kaltes trinken«, erklärte Frau Gertenbrink. »Oder vielleicht einen Tee? Der Kaffee ist allerdings fertig.«

»Kaffee bitte. Mit Milch und Zucker.«

Automatisch wählte Pielkötter den Platz am Kopf des Tisches, von dem er den ganzen Raum am besten überblicken konnte. Auch in Restaurants hatte er eine Vorliebe für diese Position mit Überblick. »Das ist der Neandertaler in mir«, scherzte er gern. In einer Ecke stand ein weißer Flügel, der nicht recht zu der gemütlichen, aber altmodischen Einrichtung zu passen schien. Die drei kleinen gemusterten Kissen auf dem braunen Ledersofa waren alle mit dem akkuraten Knick in der Mitte versehen, was Pielkötter stets ein innerliches Kopfschütteln abrang. Durch das große Fenster zum Garten sah er eine Wäschespinne. Bunte Hemden, Socken und Hosen flatterten lustig im Wind.

Freundlich lächelnd schenkte ihm die Frau des Hauses den Kaffee ein, dann nahm sie genau ihm gegenüber Platz.

»Sie haben also heute Morgen die Polizei verständigt«, stellte Pielkötter fest, wobei er Blickkontakt hielt.

»Ja, so gegen zehn. Da habe ich es einfach nicht mehr ausgehalten. Lauterbachs Boxer hat ja schon eine ganze Zeit lang gekläfft. Wobei gekläfft vielleicht nicht einmal der richtige Ausdruck ist. Eher gejault und gewinselt. Aber sehr laut. Als wir gefrühstückt haben, bevor mein Mann zur Arbeit gegangen ist, habe ich deshalb extra das Fenster zugemacht.«

»Hat der Hund öfter Krach gemacht?«

»Eigentlich hört man den sonst nicht«, erwiderte Frau Gertenbrink nachdenklich. »Aber das herzzerreißende Gejaule hätten Sie sich mal anhören sollen, der hat ja gar nicht mehr aufgehört. Das ist mir dann doch sehr merkwürdig vorgekommen, und ich habe angefangen, mir Sorgen zu machen. Als ich im Garten Wäsche aufhängen wollte, habe ich mal über die Büsche auf das Nachbargrundstück geschaut. Zumindest an einer Stelle ist das gut möglich. Der Hund hat vor der verschlossenen Terrassentür gestanden und wollte offenbar hinein.«

»Warum hat Sie das stutzig gemacht?«, fragte Pielkötter interessiert. »War der Hund um diese Zeit sonst nicht draußen?«

»Im Sommer schon«, antwortete sie, nachdem sie einen Schluck Kaffee getrunken hatte. »Aber Benny hat sich gewöhnlich nicht so angestellt. Futter und Wasser standen wohl immer bereit. Das Tier hat einfach akzeptiert, dass sein Herrchen Termine außer Haus wahrnehmen musste. Deshalb habe ich mich ja gefragt, weshalb der so einen Aufstand macht, wenn doch Herr Lauterbach gar nicht zu Hause ist und ihn nicht hereinlassen kann.«

»Und da kam Ihnen die Idee, dass da etwas nicht stimmt«, bemerkte Pielkötter.

»Natürlich habe ich dabei nicht an einen Überfall oder Ähnliches gedacht«, erwiderte sie. »Mir kam eher in den Sinn, dass Herr Lauterbach vielleicht einen Herzinfarkt gehabt haben und nun hilflos irgendwo im Haus liegen könnte. Schrecklicher Gedanke.«

»Hat man Sie schon genau darüber informiert, was passiert ist?«

»Zumindest weiß ich, dass Herr Lauterbach tot in seinem Schlafzimmer gelegen hat. Furchtbare Vorstellung. Mir tut das wirklich sehr leid, auch wenn mein Mann und ich nicht gerade viel Kontakt zu Herrn Lauterbach gepflegt haben.«

»Hatten Sie kein Interesse daran oder ging das eher von Lauterbach aus?«

Mit leicht gerunzelter Stirn griff Frau Gertenbrink zu der Kaffeetasse. Offensichtlich suchte sie nach den richtigen Worten. »Sagen wir einmal so, mein Mann und ich sind nicht die Typen, die jeden Tag bei den Nachbarn ein- und ausgehen möchten, ein bisschen mehr Miteinander hätten wir uns jedoch gewünscht. So wie es mit den anderen Nachbarn ja auch läuft. Selbst wenn man sich tagelang nicht sieht, aber man ist trotzdem füreinander da. Wenn einer von uns in Urlaub fährt, schauen die anderen nach Haus und Garten.« Frau Gertenbrink seufzte. »Lauterbach hat sich da rausgehalten. Sein Haus kenne ich praktisch nicht von innen. Nur einmal war ich in seiner Küche, aber da wohnte seine Frau noch dort. Nette Person. Schade, dass die mit dem Sohn ausgezogen ist.«

»Auf die Familienverhältnisse komme ich gleich zurück«, erklärte Pielkötter, während er einige Informationen auf einem Zettel notierte. »Wenn ich Sie recht verstanden habe, könnte man Sebastian Lauterbach als kontaktarm und etwas seltsam beschreiben.«

»So in der Art«, antwortete Frau Gertenbrink, wobei sie ihre Aussage durch ein Nicken unterstrich. »Der bekam ja so gut wie nie Besuch. Und an unserem netten Nachbarschaftsgrillen hat der sich auch nie beteiligt. Gut, kann schon mal vorkommen, dass der Termin nicht passt, aber der wohnt bald an die zehn Jahre hier und ist noch nie gekommen. Obwohl wir ihn immer wieder eingeladen haben.«

»Komischer Kauz eben, auch wenn man Toten bekanntlich nichts Schlechtes nachsagen sollte«, stellte Pielkötter fest und beobachtete sein Gegenüber ganz genau. Wie erwartet, widersprach Frau Gertenbrink nicht.

»Um noch einmal auf seine Familienverhältnisse zurückzukommen«, fuhr Pielkötter fort. »Sebastian Lauterbach ist mit Frau und Kind eingezogen und wohnt seit der Trennung allein in dem Haus.«

»Noch ein Tässchen Kaffee?«, fragte Frau Gertenbrink statt einer Antwort. Pielkötter nickte dankbar. Lauterbachs Familienverhältnisse liefen ihm schließlich nicht weg.

»Also, seine Frau hat höchstens ein Jahr hier gewohnt, dann ist sie nach Dortmund gezogen. Schade. Die war nämlich viel zugänglicher als er. Als sie fortging, hat sie den gemeinsamen Sohn natürlich mitgenommen.«

»Wissen Sie zufällig, warum die ausgezogen sind?«

»Keine Ahnung, aber ein neuer Partner war, soviel ich weiß, nicht im Spiel. Jedenfalls lebt Annemarie Lauterbach immer noch allein. Habe ich um sieben Ecken gehört. Dass die Trennung von ihm ausging, hat sie mir sogar selbst erzählt.«

Aha, dachte Pielkötter, Frau Gertenbrink kennt sich also doch besser aus, als sie zunächst zugeben wollte. »Seltsam«, bemerkte er laut. »Eine Trennung ohne Fremdeinwirkung, falls ich das einmal so nennen darf, kommt nicht so oft vor, erst recht nicht bei einem gemeinsamen Kind. Und am allerwenigsten, wenn sie von dem Ehemann ausgeht.«

»Aber das Seltsame passt ja genau zu ihm. Fairerweise hat er seiner Frau vorgeschlagen, dass er auszöge. Aber dann ist er geblieben, weil sie ja noch nicht lange in Duisburg war und in Dortmund wohl ein schönes Haus von ihren Eltern geerbt hat. Nahe dem Zentrum und doch im Grünen. Und der Patrick hatte dort auch schon viele Freunde. War ja oft bei den Großeltern zu Besuch.« Frau Gertenbrink seufzte. »Wir wohnen zwar mit schönem Blick auf den Baerler Busch, und der Lohheider See ist ziemlich nah, aber ansonsten leben wir hier weit ab vom Schuss, wie man so sagt.«

Pielkötter notierte »Patrick und Annemarie Lauterbach« auf dem Zettel, der vor ihm auf dem Tisch lag und bereits mit einigen Notizen vollgeschrieben war. »Wissen Sie zufällig, ob Sebastian Lauterbachs Eltern noch leben?«

»Ich bin ziemlich sicher, dass sie schon lange tot sind«, erwiderte Gisela Gertenbrink nachdenklich.

»Kommen wir auf den gestrigen Abend zurück«, erklärte Pielkötter. »Haben Sie da etwas Besonderes gehört oder gesehen?«

Erschrocken starrte sie ihn plötzlich an. »Sebastian Lauterbach ist ermordet worden, nicht war? Deshalb diese Fragerei. Die ganze Zeit über hatte ich das im Hinterkopf. Wollte Sie zwischendurch immer wieder danach fragen, aber dann sind Sie doch auf sein Privatleben zurückgekommen, und ich habe neue Hoffnung geschöpft.«

»Es tut mir leid, Herr Lauterbach ist tatsächlich ermordet worden«, stellte Pielkötter klar. »Ich kann gut verstehen, dass Ihnen ein natürlicher Tod lieber gewesen wäre. So fürchten Sie bestimmt um die eigene Sicherheit, aber da kann ich Sie wirklich beruhigen. Der Mörder hatte es genau auf Ihren Nachbarn abgesehen und nicht auf irgendjemanden hier aus der Gegend.«

»Woher wollen Sie das wissen?«, fragte Gisela Gertenbrink mit einer gehörigen Portion Skepsis im Blick.

»Der Mord weist ein ganz bestimmtes Muster auf. Mehr darf ich Ihnen aus ermittlungstechnischen Gründen allerdings nicht verraten.«

Nachdenklich schwieg die Frau eine Weile. Pielkötter ließ sie gewähren.

»Leider haben wir gestern Abend nichts Außergewöhnliches bemerkt«, erklärte sie plötzlich. »Dabei waren mein Mann und ich ab neunzehn Uhr beide hier. Vorher haben wir noch zusammen bei Edeka in Vierbaum eingekauft, aber nach unserer Rückkehr haben wir das Haus nicht verlassen. Hermann ist dann heute gegen sieben zur Arbeit. Nein, wir haben nichts bemerkt, sogar der Hund war still. Der hat erst heute Morgen zu jaulen begonnen.«

Ärgerlich dachte Pielkötter daran, dass er von dem Boxer erst durch Frau Gertenbrink erfahren hatte. Warum hatte man ihn darüber nicht informiert? »Sie wissen nicht zufällig, wo der Hund jetzt ist?«

»Einer der Polizisten hat das Tierheim angerufen. Inzwischen haben sie den Boxer wohl abgeholt, oder einer Ihrer Mitarbeiter hat ihn dort hingebracht.«

Barnowski hatte damit ausnahmsweise mal nichts zu tun, der hatte einen Zahnarzttermin. Wer immer das war, der kann was erleben, dachte Pielkötter wütend. Es konnte doch nicht angehen, dass solche wichtigen Entscheidungen über seinen Kopf hinweg gefällt wurden. Der Hund war quasi auch eine Art Zeuge und relevant für den Erkennungsdienst. Wahrscheinlich hatte der Täter ihn betäubt, vielleicht sogar mit den bloßen Händen gestreichelt.

»Habe ich etwas Falsches gesagt?«, fragte Frau Gertenbrink, wobei sie sich sichtlich unglücklich fühlte.

»Nein, nein«, versicherte er. »Ich dachte gerade nur darüber nach, was aus dem Hund jetzt werden soll.« Pielkötter erhob sich mit ernster Miene. »Vielen Dank für den Kaffee und die ausführlichen Informationen«, sagte er zum Abschied. »Für das Protokoll kommen wir auf Sie zurück. Hier ist meine Karte, falls Ihnen noch etwas einfallen sollte.«

Mit energischem Schritt lief Pielkötter zu Lauterbachs Villa zurück. Der uniformierte Polizist öffnete ihm erneut die Tür. »Was fällt Ihnen ein, den Hund einfach fortzubringen«, polterte er ohne Vorwarnung los. »Das ist genauso, als wenn Sie ein Beweisstück vernichten würden.«

Während Pielkötters Kopf dabei zunehmend rot anlief, wich die Farbe aus dem Gesicht des angesprochenen Polizisten. »Der Hund hat ganz furchtbar hier rumgejault und uns bei der Arbeit behindert. Da ist Koslowski auf die Idee mit dem Tierheim gekommen. Ich hab damit nichts zu tun.«

»Und wo ist Kollege Koslowski jetzt?«, fragte Pielkötter immer noch wütend.

»Wahrscheinlich im Tierheim«, erklärte der Angesprochene unsicher. »Die hatten keinen Mitarbeiter, um den Hund extra abzuholen.«

»Dagegen haben wir offensichtlich Personal im Überfluss. Auch wenn keiner davon anscheinend richtig nachdenken kann.«

Verlegen zuckte der junge Polizist mit den Schultern. Eigentlich kann der ja nichts dafür, dachte Pielkötter und wandte sich ab. Aber den Koslowski würde er sich garantiert noch einmal vorknöpfen.

Mittwoch, 18. Mai
13:00 Uhr

»Der Kopf ist noch dran«, bemerkte Barnowski, als er Pielkötters Büro betrat. »Sogar doppelt so dick. Zumindest die Backe. Der Zahnarzt hat überhaupt nicht gebohrt, dafür direkt gezogen.«

»Können Sie unter diesen Umständen denn Ihren Dienst versehen?«, fragte Pielkötter mit Blick auf die tatsächlich angeschwollene Wange.

»Auf jeden Fall bin ich neugierig. Habe ja heute Morgen noch von einem weiteren Mord mitbekommen. Dabei sind wir schon mit Hamacher voll ausgelastet.«

»Genau so habe ich das zunächst auch gesehen«, entgegnete Pielkötter nachdenklich. »Aber inzwischen betrachte ich die zusätzlichen Ermittlungen eher als Hilfe.«

»Wieso?«

Eigentlich hat Barnowski Recht, dachte Pielkötter, er hätte sich wirklich etwas konkreter ausdrücken können. Schließlich verlangte er das auch von seinen Mitarbeitern. »Bei aller Vorsicht bin ich mir ziemlich sicher, dass die beiden Morde zusammenhängen.«

»Und solch eine Feststellung aus Ihrem Munde, Chef, dazu in dieser frühen Phase der Ermittlungen.« Offensichtlich beabsichtigte Barnowski das Gesicht zu verziehen, aber die Schmerzen oder das Betäubungsmittel ließen ihm kaum eine Chance.

»Selbstverständlich habe ich gute Gründe für diese Annahme«, erklärte Pielkötter. »Die Parallelen sind nicht zu übersehen: ähnliches Alter, beide introvertiert, lebten allein und wurden durch einen Stich in den Bauchbereich getötet. Tiefenbach tippt sogar auf dieselbe Waffe.« Pielkötter machte eine kunstvolle Pause. »Vor allem haben beide Opfer den gleichen auffälligen Narbenkreis an der gleichen Körperstelle.«

»Das gibt es doch nicht«, entfuhr es Barnowski. »Auch wieder mit den Buchstaben C-H-S?«

»C-S-H«, korrigierte Pielkötter, allerdings ausnahmsweise in wohlwollendem Ton. »Inzwischen ergeben die Buchstaben sogar einen Sinn. C für Cornelius, S für Sebastian. Sebastian Lauterbach, das zweite Opfer.«

»Dann müssen wir uns wohl beeilen, sonst liegt demnächst H auf Tiefenbachs Tisch«, bemerkte Barnowski, was ohne die Zahnschmerzen wahrscheinlich eine Spur witziger geklungen und Pielkötter auf die Palme gebracht hätte.

»Immerhin haben wir nun gewisse Anhaltspunkte. Zudem besitzt Sebastian Lauterbach sowohl eine Exfrau als auch einen Sohn. Die werden uns sicher etwas mehr zu erzählen haben als Hamachers Sekretärin.«

»Damit ist die Berger wohl aus dem Rennen«, nuschelte Barnowski.

»Sieht im Moment zumindest so aus.«

Pielkötter starrte auf Barnowskis Gesicht. Mit der geschwollenen Backe war sein Mitarbeiter einfach nicht voll einsatzfähig. »Als Nächstes knüpfen wir uns Lauterbachs Familie vor«, erklärte er. »Ich übernehme seine Exfrau, und Sie vernehmen seinen Sohn. Allerdings frühestens morgen. Jetzt fahren Sie erst einmal nach Hause und legen sich hin.«

Anscheinend wollte Barnowski zunächst protestieren, ließ es dann aber. So viel Mitgefühl hätte der mir garantiert nicht zugetraut, überlegte Pielkötter. Zudem hatte die Vernehmung von Lauterbachs Sprössling wirklich einen Tag Zeit. Wahrscheinlich würde seine Exfrau sowieso mehr Hinweise liefern und die stand schon heute auf dem Programm.

Mittwoch, 18. Mai
16:00 Uhr

Pielkötter saß Annemarie Lauterbach in ihrem Haus in der Nähe des Dortmunder Stadewäldchens gegenüber. Die Größe des eleganten Wohnzimmers konnte locker mit dem Grundriss seines Reihenhauses in Duisburg-Walsum konkurrieren.

»Auch wenn ich jetzt nicht gerade viele Tränen vergieße, bedauere ich den Tod meines Exmannes«, erklärte sie mit betretener Miene. »Allein schon wegen unseres gemeinsamen Sohnes Patrick. Der tut mir am meisten leid.« Mit einem kurzen Seufzer zog sie nun doch ein Spitzentaschentuch aus ihrer Designerhose hervor und tupfte sich eine Träne aus dem rechten Augenwinkel. »Und dann diese gewaltsame Art zu sterben. Das hat Sebastian keinesfalls verdient. Ich kann mir wirklich nicht vorstellen, wer seinen Tod zu verantworten haben könnte.«

»Um genau das herauszufinden, bin ich hier«, erklärte er.

»Aber ich weiß offen gestanden nicht, wie ich Ihnen dabei helfen kann. Ich habe meinen Exmann jahrelang nicht gesehen.«

»Manchmal nützt schon ein winziges Detail, das auf den ersten Blick ganz irrelevant zu sein scheint.«

»Sie haben mich doch wohl nicht etwa in Verdacht«, entgegnete Annemarie Lauterbach plötzlich empört.

»Ich gehe nicht von Ihnen als Täterin aus, selbst wenn Ihr geschiedener Gatte Ihnen ein Vermögen hinterlässt.«

»Da kann ich Sie beruhigen, erben wird alles mein Sohn. Jedenfalls hat Sebastian das mehrmals erwähnt.«

»Sie hatten also doch Kontakt?«, fragte Pielkötter hellhörig.

»Wie ich Ihnen vorhin schon sagte, habe ich ihn jahrelang nicht gesehen. Aber er hat mich ein paar Mal angerufen, wollte Kontakt halten mit seinem Sohn. Patrick jedoch hat immer abgeblockt. Er konnte seinem Vater die Scheidung nicht verzeihen. Ich selbst habe mich da rausgehalten. Habe Patrick weder zugeredet noch abgeraten.«

»Warum hat sich Ihr Mann denn scheiden lassen?«

»Muss ich Ihnen wirklich darüber Auskunft geben? Seltsamerweise tut der vermeintliche Grund nämlich immer noch etwas weh.«

»Ihr Exmann ist schließlich ermordet worden«, antwortete Pielkötter, wobei er versuchte, den aufkommenden Ärger zu unterdrücken.

Annemarie Lauterbach erhob sich. Eilig lief sie zu einer Schrankwand aus Mahagoni, öffnete eine Tür und holte eine Flasche Cognac mit zwei Schwenkern heraus.

»Für mich bitte nicht«, erklärte Pielkötter, nachdem sie mit dem Hochprozentigen zurückgekehrt war.

Wortlos schenkte sich Annemarie Lauterbach einen doppelten Cognac ein. Rührte den Schwenker jedoch nicht an. »Wahrscheinlich denken Sie jetzt, wir hätten eine gute Ehe geführt. Zumindest, bis Sebastian sich einer anderen Frau zugewandt hat.« Sie lachte seltsam gekünstelt. »Völlig falsch«, fuhr sie fort. »Unsere Ehe war niemals richtig glücklich. Trotzdem hatte ich mich an das Leben als Ehefrau eines angesehenen Architekten gewöhnt. Ich habe es geliebt, neben ihm zu repräsentieren.« Erneut erklang dieses gekünstelte Lachen. Unwillig strich sie sich eine Haarsträhne aus der Stirn.

»Woran lag es, dass Sie nicht wirklich zufrieden waren?«, fragte Pielkötter, wobei er unwillkürlich an seine eigene Ehe denken musste.

»Vor allem an Sebastians Gefühlskälte«, antwortete Annemarie Lauterbach nachdenklich. »Eigentlich haben wir von Beginn an nebeneinanderher gelebt. Anfangs habe ich versucht, dagegen anzugehen, irgendwann jedoch habe ich resigniert. Mein Mann konnte einfach nicht anders. Er hatte es nicht gelernt, Gefühle zu zeigen. Seine Eltern haben ihm das kaum vorgelebt. Als Kind hat er die meiste Zeit ja sowieso in einem Internat verbracht.«

»Hatte er denn Freunde?«, fragte Pielkötter.

»Vielleicht«, erwiderte sie ausweichend. »Zumindest kannte ich sie nicht. Allenfalls Geschäftsfreunde, aber die meinen Sie wohl nicht, oder?«

»Alle Kontakte sind wichtig. Allerdings hatte ich jetzt wirklich mehr die privaten Freundschaften im Blick.«

»Damit kann ich leider nicht dienen.«

»Hat Ihr geschiedener Mann jemals den Namen Cornelius Hamacher erwähnt?«

»Cornelius Hamacher?« Unsicher nippte sie an ihrem Cognac. »Wer soll das sein?«

»Wahrscheinlich ein enger Freund Ihres Exgatten«, antwortete Pielkötter. »Zumindest hat er ihn wohl gut gekannt. Womöglich vor Ihrer gemeinsamen Zeit.«

»Und wie kommen Sie zu dieser Annahme?« Annemarie Lauterbach führte den Cognacschwenker erneut zum Mund, setzte ihn aber wieder ab, ohne wirklich einen Schluck getrunken zu haben.

»Ihr Exmann hatte die gleiche kreisförmige Narbe unterhalb der Schulter wie Cornelius Hamacher. Selbst die eingeritzten Buchstaben waren gleich.«

»C-S-H«, ergänzte sie nachdenklich. »Ich habe ihn öfter nach der Bedeutung gefragt.«

Bahnte sich jetzt endlich ein erster, kleiner Durchbruch an, überlegte Pielkötter, oder versiegte auch diese Spur wieder im Nichts. Warum schwieg Annemarie Lauterbach, wo sie so hoffnungsvoll begonnen hatte? Warum starrte sie in den immer noch gut gefüllten Cognacschwenker, als wären alle weiteren Informationen darin ersoffen?

»Er sei das S in der Mitte, hat Sebastian mir einmal in einer stillen Stunde erklärt, darüber hinaus bräuchte ich nichts zu wissen.«

»Hat Sie diese Antwort nicht unheimlich neugierig gemacht?«, fragte Pielkötter, wobei er zugeben musste, dass er selbst es ganz sicher gewesen wäre.

»Natürlich«, erwiderte sie und seufzte laut. »Aber leider habe nicht mehr aus ihm herausbekommen. Mir blieb nur übrig, dies als ein weiteres der vielen Geheimnisse zu akzeptieren, die meinen damaligen Mann umgaben.«

Pielkötter hätte gern von den anderen erfahren, blieb aber erst einmal beim Thema. Vielleicht würde sie ihm später noch mehr verraten. »Wenn das S in der Mitte für Sebastian stand, wie Sie sagen«, fasste Pielkötter zusammen, »dann liegt es nahe, dass es sich bei den beiden anderen Zeichen um Anfangsbuchstaben von Namen handelt. Also, C wie Cornelius.«

»Leider kenne ich den genauso wenig wie einen oder eine H.«

»Wissen Sie denn, aus welcher Zeit die Narbe stammt?«

»Jedenfalls hatte Sebastian die schon, als wir uns kennenlernten. Ich war damals zweiundzwanzig, er zwei Jahre älter als ich.«

Zu Pielkötters Ärger dudelten plötzlich die ersten Töne einer Schnulze von Modern Talking aus ihrem Handy. Er verzog das Gesicht.

»Genau, Evelyn, es bleibt dabei«, säuselte Annemarie. »Aber jetzt ist es schlecht. Ein Herr von der Polizei ist gerade hier, wegen Sebastian. Dann bis heute Abend.«

Gut gemacht, dachte Pielkötter.

»Eine langjährige Freundin«, erklärte Annemarie Lauterbach, nachdem sie das Gespräch beendet hatte. »Im Gegensatz zu meinem Exmann habe ich welche. Gottlob. Ich könnte nie so leben wie er. Pardon, wie er gelebt hat.«

»Zumindest hatte er anscheinend vor Ihrer gemeinsamen Zeit zwei Freunde. Nach der Narbe zu urteilen, muss die Freundschaft sogar über eine gewisses Maß hinausgegangen sein.«

»Anscheinend, wie sich das anhört. Ich jedenfalls kann mir das kaum vorstellen. Sebastian hat ja nicht einmal richtigen Kontakt zu seiner Familie aufgebaut.«

»Immerhin hat er sich nicht damit abgefunden, Ihren Sohn nicht mehr zu sehen.«

»Das hat mich natürlich auch gewundert, aber vielleicht wollte er einfach nur eine gewisse Fassade aufrechterhalten.«

»Leider muss ich Ihnen noch ein paar intimere Fragen stellen«, erwiderte Pielkötter, wobei er sie eindringlich beobachtete. »Wie sah es beispielsweise mit Ihrem Sexualleben aus?«

»Sexualleben?«, wiederholte sie irritiert. »Ah, dass ich nicht lache. Aber warum fragen Sie das? Ich kann mir kaum vorstellen, dass meine Antwort wirklich der Aufklärung dient.«

»Cornelius Hamacher wurde ebenfalls ermordet«, erklärte Pielkötter. »Vielleicht habe ich das vorhin nicht erwähnt. Jedenfalls muss ich wissen, ob es auch bezüglich des Sexuallebens Parallelen gab.«

Unwillkürlich griff Annemarie Lauterbach nach dem Cognacschwenker und leerte ihn in einem Zug. »Genau das berührt einen wunden Punkt«, antwortete sie, nachdem sie Pielkötter mit ihrem Schweigen schon einiges abverlangt hatte. »Sex gab es in unserer Ehe praktisch nicht. Fast grenzt es an ein Wunder, dass Patrick überhaupt zustande gekommen ist.«

»Ihr Exmann hat also so gut wie nie mit Ihnen geschlafen?«, fragte Pielkötter noch einmal nach.

Annemarie Lauterbrach griff erneut zum Cognacschwenker, aber der war leer. Enttäuscht stellte sie ihn wieder vor sich auf den Tisch. »Wahrscheinlich kann ich den Vollzug unserer Ehe an den Händen abzählen«, fuhr sie mit veränderter Stimme fort. »Stellen Sie sich das vor. Dabei waren wir fünfzehn Jahre verheiratet. Als er mich vor der Ehe nicht angerührt hat, habe ich das auf seine religiöse Erziehung zurückgeführt.«

»War Ihr Mann denn sehr religiös?«, unterbrach Pielkötter ihren Redefluss.

»Eigentlich eher nicht«, antwortete sie ernst. »Aber vor der Ehe wusste ich das noch nicht. Zudem habe ich eher an das Internat gedacht. Bischöflich. Wahrscheinlich habe ich mir das alles so zusammengereimt. Oder besser gesagt, zu erklären versucht.« Sehnsüchtig wanderte ihr Blick zu dem Cognacschwenker. Offensichtlich geriet sie für einen kurzen Moment in Versuchung, einfach aufzustehen, um sich ein neues Gläschen einzuschenken. »Sebastian war nicht gerade mein erster Freund«, erklärte sie nach diesem Augenblick der Schwäche. »Jedenfalls war keiner von denen so wie er.«

»Wie erklären Sie sich also dieses eher ungewöhnliche Verhalten?«, fragte Pielkötter interessiert. »Religiöse Gründe schieden nach der Heirat immerhin aus.«

»Anfangs habe ich manchmal über eine heimliche Geliebte nachgedacht, aber eigentlich glaube ich nicht daran.«

»Vielleicht war Ihr Exmann homosexuell.«

»Ich denke, auch das scheidet aus. Sicherlich hätte ich das bemerkt. Männern gegenüber hat er sich niemals auffällig verhalten. Wie gesagt, nach der Heirat hatte ich keinerlei Erklärung mehr für sein sexuelles Desinteresse.«

»Haben Sie denn nie mit ihm darüber gesprochen?«, fragte Pielkötter verwundert.

»Zu Beginn unserer Ehe habe ich mich nicht getraut. Später gab es schon das ein oder andere Gespräch, aber dabei kam nichts Besonderes heraus. Er hat mir erklärt, dass Sexualität für ihn einfach nicht so wichtig sei und ich das eben zu akzeptieren hätte.«

»Trotzdem ging die Scheidung nicht von Ihnen aus.«

»Ich habe wirklich geglaubt, sein fehlendes Interesse an mir hinnehmen zu müssen«, erklärte sie seufzend, »allein schon wegen Patrick. Ich wollte verhindern, dass unser Sohn als Scheidungskind aufwächst. Natürlich war das sehr schwer für mich. Es fehlte ja nicht nur der Sex. Sebastian ließ mich in keiner Hinsicht an sich heran. In gewisser Weise umgab ihn eine Art Panzer, den ich nicht durchbrechen konnte.« Zwei Tränen rollten an ihren Wangen herunter. Ruckartig erhob sie sich und lief mit dem leeren Schwenker zum Schrank. Mit einem doppelten Cognac kehrte sie kurz darauf zurück.

»Dieser komische Narbenkreis«, fuhr sie fort, nachdem sie sich einen ordentlichen Schluck genehmigt hatte. »Im Nachhinein sehe ich den jetzt als Symbol.«

»Wofür?«, fragte Pielkötter hellhörig.

»Für Sebastians Unnahbarkeit«, erklärte sie traurig. »Er stand in der Mitte dieses Kreises, zu dem ich keinen Zugang hatte. Die kreisförmige Narbe hat mich auf Abstand gehalten. Ich denke, irgendetwas hat ihn auch innerlich verletzt.«

»Aber kommen wir zunächst auf die Eltern Ihres Exgatten zurück. Soviel ich weiß, sind sie sehr lange tot.«

»Genau. Als ich Sebastian kennenlernte, lebten sie schon nicht mehr. Sein Vater hat einen tödlichen Herzinfarkt erlitten, wenige Monate, nachdem seine Frau an einem Krebsleiden gestorben war.«

»Welches Verhältnis hatte Ihr Exmann denn zu denen? Hat er etwas erzählt? Gab es besondere Streitigkeiten? Irgendwelche Konflikte, die über das übliche Maß zwischen den Generationen hinausgingen?«

»Leider kann ich Ihnen darüber keinerlei Auskunft geben«, antwortete Annemarie Lauterbach, wobei sie kurz mit den Achseln zuckte. »Er hat mit mir so gut wie nie über seine Eltern gesprochen. Auch darin zeigt sich, wie seltsam er war.«

»Wissen Sie den Namen des Internats?«

»Genau weiß ich es nicht mehr, aber es war irgendwas mit Babel. Ich erinnere mich nämlich, dass Sebastian einmal den Namen erwähnt hat, und ich habe an Sprachen gedacht oder besser daran, dass wir uns nie richtig verstanden haben. Vielleicht Babelshausen oder Babelsberg?«

Eilig notierte Pielkötter die möglichen Namen.

»Das Internat war bischöflich und lag irgendwo im Taunus«, ergänzte sie.

»Ich glaube, damit haben Sie mir sehr geholfen«, sagte Pielkötter, während er sich mühsam erhob. »Da der Weg von Dortmund doch recht weit ist, müssen Sie nicht extra ins Präsidium kommen. Sofern Ihnen noch etwas einfällt, was uns bei den Ermittlungen helfen könnte, melden Sie sich bitte.«

Mit einem traurigen Lächeln nahm sie seine Visitenkarte entgegen. »Ich bin immer wieder gern in Duisburg«, erklärte sie. »Irgendwie mag ich den Rhein und natürlich die alten Bekannten dort.«

»Trotzdem sind Sie nach der Scheidung nach Dortmund gezogen.«

Nachdenklich strich sie sich eine Haarsträhne aus der Stirn. »Hier habe ich eine glückliche Kindheit verbracht. Übrigens habe ich Sebastian ganz in der Nähe kennengelernt. Im Westfalenpark. Nach der Heirat haben wir zunächst in Bochum gelebt. Erst später hat es uns nach Duisburg verschlagen.«

»Warum ist Ihr Mann überhaupt in seine Heimatstadt zurückgekehrt?«

»Aus geschäftlichen Gründen.«

»Verstehe«, murmelte Pielkötter. »Also, nochmals vielen Dank.«

Als er ihr Haus verlassen hatte, spürte er ihren Blick in seinem Rücken. Arme Frau, dachte er.

Donnerstag, 19. Mai
10:00 Uhr

Die Wohngemeinschaft, in der Patrick Lauterbach hauste, befand sich in einer ruhigen Seitenstraße parallel zum Sternbuschweg zwischen Hauptbahnhof und Universität.

Allerdings waren die Parkplätze auch in diesem eher cityfernen Viertel knapp. Deshalb musste Barnowski eine Weile herumsuchen, bis er den Dienstwagen endlich abstellen konnte. Leider war dies nicht sein einziges Problem. Seine Wange war noch leicht geschwollen, das Essen fester Nahrung fiel ihm schwer und er benötigte immer noch die Schmerztabletten, die der Zahnarzt ihm wohlweislich mitgegeben hatte. Am meisten aber wurmte ihn, dass er die Verabredung heute Abend absagen musste. Zum Dreißigsten hatte ein Bekannter zu einem Sektumtrunk an der begehbaren Grubenlampe eingeladen, die man unlängst als Bergbaudenkmal auf einer Halde platziert hatte. Wie er Oliver kannte, würde der Sekt noch in Strömen fließen, wenn die Sonne längst untergegangen war, und die Lampe in leuchtend rotem Licht erstrahlte. Nur leider ohne ihn.

Inzwischen hatte er die WG erreicht, in der Patrick Lauterbach lebte.

Im Treppenhaus empfing ihn der Gestank nach verbranntem Kohl, gemischt mit dem vergleichsweise harmlosen Geruch nach frischer Farbe. Die Wohnungstür im dritten Stock hatte auch schon bessere Tage gesehen, genau wie der Linoleumboden auf den Stufen. Nach dem Bankkonto seiner Erzeuger zu urteilen, hätte sich Patrick Lauterbach durchaus mehr Komfort leisten können, dachte Barnowski. Ein Eindruck, der sich nach dem Betreten der Wohnung noch verstärken sollte.

Zunächst einmal erhielt er jedoch keinen Zugang. Die Wohnungstür war verschlossen, obwohl er unten geklingelt hatte. Die Klingel samt einigen Drähten hing halb aus der Wand und lud nicht gerade zum Benutzen ein, sofern man für kleine Stromschläge wenig übrig hatte. Barnowski entschied sich, lieber gegen das zum Teil gesplitterte Holz zu klopfen. Augenblicklich erschien eine gut zwanzigjährige Brünette mit leicht verfilzten Rastazöpfen.

»Barnowski, Kriminalkommissariat Duisburg«, stellte er sich vor. »Ich wollte zu Patrick Lauterbach.«

»Ricky, Kundschaft für dich«, rief sie mit gelangweilter Miene nach hinten und kaute dann wieder wie wild auf ihrem Kaugummi herum. »Am besten setzen Sie sich in die Küche.«

Eher widerwillig folgte er der jungen Frau über einen Läufer, der anscheinend jahrelang keine Bekanntschaft mehr mit einem Staubsauger gemacht hatte. Nun ja, vielleicht legten die Mitglieder dieser WG auf solch überflüssige elektrische Geräte auch wenig Wert. Oder das Budget für Putzmittel, inklusive Staubsaugerbeutel ist radikal zusammengestrichen worden, überlegte Barnowski, als er die Küche betrat. Mit einem Blick hatte er festgestellt, dass er hier keinen Kaffee trinken würde. Angewidert setzte er sich auf einen einfachen Holzstuhl ohne Sitzkissen und starrte auf die verkrusteten Essensreste zwischen den Platten des uralten Elektroherds.

Wenige Sekunden später trat Patrick Lauterbach ins Zimmer, als hätte er sich zufällig hierher verirrt. Denn er sah aus wie aus dem neusten Katalog für Designerklamotten, fand Barnowski. Zudem war der Bursche ziemlich hübsch. Wahrscheinlich flog nicht nur Miss Rastazöpfchen auf Ricky.

»Sie wollten mich sprechen«, bemerkte der junge Mann mit tonloser Stimme. »Sicher geht es dabei um meinen Vater.«

»Ganz richtig. Erst einmal herzliches Beileid.«

»Meine Mutter hat schon mit mir gesprochen, aber glauben kann ich es noch nicht.«

Fast hätte Barnowski ihn aufgefordert, sich an den Tisch mit unübersehbaren Resten vom letzten Frühstück zu setzen, doch Patrick Lauterbach nahm von allein ihm gegenüber Platz, als hätte er die stumme Aufforderung vernommen.

»Ich bin noch völlig durcheinander«, fuhr er nun in etwas lauterem Tonfall fort. »Und immer wieder frage ich mich: Warum ausgerechnet jetzt?« Unwillkürlich verzog Patrick Lauterbach das

Gesicht, und Barnowski befürchtete schon einige Tränen, doch dann hatte sich der Junge anscheinend wieder im Griff. »Ja, warum gerade jetzt?«

»Wie meinen Sie das?«, fragte Barnowski nach. »Was ist denn jetzt anders als beispielsweise vor einigen Wochen?«

»Ich hatte jahrelang keinen Kontakt zu meinem Vater«, erklärte Patrick Lauterbach. »Wollte ihn nach der Scheidung von meiner Mutter nicht mehr sehen. Habe einfach nicht verstanden, weshalb er uns das angetan hat. Wir haben immer zu ihm gehalten, haben um seine Zuneigung gekämpft. Richtig gebuhlt haben wir darum. Alle beide, meine Mutter und ich. Als er trotzdem die Trennung durchgesetzt hat, fand ich unser eigenes anbiederndes Verhalten nur noch widerlich. Ich habe mir geschworen, nie wieder um seine Liebe zu betteln.«

»Aber dann kam es doch zu einem Gespräch oder Treffen?«

»Seltsamerweise hat mein Vater nach der Scheidung in regelmäßigen Abständen versucht, Kontakt zu mir aufzunehmen. Ganz besonders, seit ich wieder von Dortmund nach Duisburg gezogen bin.«

»Vielleicht hat er den Umzug als eine Art Annäherung verstanden. Schließlich hätten Sie ja auch an einer anderen Uni studieren können.«

»Nur bedingt. Ich habe Maschinenbau gewählt, Schwerpunkt Schiffstechnik. Wenn man mit Schiffsbau im Ruhrgebiet bleiben und nicht nach Norddeutschland ziehen will, bleibt einem nicht gerade viel Auswahl.«

»Kommen wir auf Ihren Vater zurück.«

»Er war ganz schön hartnäckig, aber ich bin nicht darauf eingegangen. Vielleicht auch aus Rache. Oder weil er mir nicht mehr wehtun sollte.«

»Wie lange haben Sie das durchgehalten?«

»Genau bis zu seinem Todestag.« Mit einem Mal traten Patrick Lauterbach doch Tränen in die Augen. Rücksichtsvoll schaute Barnowski zur Seite. Der junge Mann tat ihm leid.

»Immerhin haben Sie Ihrem Vater noch zu Lebzeiten ein großes Geschenk gemacht«, versuchte er ihn zu trösten. »Ich glaube übrigens nicht an einen Zusammenhang. Auch ohne Kontakt zu Ihnen wäre Ihr Vater schließlich ermordet worden. Dann hätten Sie keine Chance mehr gehabt, sich mit ihm auszusöhnen. Sie haben sich doch mit ihm ausgesöhnt oder etwa nicht?«

Während Patrick Lauterbach nun laut aufschluchzte, fragte Barnowski sich, ob er mit seinen Äußerungen zu weit gegangen war. Jedenfalls hätte ihn Pielkötter unter Garantie zurückgepfiffen. Aber er konnte sich nun einmal kaum vorstellen, dass der Junge seinen Vater ermordet hatte. Dann müsste er ja auch der Mörder von Cornelius Hamacher sein, und das ergab doch keinen Sinn. Aber ein wenig nachbohren sollte er schon.

»Wie sah der Kontakt denn genau aus?«, fragte er, nachdem sich Patrick Lauterbach wieder etwas beruhigt hatte.

Ehe er antworten konnte, schneite Miss Rastazopf in die Küche. »Tut mir leid, wenn ich störe, aber ich brauch unbedingt 'nen Tee«, erklärte sie. »Mach euch gern einen mit oder auch einen Kaffee.«

Barnowski gefiel weder die Störung noch die Unart ihn einfach zu duzen. Am allermeisten jedoch störte ihn, dass er wegen der hygienischen Zustände gezwungen war, dieses an sich verlockende Angebot abzulehnen. Unwillig murmelte er ein kurzes »Nein, Danke«.

Patrick Lauterbach schüttelte nur den Kopf. Trotz der Anwesenheit der Mitbewohnerin wiederholte Barnowski seine Frage.

»Wir haben uns telefonisch zum Essen verabredet«, erhielt er schließlich doch eine Antwort.

»Und diese Verabredung ist dann auch tatsächlich zustandegekommen?«

»Ja, nach diesem Telefonat haben wir uns persönlich getroffen.«

»Wo genau?«

»Wir waren in diesem Fischrestaurant in Alt-Walsum direkt hinter dem Deich.«

»Worüber haben Sie denn gesprochen?«

»Er hat mich über das Studium ausgefragt. Die Richtung fand durchaus seine Zustimmung.«

»Und die Wohnsituation hier?«, fragte Barnowski.

»Darüber wusste er nichts Genaues. Dass ich in einer WG wohne, habe ich ihm schon erzählt. Aber dort muss es ja nicht automatisch so aussehen wie bei uns.« Unwillkürlich wanderte Patrick Lauterbachs Blick durch die Küche und blieb dann schließlich an dem schmutzigen Geschirrberg auf der Spüle hängen. »Das Zimmer ist nur eine Übergangslösung«, fuhr er fort. »Ab dem nächsten Ersten habe ich was Besseres. In der WG von der Veronika können Sie fast vom Fußboden essen.«

»Genüsslich ein Tässchen Kaffee trinken, würde ja schon ausreichen«, erwiderte Barnowski. »Aber kehren wir zu dem Gespräch mit Ihrem Vater zurück. Hat er dabei auch etwas über sich erzählt?«

»Wenn ich recht überlege, haben wir eigentlich nur über mich gesprochen.«

»Hatten Sie den Eindruck, dass ihm irgendetwas Sorgen bereiten würde?«

»Im Gegenteil. Er hat immer wieder betont, wie sehr er sich darüber freut, mich endlich wiederzusehen.«

»Und Sie?«, fragte Barnowski. »Wie haben Sie dieses Wiedersehen empfunden?«

»Ich habe nicht bereut, mich darauf eingelassen zu haben«, entgegnete Patrick Lauterbach plötzlich mit misstrauischem Blick. »Wir waren uns einig, dass wir dieses Treffen wiederholen sollten.«

»Warum haben Sie dem eigentlich zugestimmt, obwohl Ihr Vater jahrelang vergeblich versucht hat, mit Ihnen Kontakt aufzunehmen? Haben Sie eine Erklärung dafür?«

»Ja, und die heißt Veronika.«

»Ihre Freundin?«

»Seit einigen Monaten. Wie ich schon erzählt habe, ziehe ich demnächst in ihre WG. Jedenfalls hat Veronika mir geraten, nicht so streng mit meinem Vater zu sein. Ihre Eltern sind auch geschieden, aber sie hat zu beiden Teilen guten Draht. Vor drei Wochen hatte Veronika Geburtstag, und da habe ich ihren Vater und die Mutter sogar persönlich kennengelernt. Nach der Feier habe ich mir vorgenommen, auf den nächsten Kontaktversuch meines Vaters einzugehen.« Bei dem letzten Satz versagte Patrick Lauterbach fast wieder die Stimme.

»Ich muss Sie sowieso demnächst ins Präsidium bitten«, erklärte Barnowski möglichst sachlich. »Dann können Sie den vollständigen Namen Ihrer Freundin nebst Anschrift angeben. Eine Frage habe ich allerdings noch. Bis wann waren Sie an dem Abend mit Ihrem Vater zusammen?«

»Viel länger, als ich eigentlich eingeplant hatte. Wir waren um achtzehn Uhr verabredet und um einundzwanzig Uhr wollte ich wieder bei Veronika sein. Die andere Mitbewohnerin der WG hat eine Fete wegen einer bestandenen Prüfung gefeiert.«

»Wie lang hat das Treffen mit Ihrem Vater denn genau gedauert?«

»Wir haben uns so gegen zweiundzwanzig Uhr verabschiedet«, erwiderte Patrick Lauterbach nachdenklich. »Vielleicht auch fünf Minuten früher. Jedenfalls bin ich viel zu spät zu der Feier gekommen. Veronika war zuerst ganz schön sauer auf mich, aber schließlich hat sie mich doch verstanden.«

Okay, dachte Barnowski erleichtert, nach einem Alibi brauche ich dann heute wohl nicht extra zu fragen. »Haben Sie mit Ihrem Vater zusammen das Restaurant verlassen oder ist er noch dort geblieben?«

»Wir haben uns draußen auf dem Parkplatz verabschiedet«, erwiderte Patrick Lauterbach wieder mit halb versagender Stimme. »Er hat mir auf die Schulter geklopft. Das hat er vorher so gut wie nie getan.«

»Am besten rufen Sie jetzt Ihre Freundin an«, schlug Barnowski vor, weil ihm auf die Schnelle nichts Besseres einfiel. Eilig erhob er sich. Er mochte keine Tränen, erst recht nicht bei den Personen, die über einen bestimmten Level an Testosteron verfügten.

Vermutlich war Patrick Lauterbach der Letzte, der seinen Vater lebend gesehen hat, überlegte Barnowski, während er durch den Treppenhausmief zügig ins Freie eilte. Abgesehen von dem Mörder natürlich. Trotzdem konnte es nicht schaden, sich die traute Zweisamkeit zwischen Vater und Sohn noch einmal von dem Personal des Fischrestaurants bestätigen zu lassen.

Donnerstag, 19. Mai
11:00 Uhr

»Warum rufst du mich auf der Arbeit an?«, fragte Belinda Gabrillani barsch. »Du weißt doch, dass Privatgespräche in meiner Firma nicht gerne gesehen werden.«

»Kannst du dir wirklich nicht denken, aus welchem Grund der Anruf so wichtig ist?« Nach der vorwurfsvoll klingenden Antwort machte Thomas Gabrillani eine bedrückende Pause. »Unser Vater ist heute Morgen gestorben«, fuhr er mit fast tonloser Stimme fort. »Das Krankenhaus hat mich soeben informiert.«

»Wann genau?«, fragte Belinda sichtlich gefasst.

»Vor einer knappen halben Stunde. Eine Krankenschwester war dabei. Danach haben sie mich sofort angerufen. Und ich dich, nachdem ich mich etwas gesammelt hab.«

»Aha«.

Ein bisschen mehr Trauer hätte unser Vater schon verdient, dachte Thomas Gabrillani im Stillen. »Wann hast du ihn das letzte Mal besucht?«, fragte er laut.

»Vor vier oder fünf Tagen.«

»Obwohl du wusstest, dass er bald stirbt?«

»Schließlich habe ich noch anderes zu tun.«

»Vor allen Dingen Einkaufen«, erwiderte er verächtlich.

»Bis vor Kurzem hattest du selbst kaum Kontakt zu Vater«, gab sie zurück, »und dein plötzliches Interesse an ihm ist mir äußerst suspekt. Aber lassen wir das. Wer kümmert sich jetzt eigentlich um die Formalitäten?«

»Wie es aussieht, bleibt das wohl an mir hängen, oder siehst du das anders?«

»Jedenfalls reiße ich mich nicht darum. Habe auch keinerlei Ahnung davon. Weiß Sina übrigens schon Bescheid?«

»Ich rufe sie gleich an, obwohl sie sich um die Beerdigung kaum scheren wird. Das traue ich ihr nicht zu. Falls Du also keine Einwände hast, nehme ich die Formalitäten in die Hand.«

Statt einer Antwort seufzte Belinda erleichtert.

»Sobald ich Näheres weiß, informiere ich dich«, verabschiedete sich Thomas Gabrillani und legte auf.

Viel Trauer scheint Belinda nicht zu empfinden, dachte er nachdenklich, bevor er erneut eine Telefonnummer wählte. Hoffentlich traf er Sina überhaupt Zuhause an, die Nummer ihrer Firma besaß er nämlich nicht. Zudem verspürte er nicht die geringste Lust, diese aus dem Internet herauszusuchen.

»Was ist passiert?«, hörte er Sina, kurz nachdem er sich gemeldet hatte.

»Vater ist heute Morgen gestorben«, erklärte er mit belegter Stimme. Vergeblich wartete er auf eine Reaktion.

»Hast du mich verstanden? Unser Vater ist heute Morgen gestorben. Das Krankenhaus hat mich vor einer halben Stunde informiert.«

»So, er ist also tot«, erwiderte sie ohne Emotionen.

»Mehr fällt dir nicht dazu ein?«

»Wann ist die Beerdigung?«, fragte sie, ohne auf seine Kritik einzugehen.

»Ich habe noch nicht mit dem Beerdigungsunternehmen gesprochen. Und ich denke, du wirst dich auch nicht um diese Aufgabe reißen.«

»Mach alles so, wie du es für richtig hältst«, erwiderte sie. »Ich bin froh, wenn ich mich darum nicht kümmern muss.«

Thomas Gabrillani seufzte. Seine Schwestern nahmen ihm nicht gerade viel Arbeit ab. Dabei hatte er neulich in einer Zeitschrift gelesen, welche Vorzüge er in seiner Position genau bei dieser Familienkonstellation genießen konnte. Anscheinend war ihre Familie jedoch in vielerlei Hinsicht fern jeglicher Normalität. Er zerriss das Blatt mit Notizen, das vor ihm auf den Schreibtisch lag und warf es ärgerlich in den Abfalleimer.

»Warum bist du eigentlich nicht im Büro?«, fragte er, weil ihm das an einem Mittwochmorgen plötzlich sehr seltsam erschien. Ihn selbst hatte der Anruf des Krankenhauses ja auch auf der Arbeit erreicht.

»Es geht mir nicht so gut«, erwiderte Sina. »Deshalb habe ich mich heute Morgen in der Firma krankgemeldet.«

»Na, dann schon dich mal«, verabschiedete sich Thomas Gabrillani nun ziemlich schnell. »Sobald ich mit dem Bestattungsinstitut gesprochen habe, informiere ich dich.«

Donnerstag, 19. Mai
14:00 Uhr

»Das ist doch der Gipfel der Unverschämtheit«, tobte sein Chef mit hochrotem Kopf, als Barnowski ins Büro trat.

Barnowski fühlte sich schon angesprochen, registrierte dann jedoch ein Blatt zwischen Pielkötters erhobenen Händen.

»Aber nicht mit mir, nicht mit mir«, fuhr Pielkötter in unveränderter Lautstärke fort. »Dieser Wicht, was bildet der sich ein? Dazu auf einem Posten, auf dem man das Hirn offensichtlich nicht zu benutzen braucht.«

»Wieder Ärger mit dem Amtsschimmel, Chef?«

»Der Krause bildet sich ein, unsere Dienstreise zusammenstreichen zu können. Meint doch glatt, es würde reichen, die Kollegen vor Ort einzuschalten. Aber in diesem Fall kommt ein Ermittlungsersuchen für mich absolut nicht in Frage.«

»Welche Dienstreise überhaupt?«, fragte Barnowski erstaunt.

»Nicht mit mir«, wiederholte Pielkötter, ohne auf seine Frage einzugehen, wobei er das Blatt auf die Schreibtischunterlage pfefferte.

»Jetzt glaube ich endlich an eine erste brauchbare Spur, und nun meint dieser dämliche Krause, mit seinen Sparmaßnahmen dazwischenfunken zu müssen.«

»Darf ich mal?«, fragte Barnowski, der mittlerweile vor Pielkötters Schreibtisch getreten war. Ehe dieser protestieren konnte, drehte er das Blatt zu sich herum.

»Babelsberg?« Barnowski zog die Augenbrauen hoch, obwohl er sich das in der letzten Zeit eigentlich erfolgreich abgewöhnt hatte. Hauptsächlich wegen der Falten. »Chef, was wollen wir denn im Taunus?«

Pielkötter hatte jedoch bereits den Telefonhörer in der Hand. »Krause, jetzt hören Sie mir gut zu«, brüllte er ins Telefon. »Wenn ich innerhalb der nächsten Stunde nicht exakt die Dienstreise genehmigt bekomme, die ich beantragt habe, finden wir zwei uns beim Polizeipräsidenten wieder. Und dort schwärze ich Sie wegen Behinderung dringender Ermittlungen an. Alarmstufe Rot, verstehen Sie?« Pielkötter fuchtelte mit der Rechten in der Luft herum. »Heute Vormittag heißt heute Vormittag. Punkt. Aus. Ende. Ist das so schwer zu begreifen? Nein, warten Sie, ich habe es mir überlegt. In höchstens zwei Stunden liegt die Genehmigung auf meinem Tisch.« Schwungvoll knallte Pielkötter den Hörer auf die Gabel. »Warum muss man in diesem Laden immer alles zweimal sagen?«, sprach er mehr zu sich selbst.

»Traue mich kaum, die Hiobsbotschaft rauszulassen«, erklärte Barnowski mit Unschuldsmiene.

»Reden Sie schon.« Aus dem Klang seiner Stimme schloss Barnowski, dass der Wutanfall seines Vorgesetzten den Höhepunkt längst überschritten hatte.

»Mit der Tatwaffe kommen wir einfach nicht weiter. Leider gibt es für Tötungsdelikte mit einem Schwert keine so exakte Methode wie bei einer ballistischen Untersuchung. Zudem haben wir die Mordwaffe ja nicht einmal in der Hand. Alles stützt sich auf Tiefenbachs Obduktionsbericht.«

»Aber so ein Schwert hat schließlich nicht jeder zu Hause«, erwiderte Pielkötter inzwischen mit ziemlich neutraler Stimme. »Die Frage ist doch: Wie ist der Mörder daran gekommen?«

»Wissen Sie, wie viele Möglichkeiten es gibt, sich eine solche Waffe zu besorgen?«, fragte Barnowski, während er sich einen Stuhl angelte und sich vor Pielkötters Schreibtisch niederließ. »Wir ahnen nicht einmal, in welchem Zeitraum der Mörder die Waffe erstanden haben könnte. Vielleicht ist er auch Museumsführer und hat das Schwert nur kurz ausgeliehen.«

»Wenn schon, dann zwei Mal kurz«, verbesserte Pielkötter nun doch mit tadelndem Blick.

»Nun, die haben ja öfter mal Dienst«, erwiderte Barnowski ungerührt. »Wenn wir wenigstens einen Verdächtigen hätten und gezielt nachfragen könnten.«

»Sie drehen sich im Kreis, Barnowski, merken Sie das nicht? Was denn nun: Soll uns die Waffe zum Täter oder der Täter zur Waffe führen? Lassen wir das jetzt und konzentrieren uns auf eine echte Spur.«

»Babelsberg?«

»Genau. Ich setze einige Hoffnungen darauf.«

»Aha, deshalb der Wutausbruch, der berechtigte Wutausbruch.« Barnowski hatte den Zusatz schnell hinterhergeschoben, ehe sich sein Vorgesetzter erneut aufregen konnte. »Darf man fragen, worum es dabei geht?«

Pielkötter trank einen Schluck von seinem geliebten Kaffee, der allerdings längst kalt sein musste. »Bei der Vernehmung von Sebastian Lauterbachs Exfrau haben sich weitere Parallelen zwischen den Opfern ergeben«, erklärte Pielkötter. »Anscheinend waren beide sehr kontaktarm, wenn es nicht gerade um ihre Geschäfte ging. Die Beziehung zu Frauen war erheblich gestört.«

»Blödmänner«, rutschte es Barnowski so raus. »Ähm, ich meine, inwiefern?«

»Offenbar haben sich beide nicht viel aus Frauen gemacht, obwohl Sebastian Lauterbach immerhin eine gewisse Zeit verheiratet war. Allerdings, wer könnte darüber besser eine Aussage treffen als die geschiedene Ehefrau? Das bestätigt ja sogar die Ex von Lauterbach. Erstaunlich, dass er überhaupt geheiratet hat.«

»Also waren die mehr an Männern interessiert?«

Pielkötter schluckte unwillkürlich. Wahrscheinlich denkt der jetzt an seinen Sohn, überlegte Barnowski, der nur über siebenundvierzig Ecken von Jan Hendriks Neigung erfahren hatte. Genauer gesagt über Sebastian, mit dem er unlängst zusammengezogen war. Ach, der hieß genauso wie das zweite Opfer, was ihm allerdings bis zu diesem Zeitpunkt nicht aufgefallen war.

»Anscheinend waren die Opfer nicht homosexuell«, antwortete Pielkötter, als er sich wieder gesammelt hatte.

»Wenn beide Opfer diese ... Anomalie aufwiesen, dann vermute ich mal eine gemeinsame Ursache«, erwiderte Barnowski.

»Genau da kommt Babelsberg ins Spiel. Das Internat, in dem Sebastian Lauterbach einige Jahre zugebracht haben muss.«

»Jetzt vermuten Sie, dies gilt auch für das erste Opfer Cornelius Hamacher.«

»Auf jeden Fall war er in einem Internat, vielleicht in demselben? Wir sollten das überprüfen«, entgegnete Pielkötter mit leicht erhobener Stimme. »Und zwar auf unserer gemeinsamen Dienstreise. Egal welche Ansicht Krause, dieser Wicht, in dieser Hinsicht vertritt.«

»Warum rufen wir nicht einfach im Internat an?«

»Womit Sie mit Krause einer Meinung wären. Allerdings habe ich genau das mehrfach versucht und dabei nicht viel erreicht. Die Schulsekretärin wollte mir weismachen, sie hätte keinen Zugang zu den alten Akten und der Direktor sei unabkömmlich. Irgendwie sagt mir mein Gefühl: Wir sollten uns den Laden persönlich anschauen.«

»Kommt selten vor, dass Sie mich bei einer Befragung unbedingt dabei haben wollen.«

»Vier Ohren hören eben mehr als zwei«, brummte Pielkötter. Dennoch war Barnowski gewillt, das Ansinnen seines Vorgesetzten als Kompliment aufzufassen. Der konnte in seinen Augen manchmal solch ein Fiesling sein, doch immer, wenn er Pielkötter gerade in genau diese Schublade stecken wollte, wurde er positiv überrascht. »Dann also auf nach Babelsberg«, äußerte er laut und erhob sich.

»Moment, Sie haben mich noch nicht über die Vernehmung von Patrick Lauterbach in Kenntnis gesetzt.«

»Alles hier in meinem Bericht«, erklärte Barnowski und reichte Pielkötter einige Blätter, die er zusammengerollt in der Hand hielt. »Schicke Ihnen das später noch als Datei. Allerdings steht meiner Ansicht nach sowieso nichts Spektakuläres drin. Übrigens habe ich direkt bei dem Restaurant vorbeigeschaut, in dem Patrick Lauterbach mit seinem Vater am Abend des Mordes gegessen hat. Soweit die Bedienung das erkennen konnte, lief das Treffen der beiden ganz ruhig und ziemlich harmonisch ab.«

Donnerstag, 19. Mai
16:00 Uhr

Skeptisch schaute Mark Milton aus dem Fenster seiner Praxis. Am Himmel zogen dunkle Wolken herauf, die nichts Gutes verhießen. Jedenfalls lud das Wetter nicht gerade dazu ein, freiwillig draußen spazieren zu gehen. Dabei wäre Milton zu gerne noch einmal vor der nächsten Sitzung durch den Park am LehmbruckMuseum geschlendert. Gleich zwei Patienten hatten hintereinander abgesagt, deshalb hatte er genug Zeit.

Nachdenklich wandte er sich zu der Kaffeemaschine, die unmittelbar neben dem Fenster in dem Vorraum stand. Er wusste nicht recht, ob er sich mehr Sorgen um Sina Gabrillani machen sollte, die er auf ihre dringende Bitte hin kurzfristig eingeschoben hatte, oder um den heutigen, womöglich sehr bedeutsamen Abend. Seine Freundin Vanessa Martini würde zum ersten Mal seinen Sohn und seine Tochter treffen. Er selbst hätte dieses Treffen zu gerne noch eine Weile hinausgezögert, aber Vanessa hatte ihn geradezu gedrängt, endlich seine Kinder kennenzulernen. Schließlich hatte er zugesagt. Dabei war das seiner Meinung nach viel zu früh. Nun, so eklatante Probleme, wie sie Sina Gabrillani plagten, würden sich daraus vermutlich nicht ergeben. Zumindest versuchte er sich damit zu beruhigen. Diese Patientin empfand er inzwischen als echte Herausforderung. Was hatte ihr Vater ihr angetan? Jedenfalls war Mark Milton sicher, dass der Vater der Schlüssel zu all ihren Problemen war. Unwillkürlich musste er wieder an seine eigenen Kinder Jens und Lena denken. Wie würden sie die Begegnung mit Vanessa Martini verkraften? Hatte sich seine Exfrau Susanne auch diese Frage gestellt, als sie ihren Sprösslingen zum ersten Mal ihren neuen Lover präsentiert hatte? Inzwischen war Susanne mit ihm verheiratet, ohne dass die Kids größeren Schaden genommen hatten. Die Trennung ihrer Eltern und den damit verbundenen Umzug in eine fremde Stadt hatten sie sicher viel schwerer verkraften können als den neuen Partner der Mutter.

Die Türglocke riss Mark Milton aus diesen Gedanken. Wenn ich heute mit Sina Gabrillani nicht weiterkomme, verweise ich sie endgültig an einen anderen Kollegen, überlegte er, während er auf den Türöffner drückte. Wenig später betrat seine Patientin den Vorraum.

»Bin etwas zu früh«, hauchte sie. »Ich hoffe, ich störe Sie nicht.«

»Nein, im Gegenteil«, erwiderte er wahrheitsgemäß. »Kommen Sie ruhig schon herein. Falls Sie mögen, können wir jetzt gleich mit der Sitzung beginnen.« Weil sie nickte, führte er sie sofort in den Behandlungsraum. Wie gewohnt setzte sie sich in einen Sessel, der fast in einem 90-Grad-Winkel zu seinem eigenen stand. Milton hatte sie extra so aufgestellt. Viele seiner Patienten drangen tiefer in ihr Innerstes ein, wenn sie sich nicht direkt beobachtet fühlten.

Nachdem Sina Gabrillani Platz genommen hatte, taxierte Milton sie möglichst unauffällig. Ihr schönes blondes Haar wirkte ungewaschen und strähnig, um die Augen lagen dunkle Schatten. Insgesamt sah sie sehr mitgenommen aus. Nur das beige Kostüm mit den schwarzen Nylonstrümpfen passte nicht so recht zu dieser Einschätzung.

»Etwas Besonderes ist seit unserer letzten Sitzung passiert«, stellte Mark Milton fest. »Vielleicht möchten Sie darüber reden.« Leider schwieg Sina Gabrillani wie erwartet, starrte nur an die gegenüberliegende Wand.

»Sie können Ihre Gefühle schlecht einordnen«, versuchte er ihr zu helfen. »Sie verspüren Trauer, aber in gewisser Weise auch Erleichterung.« Insgeheim hoffte Mark Milton, dass er die ungewöhnliche Farbzusammenstellung ihrer Kleidung richtig gedeutet hatte.

»Mein Vater ist gestorben«, erklärte sie plötzlich. »Bald ist die Beerdigung.«

»Mein herzliches Beileid«, sagte er, obwohl ihm dieser Spruch in diesem Moment selten hohl vorkam. Vielleicht war der Tod ihres Vaters weniger Leid als ein Befreiungsschritt.

»Sie müssen mir kein Beileid wünschen«, erwiderte sie zu seinem Erstaunen. »Ich fühle nichts. Keine Trauer, kein Bedauern, einfach nichts.«

»Das ist ungewöhnlich.«

»Trotzdem ist es so.«

»Soviel ich weiß, hatten Sie in der frühen Kindheit doch ein gutes Verhältnis zu Ihrem Vater.«

»In der Zwischenzeit ist zu viel passiert.«

Natürlich geriet Mark Milton in Versuchung, genauer nachzufragen. Aber dazu war sie noch nicht bereit, das wusste er nur zu gut. »Wie haben denn Ihre Geschwister reagiert?«, fragte er stattdessen.

»Im Gegensatz zu mir sind die sehr traurig, vor allem mein Bruder.«

Seltsam, überlegte Milton. Charakterzüge, die es unmöglich machten, einen Menschen zu lieben, müssten doch auch ihren Geschwistern aufgefallen sein. Oder hatte der Vater nur Sina etwas angetan? Zumindest stand für ihn zweifelsfrei fest, dass der Vater der Schlüssel zu ihren Problemen war.

»Den Tod Ihrer Mutter haben Sie ganz anders empfunden«, setzte er einen neuen Impuls.

Unwillkürlich zuckte seine Patientin zusammen, als habe sie jemand unerwartet berührt. Ihre Augen wanderten unruhig hin und her, die Finger nestelten an den Knöpfen ihres schicken Kostüms herum. Offensichtlich spielt auch der Tod ihrer Mutter bei ihrem Problem eine nicht unbedeutende Rolle, überlegte er. Schwangen da etwa unbewusst eigene Schuldgefühle mit? Ein weiterer verstohlener Blick auf Sina Gabrillani versicherte ihm, dass ihre starke Erregung noch immer nicht abgeklungen war.

»Woran ist Ihre Mutter gestorben?«, fragte er, weil er das mit einem Mal sehr wichtig fand.

Sina Gabrillani starrte ihn an, als hätte sie ihn nicht richtig verstanden. Plötzlich schien ihre Gestalt in dem Sessel zu versinken. Dabei krallten sich ihre Finger an ihrer Bluse fest. Ungläubig starrte sie wenig später auf einen Knopf in ihrer rechten Hand.

»Fühlen Sie sich schuldig an ihrem Tod?«, fragte Milton, obwohl er diese Frage im Moment besser noch für sich behalten hätte.

»Niemals«, schrie Sina Gabrillani unerwartet heftig. Mit einem Ruck sprang sie aus dem Sessel auf. Ihre Handtasche fiel von ihrem

Schoß herunter. Erregt riss Sina Gabrillani sie vom Boden hoch und stürmte aus dem Zimmer. Kopfschüttelnd sah Mark Milton ihr hinterher. Zwar glaubte er eher an einen kleinen Durchbruch bei der Therapie als daran, dass sie sich etwas antun könnte, trotzdem war er beunruhigt. Zumindest würde es nicht schaden, später noch einmal bei ihr anzurufen.

Freitag, 20. Mai
8:00 Uhr

»Scheiß Stau«, stöhnte Barnowski, nachdem der Dienstwagen sich in den letzten zehn Minuten nicht einen einzigen Millimeter von der Stelle bewegt hatte. »Darf gar nicht an die Rückfahrt denken. Vor heute Abend sind wir doch niemals wieder in Duisburg.«

»Hauptsache, die Fahrt lohnt sich«, brummte Pielkötter und schaltete in den ersten Gang.

»Davon bin ich nicht gerade überzeugt. Babelsberg finde ich übrigens ziemlich seltsam für ein Internat.«

»Wir können von Glück sagen, dass die Schule noch existiert.«

»Der Name erinnert mich an dieses berühmte Filmstudio in der Nähe von Potsdam«, fuhr Barnowski fort, nachdem er sich einen Schluck aus einer Coladose genehmigt hatte. »Zumindest hieß das Filmstudio so ähnlich. Da hätten wir mal recherchieren sollen. Dienstreise nach Potsdam oder am besten direkt nach Berlin. Und nicht in den tiefsten Taunus. Natürlich mit Übernachtung.«

»Im Adlon, versteht sich, und nach dem Mittagsschlaf zu Nina Hagen, mit Kaffee und Gebäck.« Bei jedem anderen hätte das vielleicht scherzhaft geklungen, aber nicht bei Hauptkommissar Pielkötter.

»Ganz recht«, erwiderte Barnowski unbeeindruckt vom Tonfall seines Vorgesetzten. »Wenn ich wach werde, bitte etwas Gebäck.«

Endlich zog der Verkehr wieder an und Pielkötter schaltete in den zweiten Gang. Nur noch eine Ausfahrt, dann würden sie es geschafft haben, zumindest die Strecke auf der Autobahn.

Kaum eine halbe Stunde später rollte der Dienstwagen durch ein breites schmiedeeisernes Tor, hinter dem das Gelände des Internats Babelsberg lag. Pielkötter fuhr bis zu einem Parkplatz hoch, der extra für Besucher ausgewiesen war.

»Auf den ersten Blick wirkt der Schuppen recht gut erhalten«, stellte Barnowski fest, während sie auf die Tür zuliefen. »Möchte nicht wissen, was die Oldies hier für ihre Kids abdrücken müssen.«

»Sieht wirklich nobel aus«, erwiderte Pielkötter, nachdem sie eine Eingangshalle mit protzigen Marmorsäulen betreten hatten. Ein Schild mit breitem Pfeil führte sie zum Sekretariat.

»Kommissar Barnowski und Hauptkommissar Pielkötter vom Kriminalkommissariat Duisburg«, erklärte Pielkötter einer älteren Sekretärin, die über den Besuch erstaunt, vielleicht auch eher verärgert zu sein schien. »Wir sind angemeldet.«

»Aber kaum für diese Uhrzeit«, erwiderte die Frau ungehalten. Also nix mit Kaffee und Kuchen, schloss Barnowski instinktiv. Dabei lechzte er nach der langen Fahrt geradezu nach einem kleinen Imbiss.

»Ich bin sicher, Herr Mikoleitschak wird uns trotzdem empfangen«, entgegnete Pielkötter, ohne den Stau als Entschuldigung anzuführen.

Die Frau zog die Augenbrauen hoch, was ihr distanziertes Auftreten noch unterstrich. Total unsympathisch, fasste Barnowski als Gesamturteil zusammen.

»Herr Oberstudiendirektor Doktor Mikoleitschak ist gerade im Unterricht«, erklärte die Sekretärin. In Barnowskis Ohren klang das sehr gestelzt.

»Dann holen Sie ihn gefälligst da raus«, donnerte Pielkötter unerwartet los. »Glauben Sie etwa, wir sind spaßeshalber extra aus Duisburg hergekommen?«

»Ich werde es versuchen.«

»Tun Sie das«, entgegnete Pielkötter im Befehlston. Bisschen Einheizen kann der nicht schaden, dachte Barnowski, während die Sekretärin offensichtlich verschnupft mit hoch erhobenem Haupt aus dem Büro verschwand. Pielkötter ließ sich zu einem Kommentar herab, der sich nach »Dumme Gans« anhörte, auch wenn er mehr in sich hineingenuschelt hatte.

»Anscheinend sind wir hier nicht gerade erwünscht«, erklärte Barnowski. »Lässt die uns einfach stehen wie lästige Vertreter.«

Ehe sein Chef etwas erwidern konnte, kehrte die Dame mit Oberstudiendirektor Doktor Mikoleitschak zurück. Offensichtlich lagen die beiden auf einer Wellenlänge. Jedenfalls stand der Schulleiter seiner Sekretärin in puncto Muffelmimik kein Grad nach.

Nach der allgemeinen Vorstellungsrunde bat Mikoleitschak sie in sein Büro, das direkt hinter der Hütte seines Wachhundes lag. »Sie können mich doch nicht einfach so mitten aus dem Unterricht reißen«, polterte der Schulleiter unerwartet los, nachdem er die Tür geschlossen hatte.

»Jetzt hören Sie mir gut zu«, erwiderte Pielkötter wütend. »Hier geht es darum, einen weiteren Mord zu verhindern und nicht um Ihren … Unterricht.« Barnowski wusste, dass sein Chef sich das Wort »Scheiß« verkniffen hatte und schmunzelte in sich hinein.

»Und das können Sie zu diesem Zeitpunkt so genau beurteilen?« Bei dieser Frage überschlug sich Mikoleitschaks Stimme fast vor Ironie.

»Diese Einschätzung müssen Sie schon mir überlassen«, konterte Pielkötter souverän. »Aber ich bin sowieso zuversichtlich, dass Ihnen an einer guten Zusammenarbeit ohne großes Aufsehen gelegen ist.«

Das hat gesessen, dachte Barnowski, als Mikoleitschak die mickrige Kinnlade buchstäblich herunterfiel.

»Ich habe einfach genug von der ganzen Schnüffelei«, erklärte der Schulleiter, was nun fast wie eine Entschuldigung klang. Unwillkürlich tauschten Barnowski und Pielkötter vielsagende Blicke. Mikoleitschaks Miene wirkte selbst bei viel Wohlwollen nicht gerade intelligent.

»Interessant«, bemerkte Pielkötter. »Wer schnüffelt denn noch in Ihrem werten Internat herum? Und warum?«

»Die Eltern natürlich«, antwortete er, nachdem er für Barnowskis Geschmack etwas zu lange gezögert hatte. Wollen alles Mögliche wissen, bevor sie uns ihre Sprösslinge anvertrauen.«

»Die Eltern also. Und das nennen Sie Herumschnüffeln, wenn die sich um das Wohl ihrer Kinder oder ihres Bankkontos sorgen?«

»Jetzt sagen Sie schon, was Sie genau von mir wissen möchten«, drang Mikoleitschak endlich zum Kern der Angelegenheit vor. »Ich möchte schnell zurück in den Unterricht.«

Unwillkürlich verdrehte Barnowski die Augen. Immerhin hatte er das Gefühl, sein Chef stimme ihm ausnahmsweise zu.

»Am Telefon haben Sie ja erwähnt, die Angelegenheit läge über drei Jahrzehnte zurück«, erklärte Mikoleitschak wieder gefasst. »Ich selbst leite erst seit knapp fünfzehn Jahren dieses Internat. Deshalb weiß ich nicht, wie ich Ihnen helfen kann.«

»Sicher wissen Sie aber, welche Lehrer hier schon so lange unterrichten.«

»Frau Waldbrandt möglicherweise und auf alle Fälle Herr Aschenbrock.«

»Dann muss ich Sie leider bitten, diese Mitarbeiter aus dem Unterricht zu holen«, erklärte Pielkötter mit einer Stimme, die keinen Widerspruch duldete. »Dafür dürfen Sie natürlich zu Ihren Schülern zurück.« Dazu lächelte Pielkötter selten penetrant, was Barnowski königlich amüsierte, fast noch mehr als Mikoleitschaks unwilliger Gesichtsausdruck. Anscheinend hätte der jetzt doch seine Schäfchen lieber eine Weile allein gelassen, nur um bei dem Gespräch dabei zu sein.

»Chef, dem haben Sie richtig gezeigt, wo es langgeht«, erklärte Barnowski anerkennend, nachdem der Schulleiter den Raum verlassen hatte.

»Möchte nur wissen, was der zu verbergen hat. Auch wenn das nicht unbedingt mit unseren Mordfällen in Verbindung stehen muss.«

»Ganz Ihrer Meinung«, stimmte Barnowski zu. »Irgendetwas ist hier oberfaul, aber jetzt ziehe ich erst einmal alle Register bei dem

Vorzimmerdrachen und besorge uns etwas zu trinken.« Ehe Pielkötter etwas erwidern konnte, war er schon an der Tür. Ruckartig schwang die Tür nach außen und knallte gegen die Schulsekretärin.

»Bitte vielmals um Entschuldigung.«

»Wollte gerade zu Ihnen herein, um Ihnen einen Kaffee anzubieten.« Zumindest ging Barnowski davon aus, dass sie log. Kaffee ausgerechnet von diesem Vorzimmerdrachen. Noch dazu, ohne dass er ein Quäntchen seines berüchtigten Charmes versprüht hatte. Nee, das konnte sie einem anderen erzählen, aber nicht ihm. Obendrein diese Miene. Barnowski diagnostizierte eindeutig ein schlechtes Gewissen.

»Übrigens bin ich Frau Kranewinkel.«

»Gerne, zwei Kaffee mit Milch und Zucker, bitte«, bestellte Barnowski schnell, ehe das schlechte Gewissen der Dame womöglich verblasste. »Dazu hätten wir gerne etwas Gebäck.« Pielkötter grinste, was selten genug vorkam.

Wenige Minuten später kehrte Frau Kranewinkel mit einem voll bepackten Tablett ins Schulleiterzimmer zurück. Tatsächlich war ein Sortiment von mehr oder weniger edlen Plätzchen dabei.

»Stammen aus einer namhaften Lebensmittelkette meines Vertrauens«, kommentierte Barnowski seinen ersten Bissen.

»Ein ansteigender Zuckerspiegel ist jetzt wirklich angesagt«, erwiderte Pielkötter, während er sich zwei Schweinsöhrchen aus der Dose fischte. »Schließlich brauchen wir volle Konzentration.«

Der Vorrat an Kohlehydraten war schon ziemlich dezimiert, als der Schulgong ertönte und Mikoleitschak mit Frau Waldbrandt und Herrn Aschenbrock im Schlepptau das Zimmer betrat.

»Jetzt in der großen Pause stehen wir Ihnen zu dritt zur Verfügung«, erklärte der Schulleiter mit siegessicherem Lächeln auf den Lippen. Offensichtlich ging er davon aus, bei dem Gespräch dabei sein zu können. »Danach müssen Sie mit mir und Frau Waldbrandt Vorlieb nehmen. Im Gegensatz zu Herrn Aschenbrock haben wir anschließend eine Freistunde.«

»Na prima«, bemerkte Pielkötter. »Dann können Sie Ihren Kollegen ja wunderbar vertreten.«

Während sich Barnowski ein breites Grinsen kaum verkneifen konnte, schwoll an Mikoleitschaks ohnehin zu dickem Hals eine hässliche rote Ader an.

»Die Gestaltung des Stundenplans müssen Sie schon mir überlassen.«

»Wir möchten mit Ihren Mitarbeitern unter vier Augen sprechen«, erklärte Pielkötter unbeeindruckt. »Aber sofern Ihnen das lieber ist, nehme ich die beiden gerne mit zum nächsten Präsidium. Dafür, dass alles, was Ihr Internat betrifft, eine interne Angelegenheit bleibt, kann ich in diesem Fall natürlich nicht garantieren.«

Der alte Haudegen ist heute wirklich gut drauf, dachte Barnowski, er genoss die Szene sichtlich.

»Wenn Ihnen ein Gespräch unter vier Augen denn so wichtig ist«, gab sich Mikoleitschak augenblicklich geschlagen. Eilig rauschte er aus seinem Büro, noch ehe der Schulgong das Ende der Pause angekündigt hatte.

Frau Waldbrandt und Herr Aschenbrock sahen sich betreten an.

»Wie lange unterrichten Sie schon an diesem Internat?«, wandte sich Pielkötter zuerst an die Lehrerin.

»Seit fast zweiunddreißig Jahren.« Ihre Stimme klang angenehm. Im Gegensatz zu ihrem Schulleiter wirkte sie überhaupt recht sympathisch. Dasselbe galt für ihren Kollegen, der allerdings einige Jahre älter zu sein schien.

»Wir interessieren uns für einen ehemaligen Schüler mit dem Namen Sebastian Lauterbach. Womöglich war auch ein gewisser Cornelius Hamacher zu dieser Zeit in Babelsberg.«

»Wahrscheinlich wurden beide jedoch entlassen, bevor Sie hier Ihren Dienst angetreten haben«, ergänzte Barnowski. »Oder sagen Ihnen die Namen doch etwas?«

»Tut mir leid, die gehörten garantiert nicht zu meinen Schülern. Und ich besitze ein fantastisches Namensgedächtnis.«

»Dann sind Sie schon entlassen«, erklärte Pielkötter freundlich. »Falls Ihnen noch etwas dazu einfallen sollte, melden Sie sich bitte.« Dabei reichte er ihr seine Visitenkarte.

»Bei mir haben Sie mehr Glück«, verkündete Herr Aschenbrock, nachdem sich Frau Waldbrandt verabschiedet hatte.

»Sie erkennen die Namen auf Anhieb wieder?«, fragte Barnowski überrascht. »Haben denn alle Lehrer hier ein so ausgeprägtes Namensgedächtnis? Das ist doch gut dreißig Jahre her.«

Herr Aschenbrock lachte und schüttelte seinen Kopf mit recht schütterem Haar.

Pielkötter schien sein Glück kaum fassen zu können. »Und Sie kennen wirklich direkt beide Namen?«, bohrte er nach.

Aschenbrock lachte erneut. »Leider hat mein Gedächtnis schon arg nachgelassen, aber wenn ich Cornelius Hamacher höre, sehe ich immer noch rot. Das war nämlich der erste Schüler an diesem Internat, mit dem ich so richtig Ärger hatte.«

Barnowski und Pielkötter wechselten Blicke, die durchaus einem hochgestellten Daumen entsprachen.

»Dreiunddreißig Jahre ist das jetzt her«, fuhr Aschenbrock fort. »Ich hab hier schon meine Referendarzeit absolviert und dabei bin ich an Cornelius geraten. Das war vielleicht ein unangenehmer Bursche. Hat mir sofort in der ersten Stunde erklärt, ich hätte ihm überhaupt nichts zu verbieten. Schließlich sei ich nur Referendar. Das gab natürlich eine Klassenkonferenz. Als Strafmaßnahme wurde ihm zwei Wochen lang der Ausgang gestrichen. Cornelius hat sich zwar nie wieder so einen Spruch erlaubt, aber ein richtig gutes Verhältnis hatten wir auch später nicht.«

»Was fällt Ihnen sonst noch zu diesem Schüler ein?«, fragte Pielkötter neugierig.

»Jedenfalls war der auch bei seinen Mitschülern nicht gerade beliebt. Hatte wenig Freunde.«

»Sebastian Lauterbach jedoch war einer der wenigen«, kombinierte Pielkötter.

»Genau. Wahrscheinlich hätte mir dieser Name allein nichts gesagt, aber in Kombination mit Cornelius erinnere ich mich an ihn. Der war nicht ganz so unangenehm, aber auch nicht gerade einer von der wünschenswerten Sorte.«

»Hatten die beiden zu anderen Kontakt?«, fragte Barnowski.

»Lassen Sie mich nachdenken. Sofern ich mich nicht täusche, war da ein dritter Schüler und später kam ein vierter dazu. An die Namen kann ich mich leider nicht mehr erinnern.«

»Aber in den Akten müssten sie noch stehen.«

»Wenn ich die Listen durchgehen könnte und alle Namen der Klasse vor Augen sehe, fallen sie mir bestimmt wieder ein.«

»In welcher Klassenstufe waren die denn vor genau dreiunddreißig Jahren?«, fragte Barnowski.

»In der Oberprima wahrscheinlich, im letzten Jahr vor dem Abitur.«

»Dann werde ich mich schnellstens um die Beschaffung der Akten kümmern«, erklärte Barnowski und verließ umgehend den Raum.

»Obwohl der Cornelius sonst unbeliebt war, hatte der also doch drei Freunde«, stellte Pielkötter noch einmal fest.

»Ob das wirklich die dicke Freundschaft war, kann ich natürlich nicht beurteilen. Jedenfalls hockten sie öfter zusammen.«

»Haben Sie eine Ahnung, welche Interessen die besonders verbunden haben?«

»Klar, die stammten alle aus derselben Gegend. Sprachen diesen Ruhrpottslang. Wahrscheinlich sind sie alle vorher von einem Duisburger Gymnasium geflogen.«

Pielkötters Miene drückte eine Portion Skepsis aus. »Das verstehe ich nicht. Wieso meldeten gleich mehrere Eltern aus Duisburg ihre Kinder hier im fernen Babelsberg an?«

Ein breites Grinsen huschte über Aschenbrocks Gesicht. »Das ist leicht erklärt. Das Internat verfügte über gute Verbindungen zu diesem Duisburger Gymnasium. Deren ehemaliger Schulleiter ist nach Babelsberg gewechselt. Ein Herr Burscheidt, Mikoleitschaks Vorgänger. In Duisburg ist dann Burscheidts Stellvertreter auf seinen Posten gerückt und hat die Schüler, die er loswerden wollte und deren Eltern das nötige Kleingeld besaßen, hierher geschickt.«

»Das wird ja immer schöner«, stürmte Mikoleitschak ins Zimmer, als hätte er nur auf die Erwähnung seines Namens gewartet. »Jetzt wühlen Sie mir auch noch in den alten Akten herum.«

»Ich komme gerne mit einem Hausdurchsuchungsbeschluss wieder, sofern Ihnen das lieber ist«, erwiderte Pielkötter ruhig. »Aber dann bleibt hier kein Stein auf dem anderen. Und wenn in diesem Fall gezwungenermaßen so einiges nach außen dringt, beschweren Sie sich bitte nicht. Ich habe Sie jedenfalls gewarnt.«

Ehe der Schulleiter etwas erwidern konnte, kehrte Barnowski mit einer einzigen Akte zurück. »Ihre Sekretärin ist wirklich einsame Spitze«, erklärte er dem verdutzten Mikoleitschak. »Das nenne ich kompetentes Personal.«

Mikoleitschak bemühte sich redlich, seinen Ärger im Zaum zu halten. Während Aschenbrock in der Akte blätterte, schaute er dem Lehrer missmutig über die Schulter.

Was um alles in der Welt versucht der zu verbergen, fragte sich Barnowski nicht zum ersten Mal an diesem Tag. In Pielkötters Blick las er dieselbe Frage.

»Hier stehen sie«, erklärte Aschenbrock und zog augenblicklich die Aufmerksamkeit auf sich. »Hartmut Gabrillani, genau. Das war so'n Kleiner. Eigentlich ganz nett, musste aber manchmal den wilden Mann markieren. War mehr der typische Mitläufer. Und hier haben wir auch den Ernst-Theodor. Richtig. Ernst-Theodor Liebermann, das war der Vierte im Bund. Wenn mich mein Gedächtnis nicht täuscht, war das so ein Stiller. Den konnte man schlecht durchschauen. Ein Mitläufer war der jedenfalls nicht, eher hielt er die Fäden unauffällig in der Hand. War etwas älter als die anderen. Jetzt fällt es mir wieder ein. Er hat das Jahr freiwillig wiederholt. Der Vater war Chefarzt in einem Krankenhaus und sein Sohn sollte natürlich ebenfalls Medizin studieren. Hatte allerdings nicht die Noten danach.«

»Dann haben Sie uns vorhin aber mächtig was vorgemacht«, erklärte Barnowski.

»Wieso?«, fragte Aschenbrock irritiert.

Auch Pielkötters Miene glich einem Fragezeichen.

»Mit Ihrem Gedächtnis haben Sie ganz schön untertrieben.«

Aschenbrock lachte erleichtert.

»Darf ich mal?« Neugierig beugte sich Pielkötter über die Liste und schrieb die Namen der entsprechenden Schüler heraus.

»Weiter hinten sind die Stammblätter mit weiteren Informationen«, erklärte Aschenbrock. »Allerdings dürften die Adressen der Eltern kaum noch stimmen.«

»Würde sie trotzdem gerne kopieren.«

Mikoleitschak nickte. Offensichtlich hatte er sich endlich in sein Schicksal gefügt.

»Manchmal haben Sie wirklich den richtigen Riecher«, bemerkte Barnowski mit einer gewissen Bewunderung, kurz nachdem sie das Internat verlassen hatten. »Nicht nur, dass sich Ihre Vermutung mit Hamacher bestätigt hat. Jetzt haben die uns gleich zwei weitere Namen geliefert. Das hätte ich echt nicht erwartet.«

»Dafür stehe ich sogar gerne zwei Stunden im Stau.«

»Wenn mich meine hellseherischen Fähigkeiten nicht täuschen, ziert Hartmut Gabrillani ein hübscher Narbenkreis. C-H-S, das macht jetzt wirklich Sinn.«

»C-S-H«, verbesserte Pielkötter, was aber ausnahmsweise nicht nach Tadel klang.

Na, bei so einer fetten Beute muss selbst ein Hauptkommissar gute Laune haben, dachte Barnowski.

»Glauben Sie, einer der beiden ist der Mörder? Und der andere ist in Gefahr?« Dabei interessierte Barnowski die Antwort nicht so sehr wie Pielkötters Reaktion, quasi eine Art, seine Laune etwas genauer auszutesten.

»Denkbar«, erwiderte Pielkötter nicht gerade ärgerlich, »aber womöglich sind auch beide im Visier des Täters. Rufen Sie schon mal im Präsidium an und lassen Sie ihre aktuellen Adressen heraussuchen.«

Barnowski zückte sein Handy und blieb ein wenig zurück. Als er am Dienstwagen eintraf, erklärte Pielkötter ihm: »Setzen Sie sich ruhig ans Steuer. Mir schießt so vieles durch den Kopf.«

»Wir haben einiges erfahren, was uns weiterbringt«, erwiderte Barnowski. »Aber Sie denken noch an was ganz anderes, stimmt's? Ich schätze, das seltsame Verhalten dieses sauberen Herrn Mikoleitschak geht Ihnen nicht aus der Birne.« Kaum hatte er den Satz beendet, da bereute er seine Wortwahl. Wahrscheinlich würde es jetzt erst einmal einen Anschiss geben.

»Und?«, frage Pielkötter zu seinem Erstaunen. Offensichtlich war sein Vorgesetzter zu sehr in den Fall involviert, um sich mit irgendwelchen Anstandsregeln zu beschäftigen. »Was halten Sie selbst davon?«

»Missbrauch.«

Pielkötter wandte sich ihm zu, schien aber durch ihn hindurchzusehen.

»Na, Missbrauch. Darum dreht sich im Moment doch alles in den Medien. Den Berichten zufolge ging es früher in den Internaten hoch her. Möglicherweise heute noch.«

»Daran habe ich natürlich auch schon gedacht«, erwiderte Pielkötter. »Auf jeden Fall müssen wir das überprüfen.«

»Womöglich steckt Babelsberg aber erst in dem Stadium der internen Überprüfung«, entgegnete Barnowski selten aufgebracht. »Und hat damit leider noch keinen Eingang in unseren dicken digitalen Aktenordner gefunden.«

»Das Auftreten des Schulleiters würde dafür sprechen. Jedenfalls ist der nicht davon ausgegangen, dass wir über irgendwas im Bilde sind.«

»Genau deshalb klären wir das jetzt vor Ort, zumindest wenn die da vorne in dem kleinen Schreibwarenladen eine halbwegs normal reagierende Verkäuferin haben.«

Abrupt stoppte Barnowski den Wagen direkt gegenüber einem Geschäft. Ehe Pielkötter in irgendeiner Form nachfragen, geschweige denn protestieren konnte, war Barnowski bereits ausgestiegen und eilte über die Straße.

Hoffentlich erwartet mich da drinnen nicht ein muffeliger Herr, dachte Barnowski, als er den Laden betrat. Dann würde ihn Pielkötter hinterher in der Luft zerreißen.

Tatsächlich stand jedoch eine mäßig attraktive Frau mittleren Alters hinter einem altmodischen Holztresen. »Womit kann ich Ihnen dienen?«, fragte sie freundlich, während Barnowski frohlockte. Schließlich kam sein berüchtigter Charme bei weiblichen Wesen dieser Art besonders gut an.

»Wünsche einen guten Tag«, flötete er. »Sie können mich sicher gut beraten. Ich brauche ein paar Zeitschriften für einen Besuch bei meiner betagten Tante. Allerdings habe ich keine Ahnung, was ältere Damen so lesen.«

Die Verkäuferin, wahrscheinlich eher die Besitzerin des Ladens, strahlte ihn an, als hätte sie in ihrem Berufsleben lange auf eine Aufgabe wie diese gewartet. »Was dürfen die Zeitungen denn kosten?«

»Zehn Euro lege ich mindestens an«, erklärte Barnowksi. »Gerlinde ist nämlich meine Lieblingstante. Deshalb besuche ich sie auch regelmäßig.« Er lächelte die Verkäuferin an und schenkte ihr einen bewundernden Blick. Zumindest hoffte er, dass sie diesen in der Art interpretieren würde.

»Ich stelle Ihnen ein schönes Päckchen zusammen«, gurrte sie. Mit einem strahlenden Lächeln kam sie hinter dem Tresen hervor und suchte aus einem Regal gegenüber einige bunte Zeitschriften aus. »Macht genau zehn Euro und fünfzig Cent«, erklärte sie. Dabei schob sie einen Gummiring über die Zeitschriftenrolle.

»Wenigstens eine Person in diesem Dorf ist kompetent und freundlich«, erwiderte Barnowski, während er seine Börse aus der Hose zückte.

»Oh, das tut mir leid, wenn sie bei uns schlechte Erfahrungen machen mussten. Ich komm ganz gut mit den Menschen hier zurecht.«

»Dann hatten Sie bestimmt niemals mit Herrn Mikoleitschak zu tun, dem Schulleiter von Babelsberg.«

»Aha, Mikoleitschak also.« Hinter ihrer recht hohen Stirn schien ein wahres Gedankenfeuerwerk abzulaufen. »Wollten Sie Ihren Sohn etwa dort anmelden?«, fragte sie schließlich nach längerem Zögern. »So alt sehen Sie gar nicht aus, sofern ich das einmal so sagen darf.«

Sie lachte verlegen, Barnowski laut.

»Kinder habe ich wirklich noch nicht, obwohl ...«

»Und wenn, sollten Sie das Kind besser nicht nach Babelsberg schicken«, erklärte sie mit geheimnisvoller Miene.

»Wieso?«

»Man liest und hört ja jetzt so einiges über die Zustände in Internaten.«

»Haben Sie denn einen konkreten Verdacht?«, fragte Barnowski sichtlich interessiert. »Ich meine in Bezug auf Babelsberg.«

Für seinen Geschmack schwieg sie einen Moment zu lange. »Nun ja, auch in diesem Internat könnte es Missbrauchsfälle gegeben haben.«

»Gibt es etwa Gerüchte?«

»Wenn es nur Gerüchte wären«, erklärte sie mit vielsagender Miene. »Ich könnte Ihnen da einiges erzählen, aber man kommt so schnell in Teufels Küche.«

Ihre ambivalente Haltung war förmlich greifbar, und Barnowski überlegte krampfhaft, wie er noch mehr aus ihr herauslocken konnte. »Also nicht nur Gerüchte. Dann ist das ein oder andere bekannt.«

»Was heißt schon bekannt?« Sie schien nach Worten zu suchen. »Aus Scham reden die Opfer nicht gern darüber. Vielleicht empfinden sie sogar Schuldgefühle, auch wenn man die Ärmsten am allerwenigsten dafür verurteilen kann.«

»Aber woher nehmen Sie die Sicherheit, dass es mehr als Gerede ist?«, forderte Barnowski sie heraus.

Sie beugte sich etwas weiter nach vorn. »Ganz privat weiß ich natürlich so einiges«, flüsterte sie. »Ich kenne eine betroffene Person, habe allerdings versprochen, niemals darüber zu reden.« Plötzlich streckte sie sich. »Und dieses Versprechen halte ich auch.«

Schade, dachte Barnowski. Aus der Dame würde er im Moment sicher nicht mehr herausbekommen. Trotzdem waren die Andeutungen hochinteressant und standen womöglich in Bezug zu ihrem aktuellen Fall. Plötzlich fiel ihm ein, dass Pielkötter seit geraumer Zeit wartend im Dienstwagen saß. »Leider muss ich jetzt aufbrechen«, erklärte er der sichtlich enttäuschten Frau. »Wenn ich wieder in der Gegend bin, schaue ich gerne zu Ihnen herein.« Zum Abschied schenkte er ihr ein strahlendes Lächeln, dann eilte er hinaus.

»Geht doch nix über so'n herben Ruhrpottcharme«, ließ er seinen Chef wissen, nachdem er zum Wagen zurückgekehrt war.

»Sie werden es sich gewiss nicht nehmen lassen, mir zu sagen, was Sie damit meinen. Vorher aber noch das: Unsere Leute im Präsidium waren schnell: Ich habe die Adressen von Gabrillani und Liebermann. Das Söhnchen Ernst-Theodor ist übrigens wirklich Arzt geworden. Und jetzt erzählen Sie.«

»Die Dame war ein echter Glücksgriff, man muss eben seine Chancen zu nutzen wissen.« Der verdreht jetzt innerlich die Augen, dachte Barnowski. »Also: Bingo! Und ohne Zentralcomputer.«

Auf Pielkötters Stirn standen immer noch zig Fragezeichen, doch ehe er sich in einen Wutanfall hineinsteigern konnte, klärte ihn Barnowski auf.

»Bleibt nur die Frage offen, wie oder ob die Missbrauchsfälle in Babelsberg mit den Morden in Verbindung stehen«, kommentierte Pielkötter den Bericht, wobei er auf das Armaturenbrett schlug. »Zumindest zeitlich käme ein Zusammenhang durchaus hin.« Erneut krachte seine Hand auf das Armaturenbrett. »Pädophile kotzen mich einfach an.«

Barnowski hatte Pielkötter selten so emotional erlebt.

»Jeder Missbrauch ist für sich schon schlimm genug. Aber das Schlimmste ist ja, dass daraus eine endlose Kette werden kann. Wenn ehemalige Opfer selbst zu Tätern werden.«

Samstag, 21. Mai
10:00 Uhr

»Chef, wissen Sie, was ich an unserem jetzigen Fall merkwürdig finde?«, fragte Barnowski, während sie in dem Spaghettiknoten im Stau standen.

»Wenn Sie von mir tatsächlich eine Antwort auf Ihre Frage bekommen wollen, müssen Sie sich schon etwas präziser ausdrücken«, erwiderte Pielkötter genervt.

»Ich meine das Vierergespann«, erklärte Barnowski offensichtlich nicht im Mindesten verschnupft. »Also, Hamacher, Lauterbach, Gabrillani und Doktor Liebermann.«

»Aha!« Pielkötter schaffte es, in diese zwei kurzen Silben eine geballte Ladung Ironie zu packen.

»Alle vier wohnen oder wohnten im Ruhrgebiet, Duisburg, Dortmund, Bochum, Essen.«

»Spricht nicht gerade für eine Region mit besonders hoher Lebenserwartung.« Aber warum hatte Barnowski Bochum und Dortmund in die Aufzählung genommen? Dann jedoch fiel Pielkötter wieder ein, dass Lauterbach auch einmal im Osten des Reviers gewohnt hatte.

»Ich frage mich wirklich ernsthaft, warum die sich ausnahmslos im Pott niedergelassen haben«, fuhr Barnowski fort.

»Die offene Art der Menschen hier hat schon was«, entgegnete Pielkötter. »Zudem kamen sie aus dieser Gegend. Back to the roots. Besonders dann, wenn man woanders Schlimmes erlitten hat.« Pielkötter strich mit der Hand über sein Kinn. »Missbrauch. Sie selbst haben diese Vermutung doch ins Spiel gebracht. Jedenfalls muss die was Besonderes verbunden haben. Umsonst haben die sich nicht diesen Narbenkreis zugefügt. Das muss doch geschmerzt haben, sich den zu ritzen.«

»Später muss die Gruppe aber auseinandergefallen sein. Laut Zeugenaussagen hatten sie zumindest in den letzten Jahren keinerlei Kontakt.«

»Oder keinen, der auffallen durfte«, ergänzte Pielkötter.

Inzwischen waren sie in der Auffahrt mit dem Dienstwagen so weit vorgerückt, dass sie die stehenden Autos auf der A40 erkennen konnten, ebenso ein Blaulicht in der Ferne.

»Wenn es in dem Tempo weitergeht, brauchen wir noch ewig bis zur Margarethenhöhe«, schimpfte Barnowski. »Anscheinend ziehen wir die Staus magnetisch an.«

»Bei welcher Abfahrt fahren wir denn ab? Essen Holsterhausen?«

»Frohnhausen, eine vorher. Aber da müssen wir erst mal hin.«

Entgegen aller Erwartung erreichten sie schon nach einer halben Stunde Fahrt das Viertel, in dem man die Idee der Gartenstadt noch vor dem zweiten Weltkrieg umgesetzt hatte.

»Was würde Alfred Krupp wohl zur Sanierung dieser Häuser sagen?«

»Wieso Alfred Krupp, was hat der denn damit zu tun?«, fragte Pielkötter.

»Da merkt man es wieder«, bemerkte Barnowski, »Sie kommen ja nicht hier weg. Diese Siedlung geht doch auf den Oberkruppianer zurück. Die Unternehmerfamilie hat quasi den Sozialstaat in die Firma integriert.«

»Auch wenn ich aus Münster stamme, weiß ich zumindest zweierlei: Zunächst hat Margarethe Krupp diese Siedlung gestiftet, und zwar anlässlich der Hochzeit ihrer Tochter Bertha mit Gustav von Bohlen und Halbach. Und vor allem weiß ich, dass die Firma Krupp Munition für den Zweiten Weltkrieg produziert hat.«

Barnowski verdrehte die Augen und gab etwas zu viel Gas.

Als sie ihrem Ziel näherkamen, befahl Pielkötter: »Halten Sie in einiger Entfernung. Wir parken besser nicht unmittelbar vor Liebermanns Haus.«

»Warum?«

Pielkötter brummte etwas Unverständliches. In Barnowskis Miene war gut zu lesen, was er vom Vorschlag seines Vorgesetzten hielt. Trotzdem hielt er sich daran. In nicht gerade trauter Harmonie liefen sie zu Fuß zu dem Haus zurück, in dem Liebermann wohnte.

»Wissen Sie, was mich stutzig macht?«, fragte Pielkötter.

»Willkommen im Club.« Barnowski kickte einen Stein zur Seite, der auf dem Gehweg lag. »Habe mich auch schon gefragt, warum ein Arzt in einem Viertel mit Sozialwohnungen lebt. Zugegeben, die Lage ist wirklich eins-a. Idyllisch am Waldrand gelegen in einer Siedlung mit nostalgischem Flair. Trotzdem hätte ich mir den eher in einer Villa vorgestellt.«

»Vor allem erstaunt mich, wie der an die Wohnung gekommen ist. Es muss doch irgendeine Stiftung geben, die überwacht, dass billiger Wohnraum nicht an betuchte Leute vergeben wird.«

Inzwischen hatten sie das fast mit wildem Wein zugewucherte Gebäude erreicht, und Pielkötter warf einen Blick auf die beiden Klingeln. Auf der unteren stand Dr. Liebermann, auf der oberen Hubert Liebermann.

»Schauen Sie mal«, forderte er Barnowski auf.

»Seltsam. In den andern Häusern wohnen vier Mietparteien, sofern ich das unterwegs richtig registriert habe, hier nur zwei, dabei sind die doch alle etwa gleich groß.«

»Wir sind zwar nicht hergekommen, um den guten Doktor deshalb hochzunehmen, trotzdem sieht mir das sehr nach Klüngel aus. Von Anstand und Ehrlichkeit zeugt es jedenfalls nicht, wenn der hier wohnen kann.«

»Zudem steht die Siedlung auch noch unter Denkmalschutz.«

»Was wollen Sie damit sagen?«, fragte Pielkötter irritiert.

»Na, der Liebermann hat doch garantiert unerlaubte bauliche Veränderungen vorgenommen. Er muss ja irgendwie aus vier Wohnungen zwei gemacht haben.«

Plötzlich öffnete ein stattlicher Mann mit einer kleinen Aktentasche die Tür. Er mochte etwa fünfundfünfzig sein. Unwillig zog er die Augenbrauen hoch. »Sie wünschen?«, fragte er unfreundlich.

»Kriminalhauptkommissar Pielkötter und Kommissar Barnowski vom KK 11 Duisburg«, stellten sie sich vor.

»Wieso Duisburg?« Pielkötter und Barnowski wechselten einen vielsagenden Blick. »Sind Sie überhaupt für Essen zuständig?«

»Wollen Sie denn nicht erst einmal wissen, worum es geht?«, fragte Pielkötter hellhörig.

Die Augen des Mannes, bei dem es sich nach ihren Recherchen um Doktor Ernst-Theodor Liebermann handeln musste, pendelten zwischen ihnen und der immer noch offenen Haustür hin und her. Schließlich schien er eine Entscheidung getroffen zu haben. Zumindest drückte seine Miene inzwischen eine gewisse Entschlossenheit aus. »Kommen Sie«, forderte er die offensichtlich unliebsamen Besucher nicht gerade freundlich auf. »Viel Zeit habe ich allerdings nicht.«

Eilig führte Liebermann sie ins Treppenhaus und wandte sich dann nach links. Während er den Schlüssel im Schloss umdrehte, schielte Pielkötter zu der gegenüberliegenden Tür mit Namensschild. Zu seinem Erstaunen glaubte er, dort ebenfalls den Namen Liebermann erkannt zu haben. Ehe er jedoch genauer hinsehen konnte, folgte er Barnowski und dem Hausherrn in die Wohnung.

Schließlich landeten sie in einem kleinen Büro mit monströsen Regalen, bis zur Decke mit Fachbüchern bestückt. Abgesehen von einem Schreibtisch samt Stuhl sowie zwei Sesseln für Besucher enthielt der Raum kein weiteres Mobiliar.

»Was wollen Sie also?«, fragte Liebermann, wobei seine Stimme noch nicht die Spur an Unfreundlichkeit eingebüßt hatte.

»Sie warnen«, erwiderte Pielkötter und lehnte sich in dem Bewusstsein zurück, dass seine Worte schon die gewünschte Wirkung erzielen würden. Tatsächlich schien der gute Doktor eine Nuance bleicher zu werden.

»Wovor?«

»Vor einem Mörder, der es anscheinend auf eine Gruppe von Freunden abgesehen hat, zu der auch Sie gehören.«

»Ich verstehe nicht ganz.«

»Dann müssen wir Ihrem Gedächtnis wohl etwas Nachhilfeunterricht geben«, schaltete sich nun Barnowski mit süffisantem Lächeln ein. »Cornelius Hamacher, Sebastian Lauterbach und Hartmut Gabrillani, diese Namen sind Ihnen doch sicher bekannt?«

»Ja, schon«, erwiderte Doktor Ernst-Theodor Liebermann eine weitere Spur blasser. »Die kenne ich alle aus dem Internat Babelsberg. Aber das ist lange her. Was haben die mit einem Mord zu tun?«

Barnowski warf Pielkötter den berüchtigten Wenn-der-nicht-mehr-weiß,-fresse-ich-einen-mittelgroßen-Handfeger-Blick zu.

»Zwei Ihrer alten Schulkameraden sind kürzlich gestorben, und Sie haben nicht einmal eine Todesanzeige bekommen? Anscheinend wird diese Welt immer unpersönlicher.«

»Welche beiden sind es denn?«, fragte Doktor Liebermann zum ersten Mal wirklich erschüttert.

»Cornelius Hamacher und Sebastian Lauterbach wurden ermordet«, antwortete Barnowski.

»Und Hartmut Gabrillani?«

»Mit dem haben wir leider noch nicht gesprochen. Auf unsere Versuche, ihn zu kontaktieren, hat er bisher nicht reagiert.«

Anscheinend ist der wirklich tief erschüttert, dachte Pielkötter. Möglicherweise war an dem guten Doktor jedoch lediglich ein echter Schauspieler verloren gegangen.

»Wann wurde Sebastian Lauterbach denn ermordet?«

Pielkötter kam es seltsam vor, dass er nur nach einem seiner beiden Freunde fragte. Oder hatte er über den Mord an Hamacher in der Zeitung gelesen und sich alles zusammengereimt, auch wenn der Name des Opfers in den Medien bisher nicht genannt worden war.

»Wie schon erwähnt, hatten wir seit etlichen Jahren keinen Kontakt«, fuhr Liebermann fort, nachdem er vergeblich auf eine Antwort gewartet hatte.

»Was genau meinen Sie mit etlichen Jahren?«

»Lassen Sie mich nachdenken. Gut zehn Jahre ist das her. Das Internat Babelsberg hatte zu einem Treffen der Ehemaligen eingeladen.«

»Und da haben Sie sich plötzlich im Taunus zum ersten Mal nach der Schulzeit wiedergesehen«, entgegnete Pielkötter voll Ironie. »Und das, obwohl Sie hier alle schön in unmittelbarer Nachbarschaft wohnen. Bei dem Treffen haben Sie doch bestimmt noch einmal die Adressen ausgetauscht, um sich danach gänzlich aus den Augen zu verlieren.«

»Soll vorkommen, dass man sich auseinanderlebt«, erwiderte Liebermann weiterhin souverän. »Manchmal hat man sich nach so langer Zeit einfach nichts mehr zu sagen.«

»Zugegebenermaßen kommt das vor. Trotzdem erstaunlich, dass das gleich für alle drei Ihrer alten Schulkameraden galt.«

»Sie müssen schon mir überlassen, mit wem ich befreundet sein möchte.« Inzwischen klang seine Stimme aufgebracht. Anscheinend hatten sie ihn doch aus der Reserve gelockt und es wurde langsam Zeit für die entscheidende Frage.

»Wo waren Sie am zehnten beziehungsweise am siebzehnten Mai. Jeweils ab zwanzig Uhr abends?«

»Halten Sie mich jetzt etwa für den Mörder? Pah, dass ich nicht lache. Da suchen Sie wirklich an der falschen Stelle.«

»Reine Routinefrage«, erklärte Barnowski. »Für uns ist erst einmal jeder verdächtig. Zudem kommen Sie natürlich ebenso als weiteres Opfer in Betracht.«

»Was meine Position auch nicht gerade verbessern dürfte.«

»Also, wo waren Sie zur fraglichen Zeit?«, schaltete sich Pielkötter wieder ein. »Bei den besagten Tagen handelt es sich jeweils um einen Dienstag, falls Ihnen das beim Nachdenken hilft.«

»Auswendig weiß ich das nicht. Ich müsste in meinem Kalender nachsehen.«

»Tun Sie das«, entgegnete Barnowski im Befehlston, der in gewisser Weise an das Verhalten seines Vorgesetzten erinnerte. Missmutig kramte Liebermann in seiner obersten Schreibtischschublade herum, während sich Pielkötter fragte, was dieses Theater sollte. Das ganze Arbeitszimmer inklusive Schreibtischauflage signalisierte penible Ordnung. Daher war es kaum anzunehmen, dass es in der Schublade anders aussah.

»Tut mir leid«, erklärte Doktor Liebermann, »ich kann mein Notizbuch so schnell nicht finden.«

»Vielleicht haben Sie es zwischen die Bücher gestellt, damit man Sie nicht versehentlich für einen Ordnungsfetischisten hält«, hätte Pielkötter am liebsten erwidert, aber diesen Spruch behielt er besser für sich.

»Dienstage waren das, sagten Sie? Diese Woche und letzte Woche? Also, diesen Dienstag war ich abends in der Klinik. Ja, sicher, habe dort ein Gutachten angefertigt und Berichte geschrieben. Und am zehnten Mai war ich wahrscheinlich hier im Haus.«

»Kann jemand Ihre Angaben bestätigen?«

»Ich glaube, Schwester Ludmilla hat mich aus meinem Büro kommen sehen. Also, nachdem ich meine Arbeit erledigt hatte. Falls mich mein Gedächtnis nicht täuscht, hat sie mir zwischendurch sogar einen Tee gekocht.«

»Wann war das genau?«

»Spät. Ihr Nachtdienst begann ja erst um zweiundzwanzig Uhr.«

Pielkötter notierte sich die Zeiten und den Namen der Schwester auf einem Block.

»Universitätsklinikum, Hufelandstraße ist doch richtig?«, kam Barnowski seinem Chef zuvor.

Doktor Liebermann nickte.

»Und die Angaben für den zehnten Mai? Kann die auch irgendjemand bestätigen?«

»Nein, natürlich nicht.«

»Wieso natürlich?«, fragte Pielkötter leicht irritiert.

»Ich lebe hier allein.«

»Schon immer?«

»Geht Sie das wirklich etwas an?«

»Ja!« Pielkötters Miene drückte Entschlossenheit aus.

»Bin seit acht Jahren geschieden«, gab sich Doktor Liebermann auffallend schnell geschlagen. »Seitdem lebe ich allein in diesem Haus. Nur mein Bruder wohnt nebenan. Als Reisejournalist ist der allerdings selten hier.«

Mit den Frauen haben die Schüler aus Babelsberg offensichtlich kein Glück, dachte Pielkötter. Wieder so eine Parallele. Und wieder dieses ungute Gefühl. War er der Mörder oder war er potenzielles Opfer und befand sich damit in akuter Gefahr?

»Kinder?«, fragte Barnowski mitten in seine Überlegung hinein.

»Keine.«

»Wir könnten Ihnen Personenschutz anbieten«, erklärte Pielkötter selten spontan, ohne vorher eine Genehmigung dafür eingeholt zu haben.

Doktor Liebermann schien nicht recht zu verstehen. Sein Blick schweifte in die Ferne, fixierte einen nur für ihn sichtbaren Punkt an der Wand und kehrte dann zu dem Hauptkommissar zurück. »Personenschutz? Kommt für mich überhaupt nicht infrage. Was soll dieser Überwachungsscheiß?«

Oh, das hat wohl gesessen, urteilte Pielkötter, zumindest konnte er sich kaum vorstellen, dass der gute Doktor sich unter normalen Umständen zu einer Fäkalsprache hinreißen ließ. »Ich verstehe Ihre Aufregung nicht«, erklärte er laut. »Das ist doch nur ein Angebot zu Ihrem Schutz.«

»Das ich dankend ablehne.«

»Dabei hatte ich ja nur an eine kurze Zeitspanne gedacht. Schauen Sie, Ihre beiden ehemaligen Kameraden sind innerhalb von acht Tagen ermordet worden. Sollten Sie ebenfalls auf der Liste des Mörders stehen, wird er voraussichtlich sehr schnell zuschlagen. Vielleicht schon am nächsten Dienstag.«

»Dann passe ich an diesem Tag eben besonders auf«, erwiderte Doktor Liebermann ärgerlich. »Jedenfalls lehne ich es ab, dass Sie hier im oder an meinem Haus eine Überwachungsaktion starten. Als freier Bürger bestehe ich darauf, dass Sie meine Privatsphäre respektieren.«

»Wir werden natürlich nichts gegen Ihren ausdrücklichen Willen unternehmen«, entgegnete Pielkötter, während ihm Kommissar Barnowski einen vielsagenden Blick zuwarf.

»Obwohl Sie uns damit vielleicht die Chance nehmen, den Täter dingfest zu machen.«

»Was sollte er von mir wollen? Ich habe nichts getan, wofür er sich rächen könnte.«

»Rächen«, wiederholte Pielkötter und ließ das Wort dabei förmlich auf seiner Zunge zergehen. »Interessant. Sie haben also schon eine Theorie, welches Motiv Ihren potenziellen Mörder antreiben könnte. Vielleicht haben Sie auch eine konkrete Vorstellung davon, wer Ihre Kameraden umgebracht hat?«

Liebermann wirkte kurz wie ein dummer Schuljunge, der seine Hausaufgaben nicht gemacht hatte. »Keine Ahnung«, erklärte er unsicher. »Aber dafür ist eines für mich ganz offensichtlich: Sie haben sich fälschlicherweise in diese Theorie von den vier Freunden verrannt. Ich habe ewig nichts mehr mit denen zu tun. Wer weiß, vielleicht haben die beiden Opfer in der Zwischenzeit etwas zusammen ausgeheckt. Ich jedenfalls gehörte nicht dazu. Und deshalb muss ich Sie bitten, meine Zeit jetzt nicht länger in Anspruch zu nehmen. Ich habe noch einen wichtigen Termin.«

»Eine Minute noch. Wissen Sie etwas über Missbrauchsfälle im Internat Babelsberg?«

»Wie kommen Sie darauf?« Die Reaktion kam schnell, zu schnell, fand Pielkötter. Als ob er mit der Frage gerechnet hätte.

»Mögen Sie mir keine klare Antwort geben?«

»Nein, davon weiß ich nichts. Auch wenn dieses Thema jetzt in den Medien hochgekocht wird.«

Pielkötter sah Doktor Liebermann ein letztes Mal durchdringend an, dann erhob sich so langsam, als warte er noch auf eine weitere Reaktion des Arztes.

»Wir haben Sie gewarnt«, erklärte Barnowski und stand ebenfalls auf.

Nachdem sie das Haus verlassen hatten, nahm Pielkötter eine Bewegung hinter einer Gardine im Erdgeschoss war.

»Der Wagen gehört bestimmt Liebermann«, sagte er und deutete auf einen schwarzen Mercedes. »Beeilen wir uns. Wenn mich nicht alles täuscht, stürmt der aus dem Haus, sobald wir außer Sichtweite sind. Am besten wenden Sie und fahren bis zur nächsten Kreuzung. An der Metzendorfstraße lauern wir ihm auf.«

»Kleine Verfolgungsjagd gefällig?«, grinste Barnowski, während er den Zündschlüssel herumdrehte. »Wie im echten Tatort?« Kurz vor der Kreuzung hielt er noch einmal an, schaltete aber sicherheitshalber den Motor nicht aus. Kaum eine Minute später fuhr der schwarze Mercedes tatsächlich mit unangemessener Geschwindigkeit an ihnen vorbei.

»Haben Sie das eigentlich geahnt?«, fragte Barnowski und gab Gas. »Oder warum waren Sie so scharf darauf, dass der uns nicht in den Wagen steigen sieht?«

»Man sollte für alle Fälle gerüstet sein, das sollten Sie längst gelernt haben«, entgegnete Pielkötter, während sein Mitarbeiter Liebermanns Wagen in gebührendem Abstand folgte. »Schaut ganz danach aus, als ob der zu seinem Arbeitsplatz fährt. Dabei hätte ich schwören können, der hat was anderes vor.«

Tatsächlich bog Liebermann soeben auf die Hufelandstraße, an der das Uniklinikum lag. Barnowski erreichte die Kreuzung, als die Ampel auf Rot sprang, fuhr aber schnell noch nach rechts, hinter Liebermann hinterher. Unwillig schüttelte Pielkötter den Kopf, sagte jedoch nichts. Möglicherweise hätte er an Barnowskis Stelle genauso gehandelt. Inzwischen hatte sich ein weiteres Fahrzeug zwischen Liebermann und den Dienstwagen gedrängt, was die Verfolgung nicht gerade vereinfachte, aber wahrscheinlich wussten sie sowieso, wohin die Reise ging. Barnowski hatte den Blinker vorsorglich nach rechts gesetzt, der schwarze Mercedes fuhr jedoch geradeaus. »Jetzt wird es doch noch spannend«, erklärte Pielkötter mit einem zufriedenen Lächeln auf den Lippen.

Liebermann brauste nun los, als hätte er die Verfolgung bemerkt. Barnowski hielt Abstand und hätte ihn bei der Überquerung der Bundesstraße 224 fast verloren. Nach zwei weiteren kritischen Situationen parkte der Arzt den schwarzen Mercedes endlich wenige Hundert Meter hinter dem Rüttenscheider Stern. Im absoluten Halteverbot. Barnowski hielt ein gutes Stück dahinter. Eilig stiegen die Polizisten aus, Liebermann immer im Auge. Der überquerte gerade die Straße und verschwand in einem Geschäft.

»Waffen Costa und Bullermann«, las Pielkötter laut. »Aha, offensichtlich hat da jemand kalte Füße bekommen.«

»Ballermann hätte besser gepasst«, bemerkte Barnowski.

»Möchte wetten, dass der ohne unseren Besuch heute nicht hier aufgelaufen wäre. Aber uns weismachen, es bestünde nicht die geringste Gefahr.«

»Hat er ja nicht.«

»Was?«

»Das hat er ja nicht geschafft«, entgegnete Pielkötter. »Oder haben Sie ihm das etwa geglaubt?«

»Ich wette, der hat mehr Schiss vor uns als vor dem Mörder.«

»Und was schließen Sie daraus?«

»Angenommen«, druckste Barnowski herum. »Also, gesetzt den Fall, er selbst ist nicht der Täter, dann ist er jedenfalls nicht besonders scharf darauf, dass wir den fassen.«

»Genau daran habe ich auch gedacht«, erklärte Pielkötter. In Barnowskis Miene las er, dass sein Untergebener dieses Einverständnis nicht erwartet hatte.

»Dann hat er also Dreck am Stecken. Deshalb hat er wohl Rache als Motiv ins Spiel gebracht.«

»Würde mich jedenfalls nicht wundern, wenn der vorhätte, den Mörder selbst zur Strecke zu bringen«, fuhr Pielkötter fort. »Und zwar, bevor der mit uns geplaudert hat.«

Plötzlich öffnete sich die Ladentür von »Waffen Costa und Bullermann«. Blitzschnell gingen Pielkötter und Barnowski hinter einem Passat in Deckung. Sie erkannten allerdings nur, dass ein jüngerer Mann das Geschäft verlassen hatte. Sie warteten weiter auf Liebermann.

»Was ist mit Personenschutz?«, fragte Barnowski.

»Bekommen wir nicht durch, wenn der sich dagegen sträubt. Wäre ohnehin schwierig genug gewesen. Bedenken Sie die Kosten.«

»Aber wir können doch nicht einfach abwarten, bis der Mörder Liebermann umgeballert hat. Oder umgekehrt. Womöglich macht der saubere Herr Doktor einen auf Notwehr und wir tappen beim Motiv weiter im Dunkeln.«

»Das werden wir zu verhindern wissen«, erwiderte Pielkötter. »Besonders da ich voller Erstaunen einen gewissen Arbeitseifer bei Ihnen heraushören kann. Wir beide beschatten also Liebermanns Anwesen, ob er will oder nicht. Dabei wechseln wir uns ab.«

»Wie lange?« Barnowskis Miene drückte nun doch eine gehörige Portion Skepsis aus.

»Wie ich Liebermann schon gesagt habe: Der Mörder hat bislang immer an einem Dienstag zugeschlagen, daher rechne ich auch diesmal damit.«

»Bisher spricht jedenfalls einiges dafür.«

Barnowski hatte gerade zu Ende gesprochen, als die Ladentür von »Waffen Costa und Bullermann« erneut aufsprang. Diesmal trat tatsächlich Liebermann aus dem Geschäft heraus. Vorsichtig spähte er nach allen Seiten, dann lief er über die Straße direkt auf seinen Mercedes zu. Nichts deutete jedoch darauf hin, dass er eine Waffe erstanden hatte.

»Soll ich ihm weiter folgen?«

»Für heute haben wir genug erfahren«, erwiderte Pielkötter. »Fragen wir lieber in dem Laden nach.«

Immer noch gut hinter dem Passat versteckt, beobachteten sie, wie Liebermann den Wagen wendete.

Nachdem von dem schwarzen Mercedes nichts mehr zu sehen war, betraten sie das Waffengeschäft. Zwei Verkäufer standen hinter einem Tresen und unterhielten sich angeregt.

»Kriminalkommissariat Duisburg«, erklärte Pielkötter den verdutzten Männern und hielt ihnen seinen Dienstausweis hin. »Sie haben soeben einen Kunden bedient, für den wir uns brennend interessieren.«

Der jüngere Angestellte schaute sichtlich nervös zu seinem Kollegen.

»Wir haben uns nichts zuschulden kommen lassen«, erwiderte dieser.

»Warum sind Sie dann so aufgeregt?«, rutschte es Barnowski heraus.

»Schließlich haben wir nicht jeden Tag die Polizei im Laden.«

»Schon gut«, schaltete sich nun Hauptkommissar Pielkötter ein. »Uns geht es ja auch nur um den Kunden, der soeben dieses Geschäft verlassen hat. Wonach hat er genau gefragt?«

»Er wollte eine Pistole kaufen«, erklärte der Ältere der beiden. »Allerdings hatte er keinen Waffenschein. Deshalb konnten wir ihm die leider nicht verkaufen.«

»Wir halten immer die Vorschriften ein«, pflichtete sein Kollege ihm bei. »Können uns nicht leisten, dass der Laden wegen Unregelmäßigkeiten dichtgemacht wird.«

»Sie haben ihm also nichts verkauft.«

Die beiden Männer wechselten einen kurzen Blick. »Nichts ist auch nicht ganz korrekt.«

»Sondern?«, fragte Pielkötter und setzte eine Respekt einflößende Miene auf.

»Munition.«

»Aha!«, pfiff Barnowski durch die Zähne.

»Munition für ein Jagdgewehr. Schließlich ist das nicht verboten. Ein Gewehr haben wir ihm ja nicht verkauft.«

»Na, dann suchen Sie uns mal schleunigst den Verkaufsbeleg heraus.«

»Gern«, log der jüngere Verkäufer mehr als stümperhaft.

»Das Fabrikat steht auf dem Bon. Ich mache nur schnell eine Kopie für die Abrechnung. Schließlich muss die Kasse stimmen.«

Zum Glück stand der Kopierer auf einer kleinen Anrichte hinter dem Tresen, so dass Pielkötter den Vorgang einsehen konnte. »Gegebenenfalls kommen wir noch einmal auf Sie zurück«, erklärte er und nahm den Originalbeleg entgegen.

»Schönen Tag«, wünschte Barnowski, dann verließen sie den Laden.

»Bin mal gespannt, ob der für das Jagdgewehr einen Waffenschein hat.«

»Hauptsache, er bekommt keine Gelegenheit, damit zu schießen«, erwiderte Pielkötter trocken.

Barnowski schaute demonstrativ auf seine Armbanduhr und setzte den Feierabend-Blick auf.

»Also, ich könnte jetzt etwas Herzhaftes zwischen den Zähnen vertragen. Oder haben Sie was anderes vor?«

»Darf ich daraus schließen, dass Sie jetzt irgendwo einkehren möchten?«

»Wo wir schon mal in Rüttenscheid sind«, sagte Barnowski mit einem Lächeln, das wohl geeignet war, bei weiblichen Gesprächspartnern jeden Widerstand zu brechen. »Immerhin gibt es hier inzwischen eine beträchtliche Auswahl an netten Lokalen. Beispielsweise soll das Zucca eine sehr gute Küche haben. Ebenfalls das neue Zizou. Gaby hat dort neulich ihren monatlichen Mädelabend verbracht. War ganz begeistert von gefüllten Grießbrotschiffchen. Zudem ist die Einrichtung echt stylisch.«

»Und Sie meinen, heute verbringen dort andere nette Mädels ihre Zeit«, entgegnete Pielkötter wenig begeistert. »Aber ich denke, wir sollten uns auf unseren Fall konzentrieren.«

Montag, 23. Mai
10:00 Uhr

»Chef, welche Laus ist Ihnen denn über die Leber gelaufen?«, rutschte es Barnowski unbeabsichtigt heraus, als er Pielkötter mit einer missmutigen Miene, die selbst für ihn außergewöhnlich war, am Schreibtisch sitzen sah.

»Als ob wir nicht schon genug Probleme hätten. Jetzt bekommen wir auch noch ungebetenen Besuch«, antwortete Pielkötter, ohne seinem Mitarbeiter den Grund seines Unmuts wirklich zu verraten.

»Privat?«

Immer noch mit grimmigem Ausdruck winkte Pielkötter ab. »Ein Polizeipsychologe hat sich angemeldet. Verordnete Hilfe von oben. Als ob wir selbst keinen eigenen psychologischen Sachverstand hätten. Was glauben die eigentlich? Dabei ist das doch ein Grundpfeiler unseres Berufs. Zudem haben wir bereits einen Serienmörder ohne fremde Hilfe dingfest gemacht. Dass wir uns erst in der zweiten Woche der Ermittlungen befinden, sei nur am Rand erwähnt.«

»Na ja, am Ende der zweiten Woche.« Barnowski konnte es sich offensichtlich nicht verkneifen, an Pielkötters Wunde zu rühren. Der ging allerdings nicht darauf ein.

»Aber echte Hilfe enthält man uns natürlich vor, weil die etwas mehr kostet.« Wahrscheinlich hätte Pielkötter noch etliche Gründe gegen die Einmischung von außen vorgebracht, in diesem Moment jedoch klopfte es an der Tür.

»Herein«, brüllte er alles andere als freundlich.

»Hallo, Alvin Terstegen«, stellte sich der Polizeipsychologe nicht gerade eingeschüchtert vor. »Und Sie sind sicher Hauptkommissar Pielkötter?«

»Genau«, erwiderte dieser, ohne aufzustehen oder Terstegen gar die Hand hinzustrecken. »Und das hier ist mein Mitarbeiter Kommissar Barnowski. Der würde unserer kleinen Unterredung auch gerne beiwohnen.« Eigentlich hatte er nicht mit seinem Untergebenen darüber gesprochen, aber das war jetzt sein geringstes Problem.

Pielkötter bot Terstegen weder einen Stuhl noch einen Kaffee an, laut Barnowskis Miene ein weiterer Fauxpas. Und wenn schon, dachte Pielkötter, er hatte einfach keine Lust, sich zu verstellen und den Freundlichen oder gar Dankbaren zu mimen. Dieser Mann pfuschte eindeutig in seiner Arbeit herum. Zugegeben, auf Befehl von oben, das besserte seine Laune jedoch nicht.

»Nun, was wollten Sie uns also Spektakuläres über Serienmörder mitteilen?«, bemerkte er in leicht ironischem Ton, den Alvin Terstegen zu überhören schien oder einfach nur überhören wollte.

»In diesem Fall geht es ja nicht nur allgemein um Serienmörder«, erwiderte er freundlich, »sondern um die besonderen Details.«

»Die da wären?«

»Nun, soweit ich unterrichtet bin, wurden zwei Männer ähnlichen Alters, in ähnlicher sozialer Stellung mit einem Schwert ermordet. Und zwar durch einen Stich in den unteren Bauchbereich.«

»Was schließen Sie also daraus?«, fragte Pielkötter sichtlich genervt.

»Ehe ich genauer darauf eingehe, dürfen Sie mir gerne einen Kaffee anbieten«, erwiderte Terstegen trocken. Barnowski grinste, was Pielkötter noch eine Spur wütender machte.

»Kümmern Sie sich um den Kaffee«, herrschte er seinen Mitarbeiter an.

Während Barnowski sich in Richtung Kaffeeautomaten wandte, schien die Miene des Polizeipsychologen so etwas in der Art wie »nettes Betriebsklima hier« auszudrücken.

»Bis auf wenige Ausnahmen kann man Serientäter als Menschen mit schweren Persönlichkeitsstörungen klassifizieren«, erklärte Alvin Terstegen in dozierendem Ton. »Die psychischen Defekte sind gravierend.«

»Was Sie nicht sagen.« Inzwischen triefte Pielkötters Stimme vor Ironie.

»Ich glaube, Ihnen würde ein Kaffee auch ganz guttun«, bemerkte Terstegen, wobei sich seine Tonlage der von Pielkötter angepasste hatte. Als hätte Barnowski diese Wendung des Gesprächs geahnt, kam er mit zwei Tassen zurück.

»Kommen wir also zurück zu den Serientätern«, fuhr der Polizeipsychologe nach dem ersten Schluck versöhnlicher fort, während Barnowski sich nun selbst einen Becher besorgte. »Die meisten haben natürlich Schwerwiegendes erlebt, oft schon in der Kindheit, aber in den beiden vorliegenden Fällen deuten Waffe wie Todessart auf ein ganz schweres Trauma hin. Der Mörder oder die Mörderin fühlt sich innerlich tief verletzt. Ihm oder ihr geht es darum, diese Verletzung in gewisser Weise zurückzugeben.«

»Also eine Art Racheakt«, fuhr Pielkötter dazwischen.

»Wenn Sie es denn so nennen wollen. Jedenfalls wollte bei diesen Morden beispielsweise niemand einfach nur zwei lästige Geschäftspartner aus dem Wege räumen.«

Barnowski, der sich inzwischen wieder zu ihnen gesellt hatte, grinste und fing sich einen missbilligenden Blick seines Vorgesetzten ein. Unterdessen rieb Terstegen mit der linken Handfläche auf Pielkötters Schreibtisch herum, als gelte es, den möglichst blank zu polieren.

»Wieso sprachen Sie vorhin auch von einer Mörderin?«

»Im Zuge der Gleichberechtigung«, lachte Terstegen. »Oder schließen Sie einen weiblichen Täter in diesem Fall aus?«

»Nicht unbedingt. Die Waffe ist lang genug, um einen Nahkampf zu vermeiden. Zudem nutzt der Mörder - oder die Mörderin - wahrscheinlich den Überraschungseffekt.«

»Der Täter war auch nicht besonders groß«, schaltete sich nun Barnowski ein.

Wollte der sich jetzt auf die Seite dieser Psycho-Type stellen?, fragte Pielkötter sich und leitete seine nächste Frage mit einem Seitenhieb ein. »Bis jetzt haben Sie uns allerdings keine neuen Erkenntnisse verschafft. Trotzdem möchte ich noch einmal Ihre Meinung zu dem Dienstag als jeweiligen Tattag hören.«

»Sehr freundlich von Ihnen«, erwiderte Terstegen, leider nicht so distanziert, wie er es vermutlich gerne an den Mann gebracht hätte. Jedenfalls wirkte seine Miene zunächst ziemlich pikiert, aber er hatte sich schnell wieder im Griff, als er ausführte: »Die Wahl dieses Tages würde ich auf keinen Fall als Zufall werten. Entweder ergibt sich dienstags immer eine günstige Gelegenheit, beispielsweise hat die Partnerin des Täters dann Nachtdienst im Krankenhaus, oder aber der Tag hat eine besondere Bedeutung für den Täter. Wobei ich davon ausgehe, dass diese Bedeutung mit dem traumatischen Ereignis zusammenhängt, das letztendlich den Trieb zum Morden ausgelöst hat.«

»Genauso weit waren wir auch schon«, erwiderte Pielkötter. »Aber nett, dass Sie unsere Überlegung zusätzlich untermauern.«

Barnowski schlürfte an seinem Kaffee und schien das gebotene Schauspiel offenbar zu genießen.

»Noch zwei Fragen«, fuhr Pielkötter fort. »Wird der Täter, wenn überhaupt, wieder an einem Dienstag zuschlagen? Und warum fanden die beiden Morde so schnell hintereinander statt? Nach meiner Recherche im INPOL ist das sehr ungewöhnlich.«

»Anscheinend wissen Sie meinen Rat also doch zu schätzen«, erwiderte Alvin Terstegen mit süffisantem Lächeln. Pielkötter kommentierte das mit einem grimmigen Blick.

»Zunächst zu Ihrer ersten Frage: Die Wahrscheinlichkeit, dass der Täter wieder an einem Dienstag zuschlagen wird, ist wirklich sehr hoch. Und zur Ruhephase zwischen den Morden kann ich nur sagen, sie ist wirklich extrem kurz. Im Moment habe ich dafür nur eine Erklärung.« Terstegen legte eine kleine Kunstpause ein, die er sichtlich genoss, während sie die Kommissare einfach nur nervte. »Der Täter sieht in seinem Opfer eine potenzielle Gefahr. Anders ausgedrückt, er glaubt, das Opfer könne auch zum Täter werden und ihm selbst oder anderen schaden.«

»Interessant«, rutschte es Barnowski heraus, wobei er anscheinend unbewusst den Blickkontakt zu Pielkötter mied. Terstegen erhob sich, als wolle er Barnowskis Äußerung gerne als abschließendes Urteil im Raum stehen lassen.

Nachdem der Polizeipsychologe das Zimmer verlassen hatte, sah Barnowski seinen Chef schweigend an.

»So viel Neues hat der uns wahrlich nicht geboten«, erklärte Pielkötter. »Am meisten ärgert mich, dass man uns den auf den Hals hetzt, statt etwas mehr Druck auf den Staatsanwalt auszuüben.«

»Denken Sie dabei an die Observierung von Liebermann?«, fragte Barnowski mit hochgezogener Stirn.

»Ja, und an Hartmut Gabrillani. Am Wochenende hab ich mehrmals vergeblich vor seiner Tür gestanden. Bin extra nach Neudorf gefahren. Dort wohnt er in einer kleinen Mietskaserne, wo keiner seinen Nachbarn kennt. Jedenfalls konnte mir niemand eine genaue Auskunft geben. Ein jüngerer Mann hat immerhin eine Vermutung geäußert: Gabrillani sei wohl verreist. Ans Telefon geht unser Kandidat natürlich auch nicht.«

»Aber Sie wollen den Mann unbedingt möglichst schnell warnen?«

»Hoffentlich ist es noch nicht zu spät«, erwiderte Pielkötter ernst. »Am liebsten hätte ich mir Zutritt zur Wohnung verschafft, der Staatsanwalt jedoch sieht keine unmittelbare Gefahr. Anstatt uns zu unterstützen, schicken sie uns dann diesen Polizeipsychologen. Auf diese Unterstützung pfeife ich. In der Zeit, die wir hier verplempert haben, hätten wir längst recherchieren können, ob Gabrillani Angehörige hat. Vielleicht wissen die ja, wo er steckt.«

Barnowski schien zu grübeln. »Hoffentlich liegt Terstegen wenigstens mit seiner Einschätzung richtig.«

»Wie?«, fragte Pielkötter irritiert.

»Dass es einen fixen Wochentag für die Taten gibt. Wenn wir morgen einen Mord verhindern können, haben wir wieder eine Woche Zeit.«

»Aber bis dahin haben wir noch einiges zu tun«, bemerkte Pielkötter. »Sie überprüfen Liebermanns Alibi, und ich kümmere mich verstärkt um Hartmut Gabrillani.«

Montag, 23. Mai
15:00 Uhr

Zwei kichernde junge Frauen von knapp zwanzig Jahren kamen Barnowski auf dem Gang entgegen. Die rechte trug eine knallenge Jeans, die andere einen superkurzen Minirock. Ohne Make-up wären sie wahrscheinlich noch attraktiver gewesen.

Ein Zimmer im Schwesternwohnheim müsste man haben, überlegte Barnowski, wobei er einen letzten Blick auf die wohlgeformten Beine der Minirockträgerin warf. Während er nun zwei

Treppenstufen auf einmal nahm, summte er vor sich hin. Ludmilla Iwanowitschs Appartement in der zweiten Etage hatte er schnell gefunden. Gut gelaunt klopfte er an. Fast wäre ihm ein lautes »Wow« entfahren. Schwester Ludmilla war noch attraktiver als die beiden Damen im Treppenhaus. Mit einem schüchternen Lächeln auf den schön geschwungenen Lippen führte sie ihn herein. Das Einzimmerappartement war zwar winzig und mit bescheidenen Mitteln eingerichtet, dafür aber außerordentlich gemütlich.

»Ich hatte noch nie mit der Polizei zu tun«, erklärte Ludmilla mit einem Akzent, den Barnowski irgendwie herrlich fand. »Wenn Sie sich vorher nicht angemeldet hätten, was hätte ich da für einen Schrecken gekriegt.« Dabei rollte sie das R so sehr, dass Barnowski schmunzeln musste.

»Nun, ich denke, wir sind besser als unser Ruf«, antwortete er mit seinem, wie er hoffte, attraktivsten Lächeln. »Vor allem garantieren wir den Schutz jedes unbescholtenen Bürgers.«

Bei der haust du ganz schön auf den Rahm, dachte er insgeheim, aber wenn man so aussah wie diese Schwester mit den großen mandelförmigen, braunen Augen, dann hatte man das wahrlich verdient.

Ludmilla strich die schulterlangen, schwarzen Haare nach hinten. »Was also wollen Sie von mir wissen?«, fragte sie mit origineller Betonung.

»Es geht um den Abend des siebzehnten Mai, um die Nacht vom letzten Dienstag auf den Mittwoch. Soweit ich bereits unterrichtet bin, hatten Sie an dem fraglichen Datum Nachtdienst.«

»Ja, das ist richtig. Mein Dienst hat an diesem Tag um zweiundzwanzig Uhr begonnen.«

In Gedanken versunken hörte Barnowski nur mit halbem Ohr zu. Gerade stellte er sich vor, von Schwester Ludmilla an allen Körperstellen gewaschen zu werden. Nur krank dürfte man in so einem Moment wirklich nicht sein.

»Also wie üblich um zweiundzwanzig Uhr«, ließ er sich die Zeit lieber noch einmal bestätigen und rief sich zur Räson. »Haben Sie nach Antritt Ihres Dienstes Doktor Liebermann gesehen?«

Unwillkürlich schlug Ludmilla die Augen nieder. »Wie? Wie meinen Sie das?«, fragte sie sichtlich irritiert. Entweder hat die ein Verhältnis mit dem, was ich von seiner Seite durchaus verstehen könnte, überlegte Barnowski, oder der Typ hat sie unter Druck gesetzt.

»Doktor Liebermann hat ausgesagt, er sei an dem fraglichen Abend lange in seinem Büro gewesen. Können Sie das bestätigen?«

Ludmillas Miene wirkte mit einem Mal sehr unglücklich und weckte in Barnowski automatisch den Beschützerinstinkt.

»Sie können mir wirklich alles anvertrauen«, sagte er mit so viel Verständnis wie möglich in der säuselnden Stimme. »Wenn sich das irgendwie einrichten lässt, bleibt die Sache unter uns. Wichtig ist nur, dass Sie die Wahrheit sagen, besonders, wenn Sie noch nicht deutsche Staatsbürgerin sind.«

»Ich möchte meine Stelle nicht verlieren«, erklärte sie, nachdem sie eine Weile trübsinnig vor sich hingestarrt hatte.

»Heißt das, sofern Sie mir die Wahrheit sagen, glauben Sie, sähe es schlecht für Sie aus?«

»Bitte versprechen Sie mir, dass Sie mich nicht verraten.«

Barnowski nickte. Was sollte er angesichts der vielen rollenden R's auch anderes tun.

»Leider habe ich Doktor Liebermann an diesem Tag nicht gesehen. Vielleicht irrt er sich, und es war einfach der folgende Tag.«

»Aber Sie sind sich darin ganz sicher?«, fragte Barnowski besorgt.

»Hundertprozentig«, erwiderte Ludmilla mit einem Augenaufschlag, der Barnowskis Fantasie anregte. »Schwester Ilona hatte an diesem Tag Geburtstag. Bevor sie mich abgelöst hat, haben wir darauf angestoßen. Mit Sekt, obwohl das streng verboten ist. Mit Sekt und Orangensaft. Vor Aufregung habe ich etwas auf meinen Kittel geschüttet. Vielleicht war der hässliche Fleck die richtige Strafe.«

»Nun ja, so etwas Schlimmes haben Sie ja nun auch nicht angestellt«, versicherte Barnowski.

»Natürlich wollte ich mich umziehen, bevor jemand den Fleck sieht, aber dazu bin ich die ganze Nacht nicht gekommen. Ausgerechnet in dieser Nacht hatte ich pausenlos zu tun.«

»Und sind dabei Doktor Liebermann nicht in die Arme gelaufen?«, fragte Barnowski zur Sicherheit noch einmal nach.

»Zum Glück bin ich ihm nicht begegnet«, erwiderte Ludmilla schnell. »Mit dem beschmutzten Kittel hätte ich mich unendlich geschämt.«

Also Tee hat sie dem erst recht nicht gekocht, dachte Barnowski, obwohl er sich erinnerte, dass Liebermann davon gesprochen hatte. »Und warum fürchten Sie nun um Ihre Arbeitsstelle?«, fragte er laut. »Doch wohl nicht wegen des Schlückchens Sekt?«

»Bitte verraten Sie mich nicht«, wiederholte sie statt einer Antwort. »Doktor Liebermann ist ein mächtiger Mann im Klinikum.«

»Hat er Sie etwa gebeten auszusagen, Sie hätten ihn gesehen?«

Ludmilla seufzte, dann nickte sie.

Dieses miese Schwein, dachte Barnowski.

»Wenn es irgendwie möglich ist, wird er von Ihrer Aussage nichts erfahren. Sollte diese für eine Gerichtsverhandlung unbedingt nötig sein, werde ich Ihnen persönlich helfen, damit Sie Ihren Job nicht verlieren. Im Fall einer Verurteilung wäre der Liebermann sowieso nicht länger Chef. Also, Sie kommen aus der Sache so oder so mit heiler Haut heraus. Dafür verbürge ich mich.«

Ludmilla lächelte schüchtern. Schade, dass die Vernehmung zu Ende geht, dachte Barnowski. Ein Bedauern, das großen Seltenheitswert hatte.

Erst nachdem sie ihn mit einem strahlenden Augenaufschlag verabschiedet hatte, fiel ihm auf, dass sie ihm nicht einmal etwas angeboten hatte, zumindest kein Getränk.

Dienstag, 24. Mai
9:00 Uhr

Während Pielkötter den Dienstwagen in Neudorf unweit des Hauptbahnhofs direkt vor Hartmut Gabrillanis Wohnung parkte, dachte er noch einmal an Liebermanns geplatztes Alibi. Über die Bedeutung gingen Barnowskis und seine Meinung ein wenig auseinander. Okay, mit einem stichfesten Alibi wäre Doktor Liebermann hundertprozentig als Täter aus dem Rennen gewesen. Der Umkehrschluss galt allerdings nicht. Sein Untergebener maß diesem Täuschungsmanöver seines Erachtens zu viel Bedeutung bei. Der Kauf der Munition passte einfach nicht zu der Täterschaft.

Bei Gabrillani sah der Fall dagegen ganz anders aus. Entweder schwebte er in akuter Lebensgefahr oder er selbst war der Mörder. Zumindest konnte sich Pielkötter kaum vorstellen, dass dieser Mann in Bezug auf die Mordfälle vollkommen unbeteiligt war. Höchste Zeit, ihm endlich persönlich gegenüberzustehen, um sich ein Bild von ihm zu machen. Wenn es nach ihm gegangen wäre, hätte er Gabrillani längst zur Fahndung ausgeschrieben und sich natürlich Zutritt zu seiner Wohnung verschafft. Leider hatte er die entscheidenden Stellen trotz mehrmaliger Versuche nicht von der Dringlichkeit überzeugen können. Zwar hatte er inzwischen die Adressen und Rufnummern von Hartmut Gabrillanis Kindern ausfindig gemacht, aber bisher keinen der drei ans Telefon bekommen. Sofern sein erneuter Versuch, mit dem Mann selbst in Kontakt zu treten, wieder nicht erfolgreich war, musste er die Recherche ausdehnen. Notfalls würde er die Nachkommen zu Hause oder an ihrer Arbeitsstelle aufsuchen.

Missmutig stieg Pielkötter aus dem Wagen und lief zu dem Haus. Gabrillanis Wohnung lag zusammen mit drei weiteren Wohneinheiten im dritten Stock. Neben allen anderen Nachbarn, die ihm nichts über Gabrillani hatten angeben können, hatte er auch zwei Parteien dieser Etage befragt. Nur eine Mieterin stand noch aus.

Nachdem er wieder einmal vergeblich bei seinem möglichen Opfer oder Täter geklingelt hatte, versuchte er es bei Sandra Willig nebenan. Zu seinem Erstaunen öffnete sich wenig später die Tür. Im Rahmen erblickte er eine etwa fünfzigjährige Frau mit kurz geschnittenen, schwarzen Haaren. Ihre Augen lagen eine Spur zu weit auseinander. Dafür hatte sie einen hübschen Mund und gebräunte Haut.

»Oh, Sie sind schon oben«, sagte die Frau erschrocken. Eilig hielt Pielkötter ihr seine Dienstmarke hin. Trotzdem machte sie keine Anstalten, ihn in ihre Wohnung zu lassen.

»Ich versuche seit Tagen, Ihren Nachbarn Herrn Gabrillani zu erreichen«, erklärte Pielkötter.

»Da haben Sie leider auch in Zukunft kein Glück«, erwiderte die Nachbarin mit seltsamer Miene. »Herr Gabrillani ist tot.«

Um ein Haar wäre Pielkötter die Dienstmarke aus der Hand gefallen. Mit dieser Aussage hatte er wahrlich nicht gerechnet. Die Angst, versagt zu haben, breitete sich unaufhaltsam in seinem Inneren aus. »Tot?«

»Ja, leider«, antwortete Sandra Willig. »Habe es auch erst gestern Abend erfahren. Ich bin von einer Reise zurückgekehrt, und da lag der Totenbrief in der Post. Heute Morgen ist übrigens die Beerdigung. Schade. Ich wäre gerne mitgegangen, aber so kurzfristig schaffe ich das nicht.«

»Er wird heute schon beerdigt?«, fragte Pielkötter ungläubig.

»Wahrscheinlich ist das ja auch kein Fall für die Kriminalpolizei«, platzte die Nachbarin in seine Gedanken.

»Es sei denn, er ist keinen natürlichen Tod gestorben.«

»Was wollen Sie damit andeuten? So etwas anzunehmen, ist absurd. Der Mann war doch lange schwer krank. Wissen Sie das nicht?«

Pielkötter schüttelte immer noch ungläubig den Kopf.

»Er hat schon lange im Krankenhaus gelegen. Knochenkrebs im Endstadium. Alle haben mit seinem baldigen Tod gerechnet.«

»Aber hier im Haus sind Sie offensichtlich die Einzige.«

»Nun ja, untereinander haben wir hier wirklich kaum Kontakt«, erklärte sie nachdenklich. »Außer mir hat Herrn Gabrillani wohl auch keiner im Krankenhaus besucht. Abgesehen von seinen drei Kindern natürlich.«

»Wann und wo sagten Sie, findet die Beerdigung statt?«

»Falls Sie mögen, gebe ich Ihnen die Todesanzeige mit.«

Ehe er etwas erwidern konnte, verschwand sie hinter der Tür. Kaum zwei Sekunden später kehrte sie mit der Anzeige zurück, die offensichtlich noch in der Diele gelegen hatte. Pielkötter nahm sie entgegen und warf einen neugierigen Blick darauf. Anschließend bedankte er sich und verließ eilig das Haus.

Auf dem Weg zum Alten Friedhof in Neudorf rief er Barnowski an. »Hartmut Gabrillani ist tot«, schrie er unpassend laut ins Handy. »Die Beerdigung findet heute statt. Um elf Uhr am Alten Friedhof in Neudorf, Sternbuschweg. Am besten lassen Sie alles stehen und liegen und kommen direkt dort hin. Wir treffen uns dann am Haupteingang.« Ehe sein Untergebener noch etwas erwidern konnte, beendete er das Gespräch und stieg in den Wagen.

Als Pielkötter nach etwa einer halben Stunde Fahrt am Friedhof vorbeifuhr, sah er Barnowski schon an der Pforte zum Haupteingang stehen. Leider dauerte es noch einige Flüche, bis er endlich einen Parkplatz genau hinter einem alten R4 gefunden hatte. Pielkötter lächelte für einen kurzen Augenblick. So einen Wagen hatte er früher auch gefahren, während der Ausbildung, nur nicht in Schwarz. Wahrscheinlich gab es ursprünglich nicht einmal schwarze R4s, aber an dem Wagen war offensichtlich nicht nur die Farbe neu. Ein Liebhaber investierte da so manch einen Euro. Ob der Renault wohl irgendjemandem von der Trauergemeinde gehörte?

»Das ist ja echt ein Ding«, begrüßte ihn Barnowski, nachdem Pielkötter zum Haupteingang zurückgelaufen war. »Wieso wussten wir nichts davon?«

»Wahrscheinlich weil wir die Adresse von Hartmut Gabrillani aus dem Telefonbuch haben und nicht vom Einwohnermeldeamt«, erwiderte Pielkötter vorwurfsvoll.

»Zumindest scheint er nicht ermordet worden zu sein, sonst wären wir garantiert informiert worden.«

»Für mich sieht das jedenfalls nicht nach Zufall aus. Gleich drei tote Kameraden innerhalb von zwei Wochen.«

»Nicht einmal«, verbesserte Barnowski. »Schließlich ist Gabrillani schon vor einigen Tagen gestorben, wenn er jetzt beerdigt wird. Und heute haben wir wieder Dienstag. Seltsam, nicht?«

»In gewisser Weise, aber ich glaube nicht, dass der Mörder Einfluss auf den genauen Tag der Beerdigung hat.«

»Hauptsache, ihm reicht dieses Ereignis für diese Woche.«

»Darauf würde ich mich nicht verlassen«, erklärte Pielkötter ernst. »Deshalb werden wir Liebermann, den letzten aus der Runde, ab heute Abend bis morgen früh observieren.«

»Dienstagnacht sterbe ich sowieso immer fast vor Langeweile«, erwiderte Barnowski und verzog das Gesicht.

»Gehen wir zur Kapelle. Es ist bald soweit.«

Schweigend liefen sie den Hauptweg entlang an etlichen mehr oder weniger gut gepflegten Gräbern vorbei. Eine sehr überschaubare Menschenmenge hatte sich bereits vor der Kapelle versammelt. Pielkötter zählte mit dem Pfarrer genau acht Personen. Anscheinend war Hartmut Gabrillani bei seinen Mitmenschen nicht unbedingt beliebt. Drei Kinder, nach dem Alter der anderen Anwesenden zu urteilen ohne Anhang, ein bis zwei Leute vom Beerdigungsinstitut, da blieben nur wenige andere Trauergäste übrig.

Während es plötzlich zu regnen begann, führte der Pfarrer die winzige Trauergemeinde in die Kapelle hinein. Neugierig lauschte Pielkötter der Ansprache des Geistlichen. Auf die ohnehin spärlichen Lobeshymnen kam es ihm nicht sonderlich an, eher auf die erwähnten Trauernden. Demnach hatte Hartmut Gabrillani weder Enkelkinder noch Schwiegersöhne- oder töchter. Seltsam, überlegte Pielkötter, aber dann fiel ihm unwillkürlich seine eigene familiäre Situation ein. Immerhin hatte der Tote drei Kinder, und er hingegen nur einen einzigen Sohn.

Nach dem Trauergottesdienst warf Pielkötter einen neugierigen Blick auf die beiden Kränze, die die Männer vom Beerdigungsinstitut auf den Sarg gelegt hatten. »Ein letzter Gruß von Deinen Kindern Belinda, Sina und Thomas«, las er. Der zweite Kranz war von drei Doppelkopfbrüdern, von denen offensichtlich nur einer anwesend war. Die Blumenbouquets stammten wahrscheinlich von den beiden Frauen, die etwa in Pielkötters Alter waren.

»Seltsame Feier«, raunte ihm Barnowski zu, während der Trauermarsch sich in Bewegung setzte. »Also, so ein unspektakulärer Abgang wäre nichts für mich. Viel schlimmer aber noch finde ich die Vorstellung, wie mickrig dieses Leben ausgesehen haben muss.«

»Bekanntlich zieht es den Täter ja magisch zur Beerdigung seines Opfers hin«, erwiderte Pielkötter. »Können Sie sich hier einen der Anwesenden als den Mörder vorstellen?«

»Ich denke, der ist nicht ermordet worden«, wunderte Barnowski sich über die Frage.

»Natürlich nicht, aber er hätte das nächste Opfer sein können, wäre er nicht vorher gestorben. Also, sehen Sie hier jemanden, der gekommen sein könnte um zu sehen, was ihm entgangen ist?«

»Immerhin kämen dann, abgesehen vom Pfarrer, nur acht Personen infrage«, wich Barnowski einer direkten Antwort aus. »So viel Glück haben wir selten.«

Während der Sarg nach dem Trauermarsch in die Erde gesenkt wurde, blieben sie im Hintergrund. Offensichtlich hatten Gabrillanis Kinder ihre Gefühle ziemlich unter Kontrolle. Zwar wirkten ihre Mienen wie versteinert, Tränen jedoch liefen nicht.

»Eine Nachfeier mit Kaffee und Kuchen ist hier bestimmt nicht geplant«, vermutete Barnowski.

»Das scheint mir auch so. Es stand auch nichts davon in der Todesanzeige, die mir seine Nachbarin netterweise überlassen hat.«

Als die beiden älteren Frauen sich vom Grab entfernten, gab Pielkötter Barnowski ein Zeichen und eilte hinter ihnen her. Etliche Gräber weiter hatte er die beiden eingeholt.

»Hauptkommissar Pielkötter«, erklärte er, »entschuldigen Sie bitte die Störung, aber ich habe da einige Fragen an Sie.«

»An uns?«, fragte eine der Damen erstaunt. Die andere mit rot verweinten Augen dagegen blieb stumm.

»Vielleicht können wir uns dazu in ein Café hier in der Nähe setzen«, schlug Pielkötter vor. »Oder sind Sie gerade auf dem Weg zur Nachfeier?«

Wie auf Kommando schüttelten beide den Kopf. »Nein, die gibt es nicht«, erklärte nun die Frau mit den geröteten Augen. Tiefes Bedauern lag in ihrer Stimme.

Unterdessen hatte Barnowski ebenfalls den Hauptgang erreicht und wedelte mit einem Zettel herum. »Habe mir Namen und Adresse des Doppelkopfpartners notiert. Der muss gleich zu seiner Arbeit zurück, aber danach kommt er ins Präsidium.«

Pielkötter ließ sich zu einem kurzen »Gut« hinreißen.

In einem der wenigen Cafés in Neudorf setzten sie sich an einen der hinteren Tische, die nicht gerade von anderen Gästen umlagert waren. Gleich nachdem sie ihre Bestellung aufgegeben hatten, begann Pielkötter mit der Befragung.

»Fangen wir gleich mit Ihnen an«, wandte sich Pielkötter an die Dame mit den roten Augen. »Abgesehen von Ihren Personalien wüsste ich gerne, in welchem Verhältnis Sie zu dem Toten gestanden haben.«

»Sieglinde Lobris«, stellte sie sich vor. »Ich kenne Hartmut von früher.« Dabei füllten sich ihre Augen wieder mit Tränen. »Wir. Also, wir hatten mal eine intime Beziehung. Aber das ist schon sehr lange her.«

»Und Sie haben seitdem trotzdem Kontakt gehalten?«

Leise schniefte sie in ein kleines weißes Stofftaschentuch mit gehäkelter Spitze. »Nein, nein, wir haben uns jahrelang nicht gesehen.«

»Und woher wussten Sie dann von der Beerdigung?«

»Ich habe die Todesanzeige zufällig in der Zeitung gelesen.«

Pielkötter und Barnowski wechselten einen kurzen Blick. »Vielleicht sollten wir im Präsidium öfter einmal Zeitung lesen«, entfuhr es Barnowski.

»Wussten Sie auch von der Beisetzung aus der Presse?«, wandte sich Pielkötter an die zweite Frau.

»Nein, Thomas Gabrillani, sein Sohn, hat mich informiert. Einen Totenbrief habe ich natürlich auch bekommen. Ich bin übrigens Monika Schelke und habe bei dem Toten die Wohnung sauber gemacht. Eigentlich habe ich das nicht nötig, aber der Mann tat mir irgendwie leid.«

»Dann können Sie sicher bestätigen, dass er schon länger krank war und schon eine Weile im Krankenhaus lag.«

»Ja, Herr Gabrillani hat zig Krankenhausaufenthalte hinter sich. Ab und zu war er mal wieder einige Zeit draußen. Zum Schluss hat er jedoch wochenlang nur noch gelegen. Obwohl wir uns nicht gerade nahestanden, habe ich ihn zweimal in der Klinik besucht.«

»Wieso fragen Sie uns das eigentlich alles?«, schaltete sich unvermittelt Sieglinde Lobris ein.

»Zwei seiner ehemaligen Schulkameraden sind ermordet worden.«

Automatisch führte die Frau ihre Hand vor den halb geöffneten Mund. »Ermordet?«, fragte sie nach einigen Sekunden ungläubig.

»Zu denen unterhielt der doch bestimmt keinerlei Beziehung mehr«, erklärte Monika Schelke. »Jedenfalls hatte der keine richtigen Freunde. Selbst die Doppelkopfbrüder habe ich ihm besorgt. Mein Cousin spielt in dem Club. Als einer der Herren weggezogen ist, da habe ich sofort an Herrn Gabrillani gedacht und den Kontakt hergestellt.«

Bis alle ihren Kaffee beziehungsweise Cappuccino ausgetrunken hatten, stellten Barnowski und Pielkötter noch einige Fragen, aber die Antworten der Frauen gaben nicht gerade viel her. Nichts deutete auf einen Mord an Gabrillani hin. Allerdings hatten sie sich die Namen seiner Kinder notiert und die Telefonnummer von Thomas Gabrillani erfahren. Pielkötter brannte geradezu darauf, die drei zu vernehmen, nur die Pietät hielt ihn an diesem Tag zurück.

Mittwoch, 25. Mai
8:30 Uhr

Mit Sehschlitzen, die nur sehr entfernt an wache Augen erinnerten, schlich Pielkötter zum Kaffeeautomaten. Wieso hatte ihm eine durchgearbeitete Nacht früher nichts ausgemacht? »Kommst in die Jahre, alter Junge«, sagte er leise zu sich selbst. Unwillkürlich verzog er das Gesicht.

Leider war alle Mühe vergebens gewesen. Der Mörder hatte sich nicht bei Liebermann blicken lassen, und der gute Doktor hatte gegen acht Uhr ausgeschlafen seine Villa verlassen. Als einziger Trost blieb ihm, dass es Barnowski trotz seiner Jugend heute auch nicht wesentlich besser ging als seinem Chef.

Während Pielkötter sich die vierte Tasse Kaffee an diesem Morgen einschenkte, fiel ihm die Vernehmung des Doppelkopfbruders von Hartmut Gabrillani ein. »Was hat die Befragung von Jürgen Klausner ergeben?«

»Kaum mehr als die der beiden Damen von der Beerdigung«, erwiderte Barnowski. »Wollen Sie den Originalton von Klausner hören?« Barnowski wartete Pielkötters Zustimmung erst gar nicht ab. »Gezz ma ganz ohne Scheiß, Tote soll man bekanntlich ja nix Schlechtes nachsagen. Der Hartmut war so'n ganz seltsamen Heini, irgendwie meschugge war der. Und mit Geselligkeit, ne, damit hatte der nix am Hut. Also für unseren Verein war der so'n Zwischending zwischen Notlösung und Supergau, wenn Se verstehen, wat ich mein? Also, deshalb sind die andern von unsere Runde nich zu die Beerdigung gekommen. Nur mir hat der Hartmut irgendwie leid getan. Wegen der Krankheit, aber auch so. Schließlich hat der sich doch auch nich selbs gemacht.«

»Sie haben also nicht in Erfahrung bringen können, ob der Kartenspieler von irgendwelchen Feinden Gabrillanis wusste?«

»Beim besten Willen nicht«, entgegnete Barnowski. »Dafür habe ich aber etwas Interessantes über unseren ehrenwerten Doktor Liebermann herausgefunden. Der Mann hat keinen Waffenschein, auch nicht für ein Jagdgewehr passend zu der gekauften Munition.«

»Wie zu erwarten war«, gab Pielkötter zurück. »Viel aufschlussreicher ist sowieso die Frage, was er mit dem Gewehr anzustellen gedenkt.«

»Zunächst bin ich nur froh, dass das in der gestrigen Nacht nicht zum Einsatz gekommen ist. Und wenn wir dem Polizeipsychologen unseres Vertrauens glauben dürfen, haben wir jetzt erst einmal bis zum nächsten Dienstag Ruhe.«

Donnerstag, 26. Mai
15:00 Uhr

Missmutig lief Pielkötter die geschwungene Auffahrt hoch, die im Halbkreis zum Hauptportal des Krankenhauses hinaufführte. Oben angekommen wurde ihm wieder einmal bewusst, wie sehr er Krankenhäuser hasste. Nun, dort einen Arzt zu vernehmen, gehörte sicher noch zu den angenehmsten Gründen für einen Aufenthalt.

Die für seinen Geschmack etwas zu aufgetakelte Dame am Empfang legte in Zeitlupentempo ein gerade begonnenes Sudoku zur Seite und schaute ihn unfreundlich an.

»Ich möchte zu Doktor Marbach«, erklärte Pielkötter ärgerlich.

Unwillig runzelte die Frau die Stirn. Vielleicht fragten die meisten Besucher nach einem Patienten und kaum nach einem Arzt. Vor allem nicht nach einem ganz bestimmten.

»Ich bin mit Doktor Marbach verabredet«, erwiderte Pielkötter mit einem selten süffisanten Grinsen und hielt ihr seine Dienstmarke hin.

»Ja, wenn das so ist«, entgegnete die Dame, was fast nach einer Art Entschuldigung klang. Augenblicklich überzog sich ihr Gesicht mit einer zusätzlichen Röte. Dabei ist das Lösen von Sudokus doch nicht polizeilich verboten, lachte Pielkötter innerlich.

»Station 3D in der dritten Etage«, erteilte sie ihm nun beflissen die gewünschte Auskunft. »Gehen Sie den Gang entlang bis zum Ende. Dann wenden Sie sich nach links. Rechter Hand befinden sich die Aufzüge. Oben wenden Sie sich wieder nach links. Das Ärztezimmer befindet sich etwa in der Mitte von Station 3D.«

Warum nicht gleich so, hätte Pielkötter am liebsten geantwortet, aber stattdessen bedankte er sich.

Das Ärztezimmer der Station zu finden war wirklich nicht schwer. Allerdings öffnete niemand, obwohl er mehrmals laut angeklopft hatte. Als er sich nach Hilfe suchend umsah, rannte gerade eine korpulente Krankenschwester mit einer Brechschale an ihm vorbei.

»Halt«, rief Pielkötter mit im letzten Moment gedämpfter Lautstärke. »Ich möchte zu Doktor Marbach.«

»Wahrscheinlich steht der noch im OP«, erwiderte die Krankenschwester und ließ ihn einfach stehen. Mit wenigen Sätzen holte er sie ein und versperrte ihr wütend den Weg. Aufgebracht hielt er ihr seine Dienstmarke hin. »Ich bin Hauptkommissar Pielkötter und ermittle in einer Serie von Mordfällen.«

»Deshalb kann ich Doktor Marbach trotzdem nicht so ohne Weiteres aus dem OP herausholen. Sonst gibt das nachher zusätzliche Tote, und das wollen wir doch nicht.«

Pielkötter schnaubte. Diese Krankenschwester hatte ihm gerade noch gefehlt und dieses vertrauliche »Wir« brachte ihn zusätzlich auf die Palme. Nicht auszudenken, jemals einer Person wie dieser krank und schutzlos ausgeliefert zu sein. Ehe er seine Wut jedoch vollständig entladen konnte, eilte ein etwa vierzigjähriger Mann mit dunklem Vollbart und wehendem weißen Kittel heran.

»Kommissar Pielkötter?«, fragte er, obwohl er noch einige Meter Abstand zurückzulegen hatte.

Pielkötter nickte.

»Doktor Marbach. Entschuldigen Sie die kleine Verspätung. Ein dringender Fall. Ich wurde kurzfristig zu einem neuen Patienten gerufen.«

Von wegen OP, dachte Pielkötter. Aber diese Ausrede hatte er der unfreundlichen Krankenschwester sowieso nicht geglaubt.

»Kommen Sie mit ins Ärztezimmer«, fuhr Doktor Marbach fort und hielt ihm die Tür auf.

Der Raum war noch viel kleiner als Pielkötters eigenes Büro. Abgesehen von ein paar hohen weißen Aktenschränken sowie einem Sideboard mit Drucker gab es nur einen Schreibtisch mit Computer und einen kleinen, runden Tisch mit drei nicht gerade bequem wirkenden Stühlen. Doktor Marbach deutete Pielkötter an, genau dort Platz zu nehmen.

»Sie haben ja bereits am Telefon angedeutet, dass Sie Fragen zu dem Patienten Hartmut Gabrillani haben, der am 19. Mai auf unserer Station verstorben ist.«

»Wir ermitteln in zwei Mordfällen, die mit Gabrillani in Zusammenhang stehen«, erklärte Pielkötter und hielt dem Arzt zur Sicherheit noch einmal seine Dienstmarke hin.

»Mordfälle?«, fragte der Arzt sichtlich erstaunt. »Aber was hat der verstorbene Patient damit zu tun?«

»Genau das wüsste ich gern, und mit etwas Glück können Sie mir helfen, Licht in die Angelegenheit zu bringen.«

Marbachs Miene verriet Unverständnis.

»Also zwei Schulkameraden von Hartmut Gabrillani sind innerhalb einer Woche ermordet worden«, fuhr Pielkötter fort. »Der letzte Mord geschah wenige Tage bevor Gabrillani selbst verstarb. Da fällt es mir wahrlich schwer, an einen Zufall zu glauben.«

»Aber Herr Gabrillani ist eines natürlichen Todes gestorben«, wandte Marbach erregt ein.

»Zugegeben, im Krankenhaus ein naheliegender Schluss, besonders dann, wenn kein äußeres Anzeichen von Gewalt auf etwas Anderes hindeutet.«

»Dieser Patient ist auf keinen Fall ermordet worden. Was hätte das auch für einen Sinn gemacht? Der Mann war todkrank. Knochenkrebs im Endstadium. Eigentlich haben wir schon viel früher mit seinem Ableben gerechnet. Warum sollte man einen Menschen ermorden, der ohnehin innerhalb der nächsten Stunden oder Tage stirbt? Es sei denn aus Nächstenliebe. Aber dieses Motiv haben Sie sicher nicht in Ihrem Programm.«

»Zumindest ist mir persönlich solch ein Fall bisher noch nicht untergekommen.«

»Einen Moment bitte«, sagte Doktor Marbach und verschwand plötzlich aus dem Raum, ehe Pielkötter sich äußern konnte. Irritiert sah er dem Davoneilenden hinterher. Hatte ihn etwa ein Beeper durch Vibrationsalarm aufgescheucht? Hoffentlich taucht der Arzt bald wieder auf, dachte Pielkötter verärgert. Schließlich hatte er zu viel zu tun, um lange untätig in diesem steril wirkenden Raum mit den kahlen weißen Wänden herumzusitzen. Nicht einmal ein einziges Bild hing dort. Obwohl ihn Bilder nicht sonderlich interessierten, fiel ihm dieses Detail seltsamerweise auf. Pielkötters Blutdruck schien gerade eine rote Linie zu überschreiten, da kehrte der Arzt zurück.

»Ich habe veranlasst, dass man Hartmut Gabrillanis Krankenakte ins Arztzimmer bringt«, erklärte er. »Das wird ein paar Minuten dauern. Leider war die Akte nicht mehr auf der Station.«

»Bis dahin können wir einige Fragen klären«, erwiderte Pielkötter immer noch etwas verärgert. Die Akte hätte längst vorliegen können, schließlich hatte er sich angekündigt.

»Hatte der Patient an seinem Todestag Besuch?«

»Leider weiß ich darüber nicht Bescheid. Da müssten Sie am besten bei den Schwestern nachfragen.«

»Sie selbst haben an besagtem Tag also niemanden bei ihm gesehen«, stellte Pielkötter zur Sicherheit noch einmal fest. »Bekam er denn sonst Besuch, haben Sie jemals mit Angehörigen gesprochen?«

»Falls ich mich recht erinnere, hatte der Patient mehrere Kinder. Mit einem Sohn habe ich mich länger unterhalten. Und einmal habe ich ihn ziemlich verstört aus dem Zimmer kommen sehen. Das war aber einige Zeit vor Herrn Gabrillanis Tod, kurz nach dem ausführlichen Gespräch.«

Als es an der Tür klopfte, unterbrach Doktor Marbach sich. Eine junge Frau ohne Schwesternkleidung streckte ihren Kopf mit einem flammend roten Haarschopf zur Tür herein. »Hier sind die gewünschten Unterlagen.«

Eilig sprang der Arzt auf und nahm die Akte in Empfang. Er kehrte zu Pielkötter zurück und blätterte darin herum. »Möchten Sie auch die Röntgenbilder sehen? Daran kann ich Ihnen genau erklären, warum ein Mord völlig absurd und sinnlos gewesen wäre.«

»Eine Kopie von allen Unterlagen würde mir wirklich reichen.«

»Ist das denn rechtens, dass ich die persönlichen Berichte über einen Patienten herausgebe?« Doktor Marbach wirkte wenig begeistert bis skeptisch.

»Natürlich können wir auch einen richterlichen Beschluss abwarten«, erwiderte Pielkötter mit einem siegessicheren Lächeln.

»Allerdings gehe ich davon aus, das Krankenhaus bevorzugt so geringen Wirbel wie möglich. Und wenn die Presse erst einmal erfahren hat, dass der Freund zweier Mordopfer in derselben Woche in Ihrem Haus verstorben ist, gibt es für die kein Halten mehr. Zudem eilt die Sache. Schließlich können wir kaum riskieren, dass der Täter womöglich ein weiteres Mal zuschlägt.«

»Sie haben mich überzeugt«, gab sich Doktor Marbach unerwartet schnell geschlagen. »Übrigens, wo Sie gerade die Presse erwähnen. Ich glaube, ich habe von den beiden Morden in der Zeitung gelesen. Allerdings stand da etwas von Rache als möglichem Motiv. Wenn Sie mich fragen, ist das nur ein zusätzliches Indiz dafür, dass Herr Gabrillani auf keinen Fall umgebracht wurde.«

Pielkötter runzelte die Stirn.

»Mit einem schnellen Tod hätte der Täter diesem Patienten wirklich nur einen Gefallen getan. Rache sieht anders aus. Dann hätte man den an alle lebenserhaltenden Maschinen hängen müssen, damit hätte man ihm wirklich geschadet.«

»Keineswegs abwegig, Ihre Theorie«, bemerkte Pielkötter. »Trotzdem kann es nicht schaden, wenn unser Rechtsmediziner einen Blick in die Unterlagen wirft. Schließlich kann der Sie nur entlasten. Ich denke, auf eine Exhumierung können wir in diesem Fall auch verzichten.«

»Am besten, ich kopiere die Berichte direkt hier im Ärztezimmer. In der Zwischenzeit können Sie mit der Stationsschwester wegen der Besucher reden.«

»Mir wäre es lieb, wenn Sie die Dame hierher bitten würden«, erwiderte Pielkötter, da er Doktor Marbach nicht mit der Krankenakte alleinlassen wollte. Wahrscheinlich eine überzogene Vorsichtsmaßnahme, dennoch konnte ein gewisses Misstrauen in seinem Beruf nie schaden.

Der Arzt stutzte kurz, doch dann zog er sein Handy hervor. Wenige Augenblicke später betrat die resolut wirkende Krankenschwester von vorhin das Zimmer.

»Schwester Corinna, ich bin die leitende Stationsschwester«, stellte sie sich zu Pielkötters Erstaunen nun in äußerst freundlichem Tonfall vor.

»Meinen Namen und meinen Beruf kennen Sie ja bereits«, entgegnete Pielkötter. »Mich interessieren die Besucher von Herrn Gabrillani.«

»Armer Mann, nicht nur wegen der Krankheit«, antwortete sie nachdenklich. »Der hat sich ein paar Mal bei mir ausgeheult. Drei Kinder hatte er. Einen Sohn und zwei Töchter. Erst ist keiner zu Besuch gekommen, aber dann habe ich den Sohn informiert. Herr Gabrillani hat mich darum gebeten. Danach war der öfter an seinem Krankenbett. Eine der Töchter hat ihn vielleicht einmal besucht, die andere hat sich nie hier blicken lassen. Das hat ihn sehr getroffen. Und seine Frau war wohl schon lange tot.«

»Weiteren Besuch hatte er nicht?«

»Doch, soweit ich mich erinnere, war einmal eine Nachbarin bei ihm.«

»Und am Tag, als Herr Gabrillani gestorben ist? Um welche Uhrzeit er genau gestorben ist, wäre natürlich auch extrem wichtig.«

»Am späten Morgen, um fünf nach elf«, schaltete sich nun Doktor Marbach wieder ein. Er las es von einem Blatt ab, das er bereits kopiert hatte. »Schwester Corinna war übrigens dabei, deshalb haben wir die exakte Todeszeit.«

»Und an dem Morgen hatte Herr Gabrillani vorher keinen Besuch«, kam Schwester Corinna auf seine Frage zurück. »Da bin ich todsicher. Sein Sohn war noch am Nachmittag des Vortages da. Der war ziemlich beunruhigt, wegen einer Geschäftsreise. Wir wussten ja alle, dass es mit dem Patienten jederzeit zu Ende gehen konnte. Natürlich hat er befürchtet, sein Vater würde vor Ende der Geschäftsreise sterben. Genauso ist es ja dann auch gekommen. Tatsächlich hat der Sohn den großen Abschied um wenige Stunden verpasst. Tragisch.«

»Eigentlich hätten in diesem Fall die Töchter einspringen können«, entgegnete Pielkötter nachdenklich.

»Offensichtlich hatten die aber wohl nicht gerade das beste Verhältnis zu dem Patienten«, erwiderte Schwester Corinna. »Einmal hat er mir erzählt, er sei kein guter Vater gewesen. Nun ja, alles ist relativ.«

»Haben Sie sonst etwas Ungewöhnliches bemerkt?«, fragte Pielkötter zum Abschluss. »In Bezug auf den Krankheitsverlauf, den Sterbevorgang oder ganz allgemein?«

»Außer dass sich die Töchter nicht um ihn gekümmert haben … nein, eigentlich nicht. Das kommt übrigens häufiger vor, als man annehmen möchte. Dass der so ein schlechter Vater gewesen sein soll, das traue ich Herrn Gabrillani nicht wirklich zu. Aber letztlich weiß man es ja nicht, wir waren ja nicht dabei, wie es so schön heißt.«

Pielkötter nickte ihr bestätigend zu und erhob sich. »Ach ja, noch eine letzte Frage. Hatte Herr Gabrillani einen Narbenkreis auf der Brust? Einen mit tätowierten Buchstaben in der Mitte?«

Beide sahen ihn erstaunt an.

»Ist mir nicht aufgefallen«, erwiderte Doktor Marbach.

»Ich weiß auch nichts davon«, antwortete Schwester Corinna, »aber ich habe ihn ja auch nie gewaschen. Wenn Sie wollen, kann ich gerne eine der Schwestern danach fragen.«

»Tun Sie das.« Nach einem tadelnden Blick aus ihren Augen fügte Pielkötter eilig das Wort »bitte« hinzu.

Daraufhin verließ Schwester Corinna den Raum und kehrte wenige Minuten später zurück. »Im Moment kann sich hier niemand an eine Narbe erinnern«, erklärte sie. »Was allerdings nichts heißen will. Ich konnte nur etwa ein Viertel des Pflegepersonals befragen.«

»Schon gut. Ich werde sowieso mit den Angehörigen darüber sprechen.«

»Übrigens kann sich Ihr Rechtsmediziner bei Rückfragen gerne mit mir in Verbindung setzen«, schaltete sich Doktor Marbach ein. Zuerst reichte der Stationsarzt ihm die Hand, dann die kopierten Berichte.

Grübelnd verließ Pielkötter das Krankenhaus. Wie es aussah, war Hartmut Gabrillani tatsächlich eines natürlichen Todes gestorben. Trotzdem glaubte er irgendwie an einen Zusammenhang zwischen seinem Ableben und den beiden grausamen Morden.

Freitag, 27. Mai
13:00 Uhr

Belinda und Thomas Gabrillani betraten gleichzeitig das Zimmer des Präsidiums, das man für eine Befragung vorgesehen hatte.

»Ich dachte, Sie kämen zu dritt«, bemerkte Pielkötter erstaunt, nachdem sie sich vorgestellt hatten.

»Unserer Schwester Sina geht es noch nicht so gut«, erklärte Thomas Gabrillani.

»Sie ist äußerst sensibel«, fügte Belinda hinzu.

»Na, dann nehme ich erst einmal mit Ihnen beiden vorlieb. Bitte setzen Sie sich. Ich denke, jeden Augenblick wird mein Mitarbeiter erscheinen und einen von Ihnen mit in einen anderen Raum nehmen.«

Belinda warf ihrem Bruder einen unglücklichen Blick zu. »Warum befragen Sie uns nicht zusammen?«, fragte sie sichtlich aufgeregt.

»Das handhaben wir immer so«, gab Pielkötter eine lapidare Antwort. »Zunächst habe ich aber einer Frage, die Sie mir beide sicher beantworten können: Hatte Ihr Vater einen Narbenkreis auf der Brust?«

Belinda Gabrillani nickte nur zur Bestätigung. »Ja, so eine kreisförmige Narbe mit drei tätowierten Buchstaben«, antwortete ihr Bruder. »Ein C, ein S und ein H. Das H stand für Hartmut. Ich habe ihn einmal nach der Bedeutung gefragt, aber mein Vater hat nicht richtig mit der Sprache herausgerückt. Er hat nur irgendetwas von einer Jugendsünde gemurmelt.«

»Wissen Sie mehr darüber?«, wandte sich Pielkötter an seine Schwester.

Belinda Gabrillani schüttelte den Kopf. Gesprächig ist die nicht gerade, dachte er und entschied sich gleichzeitig dafür, sie Barnowski zu überlassen. Der konnte junge Damen sicher besser zum Reden bringen. Wo sein Mitarbeiter nur blieb?

»Übrigens bedaure ich sehr, dass ich Sie so früh nach dem Tod Ihres Vaters schon behelligen muss«, entschuldigte sich Pielkötter laut. »Wir ermitteln jedoch in zwei Mordfällen, und die Zeit läuft uns davon.«

»Das erwähnten Sie bereits am Telefon.« Thomas Gabrillani wischte sich einige Schweißtropfen von der Stirn. »Aber wieso ist unsere Befragung so dringend? Und was genau hat mein Vater mit den Morden zu tun? Halten Sie den todkranken Mann etwa für den Täter?«

»Natürlich nicht. Allerdings gibt es einen Zusammenhang zwischen ihm und den Opfern.«

»Der da wäre?«, schaltete sich nun seine Schwester ein, die Pielkötter ziemlich exaltiert vorkam. Über den angemessenen Zeitraum für schwarze Kleidung ließ sich streiten, aber ihr schrilles Outfit wenige Tage nach der Beerdigung eines so nahen Verwandten fand er schon etwas gewöhnungsbedürftig. Zudem erschienen ihm ihre High Heels durchaus mordwaffentauglich.

»Nun, Ihr Vater hat die beiden Opfer nicht nur gekannt, er besaß auch den gleichen Narbenkreis mit denselben Buchstaben wie sie.«

Schweigend sahen sich die Geschwister an, als endlich Barnowski den Raum betrat.

»Wenn ich wählen darf, nehme ich die Dame mit«, erklärte er, ohne sich vorzustellen, dafür aber mit einem breiten Grinsen. Anscheinend kam der Spruch bei Belinda Gabrillani sogar gut an. Jedenfalls erhob sie sich mit einem Lächeln und folgte Barnowski in den Nebenraum.

»Möchten Sie einen Kaffee?«, fragte Pielkötter, nachdem die Tür sich geschlossen hatte.

»Nein danke, ich hoffe, es dauert nicht so lange. Schließlich muss ich noch zur Arbeit zurück, und meine Firma liegt in der Essener Innenstadt.«

Pielkötter ging nicht darauf ein. »Wissen Sie, ob Ihr Vater Feinde hatte? Oder hat ihn vielleicht etwas belastet?«

»Natürlich hat ihm die Krankheit Sorgen bereitet«, erwiderte Thomas Gabrillani traurig. »Wie fühlt man sich schon, wenn man weiß, dass man nicht mehr lange zu leben hat? Feinde hatte er jedenfalls nicht. Und ich kann mir wirklich nicht vorstellen, dass er etwas mit den Morden zu schaffen gehabt hat.«

»Genau das möchten wir herausfinden«, erklärte Pielkötter in äußerst sachlichem Ton. »Wann haben Sie Ihren Vater übrigens zum letzten Mal vor seinem Tod gesehen?«

»Am Tag zuvor. Ich war nachmittags für etwa zwei Stunden bei ihm.«

»Deutete da schon etwas auf den nahen Tod hin?«

»Laut Auskunft seiner Ärzte mussten wir jederzeit mit seinem Ableben rechnen. Deshalb fiel es mir auch schwer, einen Tag später auf eine Dienstreise zu gehen. Aber dazu ist es sowieso nicht mehr gekommen. Ich war noch in der Firma, als der Anruf vom Krankenhaus mich erreicht hat.«

»Wie war eigentlich das Verhältnis zu Ihrem Vater?«, fragte Pielkötter, während er sein Gegenüber genau beobachtete.

»In der letzen Zeit wirklich gut«, erklärte Thomas Gabrillani, wobei er offensichtlich vermied, ihn anzusehen. »In früheren Jahren gab es natürlich gewisse Spannungen, aber das ist wohl normal.«

»Und wie standen Ihre Schwestern zu ihm?«

»Offen gestanden war ihr Verhältnis zu unserem Vater nicht so gut«, antwortete er nach einer kleinen Pause.

»Woran lag das?«

Thomas Gabrillani zuckte mit den Schultern. »Am besten erkundigen Sie sich selbst bei meinen Schwestern danach.«

»Wissen Sie, was ich seltsam finde?«, fragte Pielkötter mit durchdringendem Blick. »Sie haben mich überhaupt nicht nach den Namen der beiden Mordopfer gefragt.« Zeigte sich in Gabrillanis Miene der Anflug von Unsicherheit oder bildete er sich das nur ein?

»Warum sollte ich?«, antwortete er nach einigen Sekunden mit einer Gegenfrage. »Der Kommissar, der vorhin hier war, hat mir die Namen am Telefon genannt. Und zwar, als wir diesen Termin vereinbart haben. Übrigens kannte ich keinen der beiden. Deshalb habe ich sie auch wieder vergessen. Selbst wenn ich sie jetzt noch einmal hören würde, fiele mir dazu nichts ein. Diese angeblichen ehemaligen Freunde hat mein Vater nie erwähnt.«

»Seltsam, oder nicht?«

Thomas Gabrillani zuckte erneut mit den Schultern. »Mein Vater war schon recht introvertiert«, erklärte er schließlich. »Deshalb hatte er auch kaum Kontakte. Das haben Sie ja mit eigenen Augen auf der Beerdigung gesehen.«

Aha, dachte Pielkötter, er hat mich also während der Beisetzung registriert. Kein Kunststück bei einer so überschaubaren Trauergemeinde.

Plötzlich klopfte es an der Tür, und nach einem kurzen »Ja«, streckte Barnowski seinen Kopf mit dem dunklen Haarschopf herein. »Chef, ich bin fertig mit der Befragung.«

»Okay, dann können Sie jetzt auch gehen«, erklärte Pielkötter seinem Gegenüber. »Falls Ihnen noch etwas einfällt, melden Sie sich bitte.«

Sichtlich erleichtert erhob sich Thomas Gabrillani.

»Welche neuen Erkenntnisse haben Sie gewonnen?«, fragte Pielkötter, nachdem der Zeuge das Vernehmungszimmer verlassen hatte.

»Seltsame Familie«, erwiderte Barnowski nachdenklich. »Ein Vater, der kaum soziale Kontakte pflegte, und zumindest die Töchter in gewisser Hinsicht gestört.«

»Inwiefern?« Pielkötter beugte sich neugierig weiter nach vorn in Richtung seines Mitarbeiters, der inzwischen Platz genommen hatte.

»Dieses Outfit! Ich habe wirklich nichts gegen Mode und ein paar Accessoires, aber doch nicht gleich zehn Ketten übereinander und etliche Armbänder. Ist Ihnen das denn nicht aufgefallen?«

»Als sie hier im Zimmer war, hat ihre Jacke den Schmuck verdeckt«, erklärte Pielkötter ungehalten. »Und woraus schließen Sie noch, dass die Dame, sagen wir mal, eine kleine Macke hat?«

»Sie hat andauernd auf die Uhr gesehen und mit dem linken Ringfinger auf die Tischplatte getrommelt.«

»Vielleicht hatte sie einen dringenden Termin«, wiegelte Pielkötter ab.

»Zudem wanderten ihre Augen ständig hin und her, als sei Wachsamkeit das oberste Gebot.«

»Die Vernehmung hat sie möglicherweise einfach nervös gemacht.«

»Trotzdem etwas zu viel sonderbares Verhalten auf einmal.« Barnowski fuhr sich mit der Rechten durch sein dichtes, schwarzes Haar. »Ha«, lachte er kurz auf. »Kaum zu glauben, während Belinda Gabrillani wie ein schriller, durchgeknallter Paradiesvogel vor mir saß, hat sie von ihrer nervenkranken Schwester erzählt. Die ist sogar in psychologischer Behandlung. Jetzt dürfen Sie dreimal raten, bei wem.«

»Mark Milton«, erwiderte Pielkötter ärgerlich »Sie wissen doch, solche Ratespielchen mag ich nicht.«

»Vielleicht bekommen Sie aus dem was heraus.«

»Nie und nimmer. Die Schweigepflicht ist dem heilig. Aber wir schaffen das auch ohne seine Hilfe. Ich hoffe nur, Sina Gabrillani macht nicht dauerhaft auf vernehmungsunfähig.«

»Und was hat sich bei Ihnen ergeben?«, fragte Barnowski.

»Nicht viel. Im Gegensatz zu seiner Schwester wirkte Thomas Gabrillani relativ normal. Übrigens hat er uns auf der Beerdigung bemerkt und offensichtlich wiedererkannt.«

»Kunststück in der riesigen Menschenmenge«, erwiderte Barnowski ironisch.

»Haben Sie ihm eigentlich die Namen der Opfer am Telefon genannt?«

Sein Mitarbeiter stutzte. »Wieso?«

»Zumindest hat der Zeuge das behauptet.«

»Kann schon sein«, gab Barnowski schließlich zu.

»Ich hätte es für sinnvoller gehalten, die Namen zunächst offen zu lassen.«

»Gibt es denn nun Anhaltspunkte, dass Gabrillani ebenfalls einem Mord zum Opfer gefallen ist, oder eher nicht?«, lenkte Barnowski geschickt von der Kritik ab.

»Nach dem jetzigen Stand der Dinge ist er eines natürlichen Todes gestorben. Genau wie sein Arzt Doktor Marbach das angegeben hat. Selbst Karl-Heinz Tiefenbach kam nach Durchsicht der Krankenunterlagen zu demselben Schluss. Der hat mich kurz vor unserer Befragungsrunde angerufen.«

»Trotzdem seltsam!«

»Da stimme ich Ihnen ausnahmsweise zu«, erwiderte Pielkötter. »Ganz sicher gibt es zwischen den drei Todesfällen einen Zusammenhang. Leider bleibt er uns noch verborgen.«

Samstag, 28. Mai
14:00 Uhr

Ärgerlich wärmte sich Pielkötter das Mittagessen auf. Grünkohleintopf mit Mettwurst. Eigentlich mochte er dieses Gericht, aber heute verspürte er kaum Appetit. Warum kehrte die Zeit mit den regelmäßigen gemeinsamen Mahlzeiten nicht einfach zurück?

»Weil im Leben eben nicht immer alles glatt läuft«, sagte er plötzlich laut zu sich selbst. »Und wenn das anders wäre, könntest du dir gleich einen neuen Job suchen.« Vielleicht gar nicht so schlecht, sich von Mördern und anderen Verbrechern fernzuhalten. Pielkötter schaltete die Herdplatte aus, schob den viel zu großen Kochtopf zur Seite und häufte sich drei Kellen Grünkohl auf den bereitgestellten Teller. Skeptisch schielte er auf die Portion, dann schaufelte er eine Ladung zurück. Anschließend stocherte er lustlos in dem Essen herum.

Warum habe ich eigentlich an diesem Samstag so früh Dienstschluss gemacht, überlegte er. Warum kam er überhaupt noch nach Hause? Wenn es nur Mariannes Arbeit gewesen wäre, aber inzwischen häuften sich auch ihre privaten, oder besser gesagt, halbdienstlichen Termine. Zumindest war sie heute wie öfter in letzter Zeit bei ihrer Chefin eingeladen. Wenn das so weiterging, war Marianne bald deren Teilhaberin.

Pielkötter hustete heftig. Er hatte sich an einem Stück Mettwurst verschluckt. Vielleicht sollte ich den Feierabend nutzen, um Jan Hendrik wieder einmal zu besuchen, dachte er, als der Hustenanfall endlich vorüber war. Im nächsten Moment fiel ihm jedoch ein, dass sein Sohn von einer neuen Fotosession für einen Bildband über Industriekultur ziemlich in Anspruch genommen war.

Während Pielkötter seinen halb vollen Teller unwillig zur Seite schob, musste er plötzlich an Katharina Gerhardt denken. Unwillkürlich zeigte sich der Anflug eines Lächelns auf seinem Gesicht. Am liebsten hätte er sie sofort angerufen, besser noch sie persönlich gesehen, aber das verbot er sich. Wegen Marianne. Oder warum sonst? Ehrlicherweise musste er sich einen ganz anderen Grund eingestehen. Das letzte Telefonat mit Katharina war nicht gerade in seinem Sinne verlaufen. In gewisser Weise hatte er sich von dem Besuch zurückgewiesen gefühlt, den sie bekommen hatte.

Mit verkniffener Miene stand er auf, entsorgte die Reste des Eintopfs im Abfalleimer und stellte den Teller in die Spülmaschine. Anschließend ging er ins Wohnzimmer. Ehe er es sich in dem Fernsehsessel bequem machen konnte, schrillte das Telefon.

»Katharina Gerhardt.«

Fast hätte er den Hörer fallen lassen. Anscheinend gab es wirklich so etwas wie Telepathie.

»Heute habe ich frischen Apfelkuchen gebacken«, erklärte sie. »Und dabei ist mir mit einem Mal eingefallen, dass Sie den besonders mögen.«

Pielkötter suchte nach den richtigen Worten.

»Zudem hat unser letztes Gespräch für meinen Geschmack einfach zu abrupt geendet«, fuhr sie fort.

Insgeheim pflichtete Pielkötter ihr bei, allerdings wollte eine Zustimmung nicht über seine Lippen kommen. Hatte sie ihn bei dem Telefonat tatsächlich so gekränkt?

»Sofern Sie mögen, hebe ich gern ein Stückchen für Sie auf. Natürlich dürften Sie ihn auch schon heute probieren, aber wahrscheinlich haben Sie so kurzfristig keine Zeit.«

»Doch, doch«, beeilte er sich plötzlich, ihr zu widersprechen. »Heute passt es ausgezeichnet. Wenn es Ihnen recht ist, bin ich in einer knappen Stunde da.«

»Wunderbar, dann setze ich schon mal langsam den Kaffee auf.«

Nachdem sie das Telefonat beendet hatten, verließ Pielkötter eilig das Wohnzimmer. Auf dem Weg in die erste Etage nahm er jeweils zwei Treppenstufen auf einmal. Im Bad zog er sich aus und stellte sich unter die Dusche. Er genoss, wie das lauwarme Wasser auf seinen Körper prasselte. Ehe er sich im Schlafzimmer frische Wäsche zusammensuchte, warf er noch einen Blick in den bodenlangen Spiegel an der mittleren Schranktür. Pielkötter drehte sich zur Seite. Im Profil ganz passabel, urteilte er. Anscheinend hatte er in der letzten Zeit tatsächlich abgenommen. Trotzdem zog er den Bauch ein und gönnte sich einen weiteren Blick.

Fünf Minuten später saß er im Wagen und drehte das Autoradio auf. Herbert Grönemeyer sang gerade »Tief im Westen, wo die Sonne verstaubt. Tief im Westen ist es besser, als man glaubt.«

Also auf nach Westen, dachte Pielkötter, da verstaubt die Sonne gar nicht wie in dem Lied besungen, und Apfelkuchen gibt es auch.

Sechs bis sieben Songs und einige kurze Statements des Radiomoderators später, stand Pielkötter selten gut gelaunt vor Katharina Gerhardts Wohnung. Sie öffnete ihm mit einem strahlenden Lächeln.

»Jetzt darf ich nicht einmal nette Überraschung sagen«, begrüßte sie ihn. »Dabei habe ich nicht wirklich daran geglaubt, dass Sie so kurzfristig bei mir vorbeischauen können.«

»Kommt auch selten vor«, erwiderte Pielkötter. »Aber bei frischem, selbstgebackenen Apfelkuchen kann ich einfach nicht widerstehen.« Dabei streifte er sie mit einem Blick, der beide fast den Kuchen vergessen ließ.

»Haben Sie schon eine neue Arbeit gefunden?«, fragte er, als er ihr am Kaffeetisch gegenübersaß.

»Wie man es nimmt.«

Pielkötter runzelte die Stirn.

»Zumindest aushilfsweise. Im Moment betreue ich vormittags eine alte Dame hier im Ort. Sie lebt bei ihren Kindern, die beide berufstätig sind.«

»Gefällt Ihnen dieser Job?«

»Schon. Die alte Dame ist auch ganz nett. Aber leider ist das nur vorübergehend. Die Frau, die sie sonst betreut, liegt mit einem gebrochenen Bein im Krankenhaus. Sobald die gesund ist, was ich ihr natürlich wünsche, darf ich wieder gehen.«

Pielkötter hörte einen Anflug von Resignation aus Katharina Gerhardts Stimme heraus. »Sie werden bestimmt etwas anderes finden«, erwiderte er schnell.

»Sicher. Leider vergleiche ich alles mit meiner langjährigen Arbeit für die Martinis. Aber jetzt reden wir nicht mehr von mir. Wie geht es Ihnen?«

Verflixt, dachte Pielkötter, wann hat man mir diese Frage zum letzten Mal gestellt? Bin etwas aus der Übung, darauf eine konkrete Antwort zu liefern, besonders eine, die den Anforderungen genügt. »Wir haben wieder Ärger mit einem Serienmörder«, erklärte er, nachdem er einige Sekunden gezögert hatte. »Sicher haben Sie davon schon in der Zeitung gelesen. Aber am besten lassen wir dieses Thema.«

Einerseits beabsichtigte er nicht, sie mit seiner Arbeit zu langweilen, andererseits hegte er in solchen Situationen immer die geheime Angst, zu viele Details preiszugeben.

»Immerhin haben Sie wenigstens einen ordentlichen Beruf«, erwiderte Katharina Gerhardt. »Darum beneide ich Sie. Manchmal denke ich, dass ich in meinem Leben ziemlich viel falsch gemacht habe.«

Neugierig und offenherzig zugleich sah Pielkötter ihr in die Augen.

»Ich habe einmal Sprachen studiert«, erklärte sie zu seinem Erstaunen, »Spanisch und Italienisch. Hab das Studium aber leider nach der Hälfte abgebrochen. Wegen eines Austauschstudenten.« Seufzend führte sie ihre Kaffeetasse zum Mund. »Nach einem Semester Sehnsucht und unendlich vielen Liebesbriefen bin ich Alessandro nach Italien gefolgt«, fuhr sie fort. »Ein gutes Jahr später haben wir uns getrennt. Anschließend war es nicht gerade einfach, in Deutschland erneut Fuß zu fassen.«

»Haben Sie denn Ihr Studium nicht wieder aufgenommen?«

»Wahrscheinlich hätte ich mit den Schwierigkeiten fertigwerden können, aber ich habe es leider nicht versucht. Habe mich aus lauter Enttäuschung völlig zurückgezogen. Leider haben meine

Eltern mich überhaupt nicht unterstützt. Meinen Abgang nach Italien haben sie mir nie verziehen.«

»Und wie sind Sie dann an Ihre ehemaligen Arbeitgeber, die Martinis, geraten?«, fragte Pielkötter neugierig. »Vor allem mit einer Stelle als Haushälterin.«

Jetzt zeigte sich wieder ein Lächeln auf ihrem Gesicht. »Über ihre Modefirma. Manchmal hatten die Martinis auch mit Kunden aus dem Ausland zu tun. Deshalb brauchten die einen Dolmetscher. Leider fiel dabei nicht so viel Arbeit an, dass sie dafür extra eine Stelle geschaffen hätten.« Katharina schob sich ein Stück Kuchen in den Mund. Pielkötter hätte ihr ewig einfach nur beim Kauen zuschauen können. »Wegen des fehlenden Abschlusses hatte ich schon etliche Absagen kassiert, als ich endlich an die Martinis geriet«, erklärte sie. »Weil ich mit dem Dolmetschen bei ihnen nicht genug für meinen Lebensunterhalt verdienen konnte, haben sie mir zusätzlich eine Stelle in ihrem Haushalt angeboten. Ein wirklich guter Job. Eigentlich habe ich nur eingekauft und gekocht. Zum Putzen, Waschen und für den Garten hatten sie anderes Personal.«

»Warum nehmen Sie das Studium jetzt nicht wieder auf?«, fragte Pielkötter.

»Mit fast fünfzig?«

»Warum nicht? Für die meisten Dinge ist man in diesem Alter noch jung genug.«

Eine leichte Röte überzog ihr Gesicht und verriet, dass sie wusste, woran er dabei hauptsächlich gedacht hatte.

»Mögen Sie noch ein Stück Apfelkuchen und etwas Kaffee?«, fragte sie, während die Röte langsam wieder verschwand.

»Gern. Der Kuchen schmeckt zu köstlich.«

Während er ihr seinen Teller hinhielt, berührten sich kurz ihre Hände. Diese kleine Geste weckte in Pielkötter unerwartete Emotionen. Sie faszinierten und erschreckten ihn zugleich. Selten hatte er sich so hilflos gefühlt. Dieses unschlüssige Pendeln zwischen den widerstreitenden Polen Gefühl und Verstand war ihm fremd. Reiß dich zusammen, rief er sich zur Räson. Sonst bist du doch auch in der Lage, eindeutige Entscheidungen zu fällen und zu den

Konsequenzen zu stehen. Warum versagte alle Erfahrung in diesem Fall? Eigentlich kannte er die Antwort ganz genau. Weil es hier nicht um seinen Beruf, sondern um sein Privatleben ging. Alles in ihm sehnte sich nach Katharinas Nähe, aber er war schließlich verheiratetet, selbst wenn er davon in den letzten Monaten nicht gerade viel gespürt hatte.

»Nach Alessandro habe ich mich sehr lange von allen Männern zurückgezogen«, erklärte Katharina und sah ihm nun direkt ins Gesicht.

Plötzlich hatte Pielkötter es sehr eilig, die letzten Bissen seines Kuchens aufzuessen. Auf keinen Fall wollte er heute eine Entscheidung fällen. Er brauchte Ruhe, musste nachdenken. »Es ist schon spät«, murmelte er und erhob sich.

In Katharinas Miene zeichnete sich Enttäuschung ab, Enttäuschung, die ihm den Abschied noch schwerer machte. »Wenn ich wiederkomme, bleibe ich länger«, erklärte Pielkötter zum Abschied, wobei er den Anfang des Satzes, fast gegen seinen Willen, ein wenig betonte.

Wenn. Katharina zuckte bei dem Wort zusammen, als hätte jemand sie unangenehm berührt. Vielleicht hatte er das wirklich. Unabsichtlich natürlich, aber eigentlich hatte er nur die Wahrheit ausgesprochen. Jetzt, da sich ein geheimer Wunsch, den er sich niemals wirklich eingestanden hatte, zu erfüllen drohte, wusste er einfach nicht, ob er sie erneut besuchen wollte. Falls ja, würde er sie in die Arme nehmen. Und dann gäbe es kein Halten mehr. Nicht, nachdem er nun sicher war, sie würde seine Küsse erwidern.

Mit einem Mal drängte sich Marianne in seine Gedanken. War in ihrem Alltag noch Platz für ihn? Wann hatten sie zuletzt in trauter Harmonie miteinander geredet, wann sich das letzte Mal zärtlich berührt? Das alles fehlte ihm. Vielleicht war ihm das nie so bewusst geworden wie in diesem Moment.

Zum Abschied hauchte er Katharina einen flüchtigen Kuss auf die hohe Stirn. Er sah Enttäuschung in ihrem Blick. Plötzlich drehte sie sich um und verließ den Raum. Ehe er jedoch über den Grund nachgrübeln konnte, kehrte sie zurück. In ihrer Rechten hielt sie eine kleine Grubenlampe aus Eisen oder Stahl.

»Damit Sie sich hier im Revier etwas heimischer fühlen«, erklärte sie ernst.

Pielkötter jedoch war sicher, dass ihn das Geschenk immer nur an sie erinnern würde.

Montag, 30. Mai
15:00 Uhr

Pielkötter fühlte sich überfordert wie selten. Sämtliche Handicaps und Schwierigkeiten schienen sich zu einem Berg zu türmen, der trotz besten Willens nicht zu bewältigen war.

Nach der leidigen Zahngeschichte war Barnowski nun wegen eines Hexenschusses beim Arzt. Voraussichtlich musste er Liebermanns Überwachung morgen allein übernehmen. Zu allem Übel hatte er Sina Gabrillani immer noch nicht sprechen können. Am Wochenende hatte er sie zwar erreicht, aber sie hatte ihn mit der Begründung abgewimmelt, sie fühle sich nach dem Tod ihres Vaters noch nicht vernehmungsfähig. Inzwischen ging sie nicht einmal mehr ans Telefon. Pielkötter hatte sogar persönlich vor ihrer Wohnung in der Nähe des Innenhafens gestanden, sie hatte jedoch nicht aufgemacht. Oder war sie etwa nicht zu Hause gewesen? Diese Tatsache hätte allerdings kaum zu der Schilderung ihres seelischen Zustandes gepasst. Er würde sie vorladen müssen.

Pielkötter hatte das Gefühl, dass in absehbarer Zeit etwas Schreckliches geschehen würde, ihm aber die Hände gebunden waren, genau dies zu verhindern. Ohne große Hoffnung wählte er erneut die Nummer von Sina Gabrillani. Wieder ertönte nur das Freizeichen. Er hätte viel darum gegeben, die Tochter des dritten Toten von Angesicht zu Angesicht zu sehen. Der flüchtige Blick von Weitem während der Trauerfeier zählte kaum. Pielkötter focht einen kurzen Kampf mit sich aus, dann entschloss er sich, Mark Milton anzurufen. Mehr als verlieren konnte er nicht.

Der Psychologe meldete sich beim dritten Freizeichen, was er als ersten Erfolg verbuchte.

»Pielkötter hier«, erwiderte er. »Ich bitte Sie wirklich ungern um diese Informationen, aber glauben Sie mir, in diesem Fall muss es einfach sein.«

»Bisher habe ich keine Ahnung, worum es geht.«

»Um Sina Gabrillani. Ich weiß, dass sie Ihre Patientin ist.«

Milton schwieg für Pielkötters Begriffe viel zu lange. »Dann wissen Sie sicher auch, dass ich alle Gespräche zwischen mir und meinen Patienten vertraulich behandle.«

»Selbstverständlich«, erwiderte Pielkötter in beschwichtigendem Ton. »Aber vielleicht haben Sie von den beiden Männern gelesen, die innerhalb von acht Tagen erstochen wurden.«

»Und was hat meine Patientin damit zu tun?«, fragte Milton hellhörig.

»Nun, ihr ebenfalls in dieser Zeit verstorbener Vater war mit den Opfern befreundet. Zudem hatten alle den gleichen Narbenkreis auf ihrer Brust. Darin die Anfangsbuchstaben ihrer Vornamen.«

»Oha«, entfuhr es dem Psychologen.

»Darf ich diese Äußerung so werten, dass Sie mir helfen wollen?«, fragte Pielkötter in einem kurzen Anflug von Zuversicht, ohne eine Antwort abzuwarten. »Milton, hören Sie. Die Morde sind zweimal hintereinander an einem Dienstag geschehen. Am dritten Dienstag wurde Sina Gabrillanis Vater beerdigt. Heute haben wir Montag, und Ihre Patientin ist seit Tagen nicht aufzutreiben.«

Der Psychologe seufzte.

»Natürlich kann ich Ihre Mithilfe durch die Staatsanwaltschaft erzwingen lassen«, erklärte Pielkötter, ohne im Mindesten davon überzeugt zu sein. »Aber ich habe einfach nicht die Zeit, ihn einzuschalten. Das sehen Sie hoffentlich ein?«

»Was wollen Sie also wissen?«, stöhnte Milton.

»Zunächst: Wie groß schätzen Sie die seelische Störung von Sina Gabrillani ein? Was hat sie durchgemacht? Käme sie deshalb als Mörderin in Betracht?«

»Viele Fragen auf einmal«, erwiderte Milton. »Zudem solche, die ich kaum beantworten kann. Dazu kenne ich die Patientin nicht lange genug.«

»Aber bestimmt ist sie nicht aus Langeweile oder aus irgendeiner Laune heraus in Ihrer Praxis.«

»Nein, natürlich nicht. Sina Gabrillani ist wirklich psychisch sehr krank. Zu der Ursache bin ich allerdings noch nicht vorgedrungen.«

»Aber eine Vermutung haben Sie doch bestimmt.«

»Ich bin mir keinesfalls sicher. Wahrscheinlich hat sie etwas Schreckliches in ihrer Kindheit erlebt.«

»Sexueller Missbrauch«, erwiderte Pielkötter, wobei ihm unwillkürlich das Internat Babelsberg einfiel.

»Zumindest habe ich schon öfter daran gedacht«, gab Milton zu.

»Wenn ich an den kleinen Vortrag von unserem Polizeipsychologen denke, wäre das ein echtes Motiv.«

»Trotzdem traue ich das meiner Patientin eigentlich nicht zu«, erklärte Milton nachdenklich.

»Haben Sie eine Ahnung, wo sie sich im Moment aufhält? Oder hat sie heute gar einen Termin bei Ihnen?«

»Leider nein, aber sobald sich Sina Gabrillani bei mir meldet, rufe ich Sie an.«

Immerhin ein Anfang, dachte Pielkötter und legte auf.

Dienstag, 31.Mai
20:00 Uhr

Pielkötter trank die letzte von etlichen Tassen Kaffee aus und machte sich auf den Weg zum Dienstwagen. Das wird eine lange Nacht, dachte er, leider ohne Ablösung. Warum hatte Barnowski, dieses Weichei, sich ausgerechnet in dieser Situation den Rücken verknackst? Hexenschuss. In seinem Alter. Pah, und dann neulich erst die Sache mit dem Zahn. Was war nur mit dem jungen Gemüse los? Fairerweise musste er zugeben, dass Barnowski ihm trotz der Schmerzen angeboten hatte, Liebermann für ein paar Stunden zu observieren. Allerdings machte ein Beschützer, der sich im Fall des Falles kaum rühren konnte, wenig Sinn.

Pielkötter hatte gerade den Wagen gestartet, da meldete sich die Einsatzzentrale. Scheiße. Schießerei in Bruckhausen mit einem lebensgefährlich Verletzten. Warum mussten heute alle außer ihm krank oder im Urlaub sein? Hatte sich denn alles gegen ihn verschworen? Schließlich konnte er kaum an zwei Orten gleichzeitig sein. Mit flauem Gefühl im Magen ging Pielkötter die Konsequenzen durch. Wenn er nicht schnellstens in Bruckhausen auflief, würde es mächtig Ärger geben. Er würde seinen Vorgesetzten keinesfalls erklären können, wieso er stattdessen auf einen vagen Verdacht hin eine Person observierte. Womöglich schlug der Mörder heute überhaupt nicht zu, vielleicht sogar niemals mehr. Schließlich waren die drei Männer, deren Anfangsbuchstaben in den Narbenkreis tätowiert waren, tot. Nur sein Gefühl sagte ihm, dass er hier aufpassen sollte, und die Tatsache, dass Liebermann sich eine Waffe hatte besorgen wollen.

Schluss jetzt, dachte Pielkötter, du tust einfach, was von dir erwartet wird, und fährst nach Bruckhausen. Zudem bittest du Florian Löwitz, vorerst für dich die Observierung zu übernehmen.

Mit etwas Glück dauerte der Einsatz nicht zu lange, und er konnte Löwitz ablösen, bevor Entscheidendes bei Liebermann passierte.

Dienstag, 31. Mai
23:00 Uhr

Wachsam fuhr die Gestalt die Straße entlang. Unmittelbar gegenüber dem Haus, in dem Liebermann wohnte, parkte ein Wagen. Ein Mann saß dösend darin. Bewachte der etwa sein Opfer? Warum sonst sollte jemand um diese Uhrzeit allein in einem Auto sitzen? Vorsicht war also angesagt, aber der Plan sah sowieso vor, in einer gewissen Entfernung zu parken und von der Rückseite in das Haus einzudringen. Hauptsache, der Doktor war anwesend. Zumindest brannte in einem der Fenster in der oberen Etage Licht.

Die Gestalt fuhr weiter, bog einmal links ab und parkte am Waldrand. Sie atmete tief durch und holte einen Rucksack hervor, in dem sich Werkzeuge und die Waffe befanden. Als sie die Autotür zuschlug, verklemmte sich ein Zipfel der Mönchskutte. Voller Wut verzerrte sich das Gesicht der Gestalt, bis sie sich endlich losgerissen hatte. Anschließend huschte sie lautlos auf den Waldweg, auf dem sie zu Liebermanns Haus gelangen würde.

Nach wenigen Minuten hatte sie ihr Ziel erreicht. Eilig raffte sie die Kutte hoch und stieg die provisorischen Stufen bis zu dem kleinen, hölzernen Gartentor hinauf, hinter dem sich das höher gelegene Grundstück verbarg. Zu ihrem Erstaunen war das Tor nicht verschlossen. Ebenso schien der Balkon im Erdgeschoss ungebetene Gäste einzuladen. Für einen kurzen Moment geriet die Gestalt in Versuchung, diesen Einstieg zu wählen. Plötzlich jedoch schob sich der Mond hinter einer Wolke hervor und mahnte zur Vorsicht. Die Gestalt wartete die nächste Wolke ab, dann rannte sie lautlos zur Kellertreppe, die zu einer schlecht einsehbaren Tür führte. Wenige Handgriffe später verschwand sie im Inneren des Hauses.

Im Licht ihrer Taschenlampe sah sie die Tür am hinteren Ende des schmalen Gangs. Hastig legte sie die wenigen Meter zurück, drückte die Klinke hinunter und registrierte eine Treppe. Wenige Sekunden später schlich sie die Stufen nach oben. Zitternd vor Erregung verharrte die Gestalt im Treppenhaus und starrte auf die letzte Hürde. Der Eingang zu Liebermanns Wohnung war natürlich verschlossen. Im schwachen Schein der Taschenlampe probierte die Gestalt verschiedene Metallhaken aus. Als das Schloss endlich nachgab, betrat sie vorsichtig die dunkle Diele und lauschte eine Weile. Nichts rührte sich. Dann stülpte sie eine schwarze Haube mit Sehschlitzen über ihren Kopf. Nun fühlte sie sich wie einer der Henker, die sie aus alten Filmen kannte. Mit einem diabolischen Lächeln zog sie das Schwert aus dem Rucksack. Angespannt horchte sie nach oben. Offensichtlich lief in der ersten Etage jetzt jemand herum. Die Gestalt ließ den Rucksack zurück, durchquerte die Diele und stieg die Marmortreppe hoch.

Sie hatte den ersten Stock noch nicht erreicht, da drang ein Lichtschein aus einem der oberen Zimmer. Automatisch knipste sie die Taschenlampe aus, starrte und lauschte gebannt nach oben. Sie hörte Schritte. Eine Tür wurde geöffnet, fiel wieder ins Schloss, dann kehrte für einige Augenblicke Ruhe ein. Leise schlich die Gestalt die letzten Stufen hinauf. Als sie das Rauschen von Wasser vernahm, verzog sich boshaft ihr Mund. Wenn Doktor Ernst-Theodor Liebermann nun wehrlos unter der Dusche stand, passte das ausgezeichnet in ihren Plan.

Dienstag, 31. Mai
23:30 Uhr

Seufzend eilte Pielkötter zu seinem Wagen. In Bruckhausen wurde er nun nicht weiter gebraucht. Zwei Tatverdächtige hatte er gleich an Ort und Stelle vernommen und jede Menge Zeugen befragt. Offensichtlich ging es bei der Schießerei um einen Streit verfeindeter Familien. Die schwer belasteten Verdächtigen waren inzwischen auf dem Weg in die Untersuchungshaft.

Hoffentlich kam er nicht zu spät zu Liebermann. Zwar hatte Florian Löwitz schon lange seinen Posten bezogen und ihm in regelmäßigen Abständen versichert, dass alles in bester Ordnung sei, aber so richtig beruhigen mochte Pielkötter das nicht.

Mit angemessener Geschwindigkeit, zumindest für diesen besonderen Fall, bretterte er über die Nord-Süd-Achse zur Berliner Brücke. Als er die Auffahrt zur A 40 erreicht hatte, gab Löwitz noch einmal einen kurzen, unspektakulären Lagebericht.

Etwa eine halbe Stunde später hielt Pielkötter direkt hinter dem Wagen seines Mitarbeiters. Eilig stieg er aus und setzte sich auf den Beifahrersitz.

»Sie haben also niemanden gehört oder gesehen«, erkundigte er sich, obwohl er diese Frage in leicht abgewandelter Form heute schon so oft gestellt hatte.

»Absolut tote Hose«, antwortete Löwitz. »Weder Autos noch Menschen verirren sich anscheinend hierher. Die Straße ist ja nur für Anwohner. Vor allem ist niemand auch nur in die Nähe von Liebermanns Grundstück gelangt.«

»Nicht ein einziges Auto ist die ganze Zeit über hier entlanggefahren?«, fragte Pielkötter sicherheitshalber nach.

»Nur so ein alter R4. Allerdings war der sofort wieder weg.«

»Ein alter R4?«, entfuhr es Pielkötter. »Etwa ein schwarzer?«

»Ja, genau«, erwiderte Löwitz irritiert. »Woher wissen Sie das?«

»Warum haben Sie mir das nicht eher gemeldet?«, donnerte Pielkötter. »Los, rufen Sie die Einsatzzentrale, Verstärkung, Rettungswagen. Das volle Programm.« Bei der letzten Anweisung war er bereits aus dem Wagen gesprungen.

So schnell er konnte, hetzte er zum Hauseingang. Hoffentlich komme ich nicht zu spät, hämmerte es unaufhörlich hinter seiner schweißnassen Stirn. Obwohl er Sturm schellte, rührte sich nichts. Zu allem entschlossen schlug Pielkötter mit seiner Dienstwaffe gegen die Scheibe der Haustür. Erst beim vierten Anlauf gab sie nach. Nun war es ein Leichtes, die Tür mit einem Griff nach innen zu öffnen. Mit entsicherter Waffe betrat er das dunkle Haus. Liebermanns Wohnungstür war nur angelehnt, was einerseits gut war, aber auch das Schlimmste bedeuten konnte. Von oben vernahm er ein leises Geräusch, das er zunächst nicht zuordnen konnte. Pielkötter knipste den Lichtschalter an und rannte über die Treppe nach oben. Offensichtlich kam das Geräusch aus dem Badezimmer, hörte sich an wie das Prasseln von Wasser. Unter dem Türritz fiel ein schwacher Lichtschein hindurch. Pielkötter schielte für einen kurzen Moment auf seine entsicherte Waffe. Durfte er sich wirklich auf ein Gefühl verlassen? Aber da war noch der R4. Genau den hatte er doch auf Gabrillanis Beerdigung vor dem Friedhof gesehen. Das konnte unmöglich ein weiterer Zufall sein.

Bevor Pielkötter noch weitere Überlegungen anstellen konnte, hörte er einen lauten Schuss hinter der Tür. Automatisch riss er sie auf und stürmte mit erhobener Pistole in das Badezimmer.

Zuerst fiel sein Blick auf Liebermann. Der stand nur mit einer Unterhose bekleidet in einer übergroßen Duschtasse, zum Teil von einem schwarz-weiß gemusterten Vorhang verdeckt. In seiner rechten Hand lag ein Jagdgewehr, dessen Lauf nach unten zeigte. Der fast nackte Mann mit der Waffe wirkte in gewisser Weise irreal. Blitzschnell registrierte Pielkötter, dass der Narbenkreis fehlte.

Wasser rauschte. Der Vorhang jedoch verbarg den Strahl. Während Pielkötter seine Dienstwaffe weiter auf Liebermann richtete, wanderte sein Blick umher. Links von ihm krümmte sich eine Gestalt in einer schwarzen Kutte auf den Fliesen. Der Kopf war von einer dunklen Haube ganz bedeckt. Auf dem Boden daneben lag ein Schwert.

Während Florian Löwitz mit einem Mal hinter Pielkötter auftauchte und mit seiner Dienstwaffe auf Doktor Liebermann zielte, ließ dieser das Jagdgewehr mit einem lauten Knall in die Dusche fallen. Die vermummte Gestallt stöhnte, als wäre sie ein zweites Mal getroffen worden. Mit einem Ruck riss Pielköter die Kutte auf und starrte auf eine blutige, etwa zehn Zentimeter lange, aber vermutlich nicht besonders tiefe Wunde am linken Oberarm. Glück gehabt, dachte er. Offensichtlich hatte nur ein Streifschuss den Angreifer erwischt. Aber das würde der Notarzt wohl genauer feststellen können.

Ungeduldig und mit angehaltenem Atem zerrte Pielkötter nun an der Kopfbedeckung des Verletzten. Er war nicht erstaunt, als darunter das Gesicht von Thomas Gabrillani zum Vorschein kam.

Mittwoch, 1. Juni
1:00 Uhr

Feindselig sah Liebermann zu Pielkötter hinüber. »Ich weiß wirklich nicht, was ich hier soll«, erklärte er wütend. »Der Mann ist in meine Wohnung eingedrungen. Ermorden wollte der mich. Ich bin das Opfer, kapieren Sie das nicht?«

»Was ich kapiere, das lassen Sie meine Sorge sein«, erwiderte Pielkötter mit hochrotem Kopf. Selten hatte ihn professionelles Vorgehen so viel Beherrschung gekostet. Unwillkürlich fiel ihm ein Song von Herbert Grönemeyer ein: *Meine Faust will mitten in sein Gesicht und darf nicht.*

»Ein wenn auch spärlich angezogener Mann unter der Dusche regt nun einmal zu Spekulationen an«, fuhr er mit unüberhörbarem Sarkasmus in der Stimme fort. »Besonders wenn er sich mit einem Gewehr neben dem Wasserstrahl positioniert. Aber sicher haben Sie dafür eine glaubwürdige Erklärung.«

»Ich habe in Notwehr gehandelt, das haben Sie doch mit eigenen Augen gesehen. Oder hätten Sie lieber ein weiteres niedergemetzeltes Opfer gehabt?«

Pielkötter behielt die Antwort besser für sich. Zudem weigerte sich etwas in ihm, darüber nachzudenken, wie eine gerechte Strafe für pädophile Täter auszusehen hätte. »Warum haben Sie sich die Munition für das Gewehr besorgt?«, fragte er stattdessen.

»Bei Ihrem Besuch in meinem Haus haben Sie mir einfach Angst eingejagt.«

»Trotzdem wollten Sie aber keinen polizeilichen Schutz.«

»Das fand ich dann doch etwas übertrieben«, entgegnete Liebermann spöttisch.

»Sagen Sie, habe ich das jetzt richtig verstanden? Sie waren der Meinung, keinen Schutz zu benötigen, aber haben mit Unterhose bekleidet und einer Waffe in der Hand unter der Dusche einen Angreifer erwartet? Nein, ich glaube, Sie hatten einen ganz anderen Grund.«

»Und der wäre?«

»Sie wollten verhindern, dass jemand das Motiv des Mörders erfährt«, rief Pielkötter aufgebracht. »Gezielt haben Sie es darauf angelegt, die Person, die Ihrem Ruf schaden könnte, zu ermorden. Haben den Mörder angelockt. Ihm vorgegaukelt, nackt und wehrlos unter der Dusche zu stehen. Deshalb die abgelegte Kleidung auf dem Boden. Deshalb standen Sie in abgespeckter Montur neben dem Wasserstrahl. Oder haben Sie eine bessere Erklärung dafür, warum Sie in Unterwäsche duschen? Nicht zu vergessen mit Jagdgewehr.«

Pielkötter beobachtete Liebermanns Mimik. Seine Unterlippe vibrierte kurz. An seinem Hals trat eine hässliche Ader hervor. Sein eigener Puls dagegen beruhigte sich langsam wieder.

»Nichts als wilde Spekulation«, platzte es schließlich aus Liebermann heraus.

»Thomas Gabrillani muss äußerst wütend auf Sie und Ihre ehemaligen Spießgesellen gewesen sein. Die Wahl der Waffe lässt einen abgrundtiefen Hass erwarten. Und der kommt nicht von ungefähr. Wenn Sie mir darüber jetzt etwas erzählen, wirkt sich das sicher strafmildernd aus.« Tatsächlich dachte Pielkötter, dass es für derartige Täter keinerlei Milde geben dürfte.

»Ich bin das Opfer und habe deshalb nichts zu gestehen!«

»Opfer also, wie Cornelius Hamacher und Sebastian Lauterbach«, höhnte Pielkötter. »Warum haben Sie eigentlich nicht diesen Narbenkreis, der anscheinend alle ehemaligen Weggefährten aus dem Internat verbindet?« Nicht dass er ihn ernsthaft auf Liebermanns Brust erwartet hatte. Schließlich fehlte der Anfangsbuchstabe seines Namens in dem Kreis.

»Da sehen Sie es doch, ich habe nicht viel mit denen gemein. Die haben sich das eingeritzt und geschworen, die anderen niemals zu verraten. Ich hatte mit der Sache nichts zu tun.«

»Welcher Sache?«

»Ich habe keine Ahnung, was sie mit den jüngeren Schülern angestellt haben.«

»Wissen Sie, was ich denke?« Pielkötter kratzte mit der linken Hand an seinem Kinn herum. »Sie als Ältester waren der Drahtzieher. Standen über den Dingen, wollten sich nicht mit den anderen verbrüdern. Genau deshalb fehlt Ihnen der Narbenkreis. Womöglich hat Thomas Gabrillani Sie aus diesem Grund ganz zum Schluss im Visier gehabt. Vielleicht sollten Sie zusätzlich ungeheure Angst vor seiner Rache verspüren.«

»Das sind doch alles Hirngespinste.«

»In absehbarer Zeit wird Gabrillani wieder vernehmungsfähig sein«, erwiderte Pielkötter mit penetrantem Lächeln. »Und ich bin höchst gespannt auf seine Version.«

»Ich habe immer nur zugeschaut«, schrie Doktor Liebermann plötzlich.

»Wobei?«, fragte Pielkötter, als sein Gegenüber nach dem kurzen Ausbruch zu lange schwieg. Liebermann jedoch starrte nur stumm vor sich hin.

Die Wahrheit kommt sowieso ans Licht, versuchte sich Pielkötter zu beruhigen. Auf jeden Fall würde er Liebermanns Haus so schnell wie möglich durchsuchen lassen. Selbst das Büro im Krankenhaus würde nicht verschont bleiben.

Mittwoch, 1. Juni
10:00 Uhr

Thomas Gabrillani starrte die karge Wand des Vernehmungsraums an, als studierte er dort irgendwelche geheimen Zeichen. Inzwischen hatte er sich ganz gut von der Verletzung durch den eher harmlosen Streifschuss erholt. Pielkötter ließ ihn eine Zeit lang gewähren.

»Kaffee?«, fragte Pielkötter schließlich, ohne wirklich eine Antwort zu erwarten.

Immerhin schwieg Gabrillani beharrlich und das schon seit quälenden Stunden.

»Mit Milch bitte.«

Zuerst dachte Pielkötter, er hätte sich verhört, aber dann goss er den Kaffee aus einer Thermoskanne ein, die er bereitgestellt hatte.

»Es geht jetzt gar nicht mehr darum, Sie der Taten zu überführen«, erklärte Pielkötter, nachdem Gabrillani die Tasse halb leer getrunken hatte. »Die Beweislast wiegt schwer. Aber das wissen Sie selbst sehr genau. Ich möchte einfach Ihr Motiv verstehen. Das kann Ihnen nur mildernde Umstände verschaffen.« Den Tonfall von Pielkötters Stimme hatte Barnowski wahrscheinlich noch niemals gehört. Sowohl mit seinem Untergebenen als auch mit Verdächtigen ging er in der Regel ganz anders um. Thomas Gabrillani jedoch war für Pielkötter kein normaler Verbrecher. Thomas Gabrillani hatte in gewisser Weise sein Mitleid erregt, vielleicht sogar einen Hauch von Sympathie. Natürlich hatte er auf brutalste Art Rache geübt, was sicher bestraft werden musste, trotzdem hatte er seine Taten nicht idealistisch überhöht. Von den Lebenden jedenfalls litt er selbst offensichtlich am meisten darunter.

»Ich möchte wirklich Ihr Motiv verstehen«, versuchte Pielkötter es ein weiteres Mal. »Bei Ihnen ist doch nicht einfach eine Sicherung durchgebrannt. Irgendetwas muss Sie zu den Taten veranlasst haben.«

»Mein ganzes Leben haben mich Ängste gequält«, antwortete Gabrillani zu Pielkötters Erstaunen. »Mein ganzes verpfuschtes Leben lang. Obwohl ich gelernt habe, das sehr gut zu überspielen, denke ich. Nicht einmal meine Schwestern haben etwas davon mitbekommen.« Er stieß einen Laut aus, der entfernt an ein Seufzen erinnerte. »Ich hatte sogar Panik, zum Arzt zu gehen. Dabei wusste ich nicht einmal, warum und wovor ich eigentlich solche Angst hatte.«

»Aber dann ist Ihnen der Grund mit einem Mal aufgegangen«, sagte Pielkötter.

Thomas Gabrillani starrte erneut vor sich hin, als hätte er ihn nicht verstanden.

Pielkötter wiederholte den Impuls.

»Auslöser war ein Gespräch mit meinem Vater«, erklärte er. »Vater hatte Krebs im Endstadium, er wusste, dass er bald sterben würde.« Nachdenklich trank er den Rest des Kaffees. »Eigentlich haben wir nie richtig gestritten. Trotzdem war unser Verhältnis nicht wirklich gut. Nachdem ich ausgezogen war, habe ich ihn jedenfalls äußerst selten besucht. Erst als das Krankenhaus mich angerufen hat, bin ich sofort zu ihm gegangen.«

Thomas Gabrillani schien die Wand nach irgendetwas Unauffindbarem abzusuchen, Pielkötter ließ ihn gewähren.

»Dieses Gespräch werde ich nie vergessen«, fuhr Gabrillani schließlich mit selten tonloser Stimme fort. Sein Blick pendelte unstet zwischen Pielkötter und der gegenüberliegenden Wand hin und her. »Mein Vater hat auch nicht lange herumgeredet. Hat mir direkt erklärt, wie es um ihn stand. Wenige Wochen Leben hat er sich noch gegeben. Hatte an dem Tag ganz bewusst kaum Schmerzmittel verlangt, weil er bei diesem Gespräch klar bei Verstand sein wollte.« Während Gabrillani schwieg, starrte er auf den Boden.

»Aber der Zustand Ihres Vater war sicher nicht das Einzige, was Sie bei diesem Besuch so mitgenommen hat«, erwiderte Pielkötter nach einer Weile.

»Er hat mir erklärt, er könne nicht sterben, bevor er der Wahrheit ins Auge gesehen habe.« Unerwartet fing Thomas Gabrillani an zu weinen wie ein kleines Kind. Pielkötter fühlte sich zum ersten Mal bei einer Vernehmung ein wenig überfordert. »Welche Wahrheit?«, fragte er, weil er nicht wusste, wie er sonst reagieren sollte.

»Mein Vater hat mich gefragt, was damals an dem Tag passiert ist, als er mich bei seinem alten Freund Cornelius abgeliefert hat.«

»Abgeliefert?« Pielkötter wirkte irritiert.

»Vielleicht hat er auch ein anders Wort dafür benutzt«, brachte Gabrillani mühsam hervor. »Jedenfalls hatte mein Vater einen dringenden Geschäftstermin in Norddeutschland und musste die Nacht auswärts verbringen. Meine Mutter war da schon eine Zeit lang tot. Also hat er meine beiden Schwestern bei einer Nachbarin untergebracht. Leider konnte sie keine drei Kinder aufnehmen. Und so hat Vater mich bei seinem Freund Cornelius abgeliefert.«

»Noch Kaffee?«, unterbrach Pielkötter schließlich ein weiteres langes Schweigen.

»Nein danke«, antwortete Gabrillani mit verdächtigem Glanz in den Augen. »Ich erinnere mich sehr gut an die Fahrt dorthin, die Vater nicht recht zu behagen schien. Eigentlich hat mich das gewundert. Immerhin war Cornelius Hamacher damals in unserem Haus ein offenbar gern gesehener Gast.«

»Ihr Vater hatte sicher seine Gründe.«

»Ja, aber zu diesem Zeitpunkt wusste ich das natürlich noch nicht«, erwiderte Gabrillani mit versteinertem Gesicht. »Kurz nachdem mein Vater mich zu seinem Freund gebracht hat, ist er losgefahren.« Sein Redefluss stockte.

»Und dann?«, frage Pielkötter ungeduldig.

»Ich weiß noch, dass ich dort zu Abend gegessen habe. Hinterher war ich furchtbar müde und Onkel Cornelius, so habe ich ihn damals wirklich genannt …« Thomas Gabrillani lachte ein seltsam verunglücktes Lachen. »Scheinbar fürsorglich hat er mich ins Gästezimmer gebracht. Daran, was kurz danach geschehen ist, konnte ich mich zwischendurch nicht mehr erinnern. Die Verdrängung hat über lange Zeit gut funktioniert.«

»Aber inzwischen wissen Sie wieder, was später geschehen ist«, stellte Pielkötter mit ernster Miene fest.

»Allerdings«, stieß Gabrillani hervor, während er von seinem Stuhl hochsprang. »Mitten in der Nacht bin ich plötzlich vor Schmerzen aufgewacht. Etwas Schweres lag auf mir, tat mir höllisch weh. Ich weiß nicht mehr, ob ich geschrien habe. Jedenfalls hörte ich jemanden sagen: Hör auf, Cornelius, hör auf, ich glaube er wird wach. Und eine seltsam heisere Stimme dicht an meinem Ohr erwiderte: Los, Theo, spritz ihm noch etwas. Ich hab versucht meine Augen zu öffnen, aber grelles Licht hat mich geblendet. Cornelius, hör endlich auf, das Risiko gehe ich nicht ein, hat dann ein anderer gesagt, und: Hartmut holt den Jungen schon morgen Vormittag ab.« Thomas Gabrillani sackte in sich zusammen, als hätte er einen Kraftakt vollbracht, und sank wieder auf seinen Stuhl.

»Der Schmerz war immer noch da, auch wenn der Mann über mir längst von mir abgelassen hatte«, fuhr er stockend fort. »Eine Weile bin ich regungslos liegengeblieben. Schließlich hab ich gewagt, mich umzudrehen, habe ich mich aber schlafend gestellt. Erst als die Männer wild diskutiert haben, habe ich kurz die Augen aufgemacht und gesehen, dass das Licht von einer Art Scheinwerfer kam. Auch eine Kamera hab ich erkannt. Ein breitschultriger Hüne hat sie in der Hand gehalten. Ihn hatte ich zuvor schon einmal gesehen. Zu dem war mein Vater einmal ins Auto gestiegen. Der dritte Mann hat eine Augenmaske getragen. Zu meinem Entsetzen waren sie jedoch alle nackt. Plötzlich ist der Maskierte mit einer Spritze auf mich zugekommen. Der Einstich ist das Letzte, woran ich mich erinnern kann.«

»Das war Liebermann wahrscheinlich«, bemerkte Pielkötter sichtlich erschüttert, »aber identifizieren können Sie ihn wohl nicht.«

»Höchstens anhand der Stimme.«

»Ob das nach so vielen Jahren noch möglich ist? Aber warum haben Sie das die ganze Zeit mit sich herumgetragen? Sie hätten die Männer doch anzeigen können.«

»Ich war erst knapp zehn«, erwiderte Gabrillani. »So richtig wusste ich gar nicht, was da mit mir passiert ist.«

»Haben Sie das denn nicht Ihrem Vater erzählt?«

»Als der mich am nächsten Tag abgeholt hat, habe ich versucht, mit ihm darüber zu reden, aber er hat alles abgeblockt. Hat mir nicht geglaubt, so dachte ich damals. Erst heute weiß ich, dass er es einfach nicht wahrhaben wollte. Er hat es einfach verdrängt, so wie ich all die Jahre danach.« Gabrillani starrte wieder zu der gegenüberliegenden Wand.

»Was sind Realität oder Wahrheit«, bemerkte er nach einiger Zeit in verächtlichem Ton, »wenn die Einstellung eines einzigen Menschen sie maßgeblich verändern kann?«

»Damit meinen Sie sicher Ihren Vater?«, fragte Pielkötter mit ernster Miene.

»Ja, ich glaube schon, dass alles ganz anders verlaufen wäre, wenn er mir damals zugehört hätte. Offensichtlich hat er doch Zweifel an der Lauterkeit seiner Freunde gehegt. Sonst wäre ihm das Gespräch auf dem Totenbett nicht so wichtig gewesen.«

»Für Sie war das mindestens genauso einschneidend.«

Unerwartet erwiderte Thomas Gabrillani Pielkötters Blick. »Bis dahin hatte ich die Geschehnisse lange Zeit verdrängt. Ich litt unter verschiedenen Ängsten, wusste aber nicht, warum. Vor einer Therapie habe ich mich immer gescheut, wollte mich vielleicht auch von meinen labilen Schwestern distanzieren.«

»Nach dem Gespräch mit Ihrem Vater jedoch haben Sie die Ursache Ihrer Schwierigkeiten erkannt.«

»Von da an war ich vor Zorn und Wut wie wahnsinnig. Diese Männer haben für ein paar Minuten Geilheit mein ganzes Dasein verpfuscht.« Thomas schien durch Pielkötter hindurchzublicken. »Es waren ja nicht die Ängste allein«, fuhr er fort. »Ich hab meinem Vater misstraut. Ohne es konkret zu wissen, habe ich nie eine ernsthafte Beziehung zu Frauen aufbauen können. Selbst meinen Schwestern habe ich nie wirklich erlaubt, sich mir zu nähern, obwohl uns sicher mehr verbunden hat, als uns lieb sein kann.«

Aha, dachte Pielkötter, also doch. Aber darauf ging er jetzt nicht ein. Jetzt ging es um den Mörder, nicht um dessen vielleicht ebenfalls missbrauchten Schwestern. »Auslöser war also das Gespräch am Krankenbett«, stellte Pielkötter noch einmal fest.

»Seltsam nicht? Erst als mein Vater sein Verhalten von damals bereut hat, hat irgendeine innere Instanz auch mir gestattet, dieses schreckliche Erlebnis in einem ganz neuen Licht zu sehen.«

»Genau da hätten Sie zur Polizei gehen müssen«, erwiderte Pielkötter, obwohl er Thomas Gabrillani in gewisser Weise verstand.

»Zur Polizei«, stieß Gabrillani verächtlich hervor. »Wozu denn? Wahrscheinlich ist die Tat sowieso verjährt. Falls nicht, nehmen die reichen Herrschaften sich einen renommierten Anwalt und kommen in ein oder zwei Jährchen wieder frei. Was wiegt diese Zeit gegen ein versautes Leben? Und dann werden die sauberen Herren wegen guter Führung auch noch vorzeitig entlassen. Und können sich wieder auf die Suche nach neuen Opfern machen.«

Schweigend hatte Pielkötter diesem Ausbruch zugehört. Am liebsten hätte er den Aussagen treffende Argumente entgegengesetzt. Aber gab es die? Er verschonte ihn jedenfalls mit der Phrase, dass nun einmal nicht jeder Selbstjustiz üben kann.

»Am Krankenbett hat Ihr Vater Ihnen letztendlich die Informationen geliefert, um an die Männer heranzukommen?«, fragte Pielkötter deshalb, ohne auf Gabrillani einzugehen.

»Mein Vater hat viel erzählt an diesem Tag«, seufzte Gabrillani. »Leider zu spät, um sich positiv auf unsere Beziehung auszuwirken. Von da an war er mit Schmerzmitteln nur noch zugedröhnt. Etwa zwei Wochen nach unserem Gespräch ist er gestorben.«

»Aber Sie haben vorher einen gewissen Frieden mit ihm geschlossen.«

»Zum Teil habe ich ihn danach immer noch gehasst, aber ein wenig konnte ich ihn natürlich auch verstehen.«

»Ich denke, der Ursprung des Unheils lag wohl im Internat Babelsberg«, erklärte Pielkötter.

»Wahrscheinlich, schließlich haben mein Vater, Hamacher, Lauterbach und Liebermann dasselbe Internat besucht und sich dort angefreundet. So viel mein Vater erzählt hat, haben sie sich nach einer ausgelassenen Feier an einem jüngeren Mitschüler vergangen. Allerdings hat mein Vater keine Details erwähnt. Hat nur angemerkt, dass es dabei nicht zum Äußersten gekommen sei. Jedenfalls haben sich mein Vater, Cornelius Hamacher und Sebastian Lauterbach daraufhin diesen Kreis eingeritzt. Und sich Treue geschworen. Treue bis in den Tod. Und natürlich, nie etwas über das Ereignis zu verraten. Liebermann hat sich das Zeichen nicht verpasst oder verpassen lassen, obwohl er der Anführer war. Vielleicht hatte er deshalb die meiste Angst, etwas könne nach außen dringen.« Thomas Gabrillani seufzte. »In den Kreis haben sie sich die Anfangsbuchstaben ihrer Namen tätowiert. Das muss Ihnen doch aufgefallen sein?«

»In der Tat«, erwiderte Pielkötter. »Ohne dieses Zeichen hätten wir vermutlich viel länger ermittelt.«

»Wie gesagt, haben die drei sich geschworen, das Geheimnis zu bewahren. Offensichtlich fühlte sich mein Vater auch als Erwachsener noch an den Schwur gebunden.«

»Können Sie sich vorstellen, dass sich Ihr Vater nach dieser Entgleisung im Internat später wieder an Kindern vergangen hat?«

»Wissen kann ich das natürlich nicht, und vorstellen will ich es mir nicht, können Sie sich ja denken. Nach seiner eigenen Schilderung hat er eher mitgemacht, um dazuzugehören. Später hat er höchstens geahnt, dass seine Freunde diese abartige Neigung weiter ausgelebt haben. Allerdings hat ihm einer von denen in betrunkenem Zustand entsprechendes Bildmaterial angeboten. Ich tippe dabei auf Lauterbach oder Hamacher. Konkrete Beweise, dafür oder auch dagegen haben ihm jedoch gefehlt. Vor allem war es für ihn wohl unvorstellbar, dass sie seinen Sohn missbrauchen könnten.«

»Was wissen Sie über Ernst-Theodor Liebermann?«

»Er ist erst später zu den anderen gestoßen. War wohl auch mehr mit Hamacher und Lauterbach befreundet.«

»Aber Ihr Vater hat Ihnen die Adresse von allen dreien gegeben?«

»Und ein Erkennungszeichen. Das hatten sie sich für den Notfall ausgedacht.«

»Der Tattag war immer ein Dienstag, warum?«, fragte er, um wieder auf die jüngsten Morde zurückzukommen.

»Weil sie mich an einem Dienstag vergewaltigt haben«, antwortete Thomas Gabrillani, wobei er selbst über die konkrete Formulierung der Tat erschrocken zu sein schien.

»Und das wissen Sie noch so genau nach all den Jahren? Obwohl der Wochentag doch eher nebensächlich war.«

»Vielleicht«, wich Gabrillani zunächst aus. »Aber dienstags habe ich immer mit meinen Freunden Fußball gespielt. An dem besagten Tag hat mein Vater mich vom Bolzplatz abgeholt, noch ehe das Spiel zu Ende war. Anschließend hat er mich zu Cornelius Hamacher gebracht. In meinem ganzen Leben habe ich nie wieder gespielt. Und meine Freunde habe ich natürlich auch verloren.« Traurig starrte Thomas Gabrillani vor sich hin.

»Wissen Sie, ob Ihr Vater und seine Freunde im Internat Babelsberg selbst missbraucht worden sind?«, fragte Pielkötter, nachdem sie eine Weile geschwiegen hatten.

»Ich vermute es. Er hat gewisse Andeutungen gemacht.«

Hätte Barnowski jetzt vor ihm gestanden, wäre Pielkötter möglicherweise explodiert. Er hasste vage Aussagen, die alles in der

Schwebe ließen. Am liebsten hätte er Gabrillani Dampf gemacht, befürchtete jedoch, der Schuss könnte nach hinten losgehen. »Was konkret hat Ihr Vater denn gesagt?«, fragte er deshalb mit unterdrücktem Unmut.

»Erlittenes Unrecht berechtigt nicht, selbst zum Täter zu werden. Das hat er gesagt.«

»Und da haben Sie nicht genauer nachgefragt?«

»Nein, dazu hatte ich vor seinem Tod leider keine Gelegenheit mehr.«

»Damit hat Ihr Vater dieses Geheimnis also mit ins Grab genommen«, bemerkte Pielkötter mit einem Seufzer. Sein Ärger war inzwischen verflogen.

»Können wir das Verhör bitte beenden?«, fragte Thomas Gabrillani müde. »Ich muss dringend hier raus.«

Würde ihm das helfen?, dachte Pielkötter. Der kommt doch höchstens in seine Zelle und nicht an die frische Luft. »Eine letzte Frage, dann sind Sie für heute entlassen. Wo haben Sie die Tatwaffe her?«

»Ein Geschenk meines Patenonkels«, erwiderte er ohne zu zögern. »Der Bruder meiner Mutter ist Kunstschmied. Hatte immer ein gutes Verhältnis zu ihm. Er hat es mir geschenkt, als ich ihm vor ein paar Jahren beim Umzug geholfen habe. Er hatte es nach einer Zeichnung aus einem alten Buch angefertigt und wollte sich nun davon trennen. Mir hat es gefallen.« Ein seltsamer Laut drang aus seiner Kehle. Eine Mischung aus Stöhnen und Seufzen. »Aber nie wäre mir in den Sinn gekommen, wofür ich es einmal benutzen würde.«

Pielkötter nickte nachdenklich und machte dem Vollzugsbeamten ein Zeichen.

Nachdem Thomas Gabrillani abgeführt worden war, blieb Pielkötter etwas länger an dem Tisch im Vernehmungsraum des Untersuchungsgefängnisses sitzen. Kein Wunder, dass wir mit der Tatwaffe nicht einen Schritt weitergekommen sind, überlegte er. An die Arbeit eines Kunstschmieds hatten weder er selbst noch Barnowski gedacht.

Unwillkürlich durchkreuzte Pielkötter einige konzentrische Kreise auf dem Block, den er sich bei Vernehmungen immer für kurze Notizen bereitlegte und gern mit irgendwelchen Schmierereien vollkritzelte. Die Angewohnheit, trotz der Tonaufzeichnung bestimmte Punkte mitzuschreiben, bereute er dagegen nicht. Immerhin hatte sie ihn im Laufe seines Arbeitslebens mehr als einmal schneller auf die richtige Spur gebracht und unsinnige Ermittlungsarbeit vermieden.

Pielkötter seufzte laut. In gewisser Weise ging ihm dieser Fall besonders nah. Ekel stieg in ihm hoch, wenn er daran dachte, was die Ermittlungen womöglich noch zu Tage fördern würden. Ganz sicher war der Missbrauch an Thomas Gabrillani nicht der einzige geblieben.

Mittwoch, 1. Juni
16:00 Uhr

Erstaunt lugte Pielkötter über den Rand seiner Lesebrille zur Tür seines Büros. Sie öffnete sich langsam, zunächst jedoch war niemand zu sehen. Plötzlich huschte Sina Gabrillani hinein. Wahrscheinlich hatte sie so zaghaft angeklopft, dass er das Geräusch überhört hatte.

»Sie wollten mich noch einmal sprechen«, erklärte sie mit unsicherer Stimme.

»Genau. Wenn Sie mögen, nehmen Sie hier vor meinem Schreibtisch Platz. Oder ist Ihnen der Sessel unter dem Fenster lieber?«

Während Sina Gabrillani nickte, wandte sie sich dem Sessel zu. Pielkötter erhob sich, streckte ihr die Hand entgegen und setzte sich neben sie. »Möchten Sie Kaffee oder Tee?«

»Nein, danke.« Sina Gabrillani seufzte. »Sie haben meinen Bruder verhaftet. Das hat mir sein Anwalt mitgeteilt.«

»Das ist richtig«, erwiderte Pielkötter. »Und wissen Sie, warum?«

Heftig schüttelte sie den Kopf. »Ich habe wirklich keine Ahnung.«

»Sagen Ihnen die Namen Cornelius Hamacher, Sebastian Lauterbach und Ernst-Theodor Liebermann etwas?«

»Nein«, antwortete sie, ohne zu zögern. »Wer soll das sein?«

»Das sind alles sehr enge Freunde Ihres Vaters gewesen. Ehemalige Schulkameraden.«

Unwillkürlich war sie bei dem Wort »Vater« zusammengezuckt. Pielkötter registrierte auch eine Veränderung in ihrer Mimik.

»Ihr Bruder hat sie jedenfalls gekannt.«

»Thomas ist fünf Jahre älter als ich«, bemerkte sie, was wie eine Art Entschuldigung klang.

Sina Gabrillani war wohl wirklich noch zu jung gewesen, um sich an den Vorfall erinnern zu können, wenn sie damals überhaupt etwas davon mitbekommen hatte. In gewisser Weise war es Pielkötter nur recht, dass er ihr glauben konnte. Sina Gabrillani tat ihm leid. Offensichtlich hatte sie Schweres durchgemacht. Vielleicht hatten die Freunde ihres Vaters auch sie missbraucht, und sie hatte die schreckliche Tat nur verdrängt.

Während Pielkötter ihr Profil betrachtete, blickte sie stumm aus dem Fenster. Zweifellos würde sie so ziemlich jedem jungen Mann gefallen, aber er war sicher, dass sie keinen Anwärter an sich heranließ.

»Ihre Schwester war heute auch schon hier«, fuhr Pielkötter fort. »Sie hat ausgesagt, dass Sie sich wegen psychischer Probleme in therapeutischer Behandlung befinden.«

Sina Gabrillani wich seinem Blick aus und schwieg.

»Vielleicht möchten Sie jetzt doch einen Kaffee?«

»Privates geht Sie nichts an«, erwiderte sie, ohne auf sein Angebot einzugehen.

»So pauschal darf man das nicht sagen«, hielt Pielkötter dagegen. »Immerhin können solche Probleme durchaus in Beziehung zu einer Straftat stehen.«

»Aber nicht bei mir.« Seltsamerweise klang ihre Stimme nun zum ersten Mal relativ fest.

Pielkötter hatte darüber nachgedacht, ob Pädophile sich gleichzeitig für Jungen wie auch für Mädchen interessieren konnten. Aber wahrscheinlich hatte sich Hartmut Gabrillani in seiner Jugend noch nicht festgelegt. Als Erwachsener hatte er immerhin drei Kinder gezeugt. Um hinter das dunkle Geheimnis zu kommen, würde er Sina Gabrillani wohl ganz gezielt danach fragen müssen. »Ich schätze, Ihre Probleme hängen mit Ihrem verstorbenen Vater zusammen«, begann Pielkötter noch ein wenig vorsichtig, wobei er sie intensiv beobachtete. Dann wurde er deutlich: »Hat Ihr Vater Sie jemals in irgendeiner Form missbraucht?«

Ihre Augen füllten sich mit Tränen. Stumm liefen sie an ihren Wangen hinunter, um schließlich auf die kleine Lederhandtasche zu tropfen, die sie auf ihrem Schoß umklammert hielt.

In was für einem Sumpf rühre ich hier nur herum, dachte Pielkötter, den sonst so schnell nichts erschüttern konnte.

Plötzlich vernahm er ein leises »Nein«.

»Wie bitte?«

»Nein, er hat mich nicht missbraucht«, erklärte Sina Gabrillani nun etwas lauter, während weiter Tränen aus ihren Augen quollen.

»Aber irgendetwas hat er doch getan. Sonst würden Sie doch ganz anders reagieren«, erwiderte Pielkötter irritiert.

»Ich habe ihn mit einer fremden Frau erwischt«, fuhr sie fort. »Zu der Zeit hat meine Mutter einige Tage bei meiner kranken Oma verbracht. Mitten in der Nacht bin ich mit Bauchschmerzen aufgewacht und zu meinem Vater ins Schlafzimmer geschlichen. Ich wollte ihn wecken, aber er war nicht allein. Er hat mein Kommen nicht einmal bemerkt. War zu beschäftigt mit dieser Frau.«

»Zugegeben, das war bestimmt ein Schock für Sie«, bemerkte Pielkötter, »trotzdem leuchtet mir Ihre Reaktion nicht ganz ein.«

»Sie finden sie überzogen?«

»In gewisser Weise schon«, erwiderte er, obwohl er nicht sicher war, ob er damit klug gehandelt hatte.

»Wahrscheinlich wäre alles auch im Rahmen geblieben, hätte ich meiner Mutter nicht davon erzählt.« Plötzlich schluchzte Sina Gabrillani laut auf. »Drei Tage später hat sie sich das Leben genommen. Dafür habe ich meinen Vater verantwortlich gemacht. Aber ich habe mir selbst auch die Schuld gegeben, das ist mir in dem letzten Gespräch mit meinem Therapeuten klargeworden.«

»Ich denke nicht, dass Sie sich schuldig fühlen müssen. Womöglich war Ihre Mutter schon vorher seelisch krank. Vielleicht ist Ihr Vater häufig fremdgegangen, und sie wusste alles. Womöglich hat ihr auch die Krankheit der eigenen Mutter zugesetzt. Und Sie waren doch noch ein Kind, konnten mögliche Konsequenzen gar nicht absehen.«

Sina Gabrillani wischte sich einige Tränen aus den Augen.

»Falls Sie nichts mehr mit mir besprechen möchten, dürfen Sie jetzt gehen«, bot Pielkötter an.

Nachdenklich beobachtete er, wie Sina Gabrillani sich erhob und fast lautlos aus seinem Büro verschwand. Das Leben dieser Familie hat wohl nie unter einem guten Stern gestanden, dachte er mit Bedauern. Warum hatte niemand die fatale Verkettung unglücklicher Umstände und Schuld durchbrochen?

Sina Gabrillani hatte erst wenige Minuten den Raum verlassen, da schlich Barnowski ins Büro. Offensichtlich war er in seinen Bewegungen noch etwas eingeschränkt.

»Wollen Sie zuerst die gute oder die schlechte Nachricht?«, fragte er, ohne erkennbare Absicht, die Antwort abzuwarten. »Stellen Sie sich vor, auf Liebermanns privatem Computer haben wir kinderpornografisches Material gefunden. Wobei eine Szene tatsächlich den Missbrauch an Thomas Gabrillani zeigt.«

»Elender Abschaum«, entfuhr es Pielkötter.

»Hamacher und Lauterbach sind durch den Film zweifelsfrei als Täter identifiziert.«

»Und was ist mit Liebermann?«

»Das ist leider die schlechte Nachricht.«

»Es ist einfach zum Kotzen«, stieß Pielkötter hervor.

»Aber Chef, zwei der drei Täter wurden immerhin mit dem Tod bestraft. Und den Liebermann kriegen wir auch noch dran. Zumindest für den Besitz der Kinderpornos. Damit ist sein Ruf ruiniert, und den Job im Krankenhaus kann er auch vergessen.«

Donnerstag, 2. Juni
20:00 Uhr

Verstohlen betrachtete Pielkötter Mariannes Profil. Sie studierte die Speisekarte der Lindenwirtin, während sich ein Ober in den besten Jahren von hinten ihrem Tisch näherte. Eigentlich begehre ich sie immer noch, dachte er, besonders, wenn sie lacht. So wie in diesem Moment. In seiner Gegenwart hatte sie dies jedoch seit Langem nicht mehr getan. Das Lachen war auch nicht für ihn bestimmt. Der Kellner hatte sich inzwischen leicht zu ihr hinuntergebeugt. Wahrscheinlich, um ihr etwas zu empfehlen. Vielleicht hatte er auch nur mit ihr gescherzt. Pielkötter selbst hatte es nicht mitbekommen.

»Mein Mann braucht wohl noch Zeit«, hörte er Mariannes Stimme plötzlich wie aus der Ferne. Sie bedachte den Kellner mit einem Lächeln, das ihn begleitete, bis er aus dem Biergarten ins Innere des Restaurants verschwunden war. Gedankenverloren starrte Pielkötter auf die Speisekarte.

»Hast du gehört?«, fragte Marianne. »Der Ober hat Lammkoteletts empfohlen. Lammkoteletts mit grünen Bohnen und Reis.«

»Gut, bestellen wir das«, erwiderte Pielkötter schnell.

Eigentlich war ihm das Gericht im Moment ziemlich egal, obwohl er ein gutes Mahl normalerweise durchaus zu schätzen wusste. Von dem heutigen Abend jedoch hing einfach zu viel ab. Bei diesem Gedanken verspürte Pielkötter einen dicken Kloß im Hals. In gewisser Weise befürchtete er, einer von ihnen würde bei diesem ersten Restaurantbesuch seit etlichen Monaten falsche Signale setzen. Wenn der Abend heute schieflief, sie nicht beide Interesse daran haben würden, ihre Beziehung wieder auf eine gute Bahn zu bringen, dann wollte er für den Fortbestand ihrer Ehe nicht mehr garantieren. Katharina Gerhardt würde niemals nur ein flüchtiges Abenteuer für ihn sein, das wusste er nur zu gut. Das nächste Treffen mit ihr musste Klarheit bringen. Das hatte Katharina einfach verdient.

Während Mariannes Blick ihn plötzlich zu durchdringen schien, schaute er betreten zur Seite. Sollte er seiner Ehefrau etwa reinen

Wein einschenken? Oder bewirkte Offenheit nur eine unerwünschte Reaktion? Katapultierte er damit alle Mühe um ihre Beziehung von vornherein ins Aus?

Mariannes Zeigefinger fuhr langsam vom rechten Ohrläppchen in Richtung Kinn. Diese hundertmal registrierte Geste erschien ihm nur zu vertraut. Die Vertrautheit schmerzte. Schmerzte, als reiße eine alte Wunde auf.

»Marianne«, sagte er und räusperte sich. »Du, wir müssen …«

Weiter kam er nicht. Mit einem breiten Grinsen nahte der Kellner heran. »Haben die Herrschaften inzwischen gewählt?«

»Zweimal Ihre Empfehlung«, erklärte Marianne, »und einen Riesling.«

»Für mich ein kleines Pils«, fügte Pielkötter hinzu.

Nachdem der Ober verschwunden war, sah sie ihn erwartungsvoll an.

»Es kann so nicht weitergehen. Sicherlich habe ich einiges falsch gemacht, was deine beruflichen Ambitionen anbelangt. Habe dir manche Steine in den Weg gelegt, aber das darf doch nicht dazu führen, dass wir nun in einer Art Ehe leben, in der es kein Miteinander mehr gibt.«

»Sie heißt Katharina, nicht wahr?«, fragte Marianne mit einer Stimme, deren Besonnenheit ihn überraschte.

»Wieso?«, brachte er mühsam hervor. »Also, woher weißt du?«

»Du hast ihren Namen mehrmals im Schlaf geflüstert.«

»Verstehe«, erwiderte er, und das meinte er wirklich so.

ENDE

Mein besonderer Dank gilt:

Ingo Wegner für Einblicke in die polizeiliche Arbeit

Sabrina und Joachim
Heike Loth
sowie meinen Lektorinnen
Pamela Levertz und Dr. Anette Kleszcz-Wagner
für wertvolle Anregungen, konstruktive Kritik und Korrektur.

Kriminalromane aus dem Ruhrgebiet

Irene Scharenberg
Die Sünderinnen
Duisburg Krimi
Pielkötters erster Fall
186 Seiten, Paperback, Originalausgabe 2009
3. Auflage 2012, ISBN 978-3-935263-70-2 / 11.00 EUR

Irene Scharenberg
Gefährliches Doppel
Duisburg Krimi
Pielkötters zweiter Fall
191 Seiten, Paperback, Originalausgabe 2011
2. Auflage 2011, ISBN 978-3-935263-89-4 / 11.00 EUR

Jörg Bilke
Sensible Daten
Kriminalroman aus dem Ruhrgebiet
236 Seiten, Paperback, Originalausgabe 2012
ISBN 978-3-95475-003-0 / 12.00 EUR